DOCE
LAR

TILLIE COLE

DOCE LAR

SÉRIE SWEET – LIVRO 1

Tradução
Flavia Souto Maior

essência

Título original: *Sweet Home*

Preparação: Carla Fortino
Revisão: Lívia Stevaux e Clara Diament
Diagramação: Márcia Matos
Capa: Adaptada do projeto original de Damonza
Imagem de capa: l i g h t p o e t / Shutterstock

Dados Internacionais de Catalogação na Publicação (CIP)
Angélica Ilacqua CRB-8/7057

Cole, Tillie
Doce lar / Tillie Cole; tradução de Flavia Souto Maior. - São Paulo: Planeta do Brasil, 2018.
320 p.

ISBN: 978-85-422-1246-4
Título original: Sweet Home

1. Literatura norte-americana 2. Literatura juvenil I. Título II. Maior, Flavia Souto

18-0071 CDD 813.6

2018
Todos os direitos desta edição reservados à
EDITORA PLANETA DO BRASIL LTDA.
Rua Padre João Manoel, 100 – 21º andar
Ed. Horsa II – Cerqueira César
01411-000 – São Paulo-SP
www.planetadelivros.com.br
atendimento@editoraplaneta.com.br

Para o meu marido – juntos desde a adolescência, e ainda assim meu Doce Lar.
Para o nosso time, Seattle Seahawks, por inspirar esta história.
E para o povo do Alabama (principalmente os torcedores do Crimson Tide), por ter o melhor sotaque do mundo!
Avante, Tide!

Nota da autora

As fraternidades e irmandades retratadas neste livro, bem como seus processos de recrutamento e iniciação, foram exageradas e utilizadas de modo fictício, e não são, de nenhuma maneira, baseadas em práticas de nenhum grupo existente.

Prólogo

Easington, Durham, Inglaterra
Catorze anos atrás...

— Molly, venha aqui, querida. Tenho uma coisa para contar.

Minha avó estava na sala de nossa pequena casa, sentada em sua velha poltrona marrom, com a cabeça apoiada nas mãos.

Segui em frente e passei os olhos pela sala. Meu pai ainda não tinha voltado do bar. Ele estava sempre no bar desde que aquela moça assustadora que às vezes aparecia na televisão fechou as minas no ano em que nasci e meu pai ficou triste. Minha avó me contou.

Minha avó levantou a cabeça e abriu um sorriso triste. Ela tinha o sorriso mais amável que eu já tinha visto; era capaz de iluminar a sala apenas com um sorriso. Eu amava tanto a minha avó.

Quando me aproximei, notei que ela estava segurando uma fotografia antiga da minha mãe. Minha mãe morreu quando eu nasci, e minha avó e meu pai sempre ficavam chateados quando perguntava sobre ela, então não pergunto mais nada. No entanto, ainda faço questão de beijar a foto que fica ao lado da minha cama todas as noites. Minha avó disse que a mamãe me vê fazendo isso lá do céu.

— Venha aqui, minha pequena Maria-Molly. Sente no meu colo — ela disse, fazendo sinal para eu ir até onde ela estava, colocando o porta-retratos sobre o tapete vermelho.

Deixei minha mochila cor-de-rosa no chão, fui até ela e pulei em seu colo. Ela estava com cheiro de hortelã. Sempre tinha cheiro de hortelã. Eu sabia que era para disfarçar o odor dos cigarros que ela fumava escondido na viela. Ela me fazia rir quando saía apressada todas as manhãs, ainda usando os bobes cor-de-rosa nos cabelos grisalhos e o avental roxo.

Levei a mão ao rosto dela. Ela parecia chateada.

— Vovó, o que foi?

Ela pegou na minha mãozinha, e eu dei um pulo ao sentir como sua mão estava fria. Esfreguei-a entre minhas mãos e dei um beijo em seu rosto para ela se sentir melhor. Ela dizia que meus beijos doces podiam tornar qualquer problema do mundo um pouco mais fácil.

A sala estava bem silenciosa; os únicos sons eram o crepitar da lenha na lareira e o tique-taque alto do relógio de pêndulo.

Minha avó estava sempre ouvindo música, música de anos e anos atrás, e nós dançávamos diante da lareira. Não havia música tocando hoje, no entanto, e a casa parecia apagada e triste.

Olhei para o ponteiro grande do relógio e vi que ele estava no doze; o ponteiro pequeno estava no quatro. Esforcei-me para lembrar o que minha professora, a sra. Clarke, havia nos ensinado na aula. Fechei os olhos bem apertados e tentei pensar. Eles se abriram quando lembrei. Eram quatro horas. Sim! Eram quatro horas. Meu pai voltaria logo.

Tentei descer do colo da minha avó e correr para a porta para esperar meu pai enquanto ele entrava pelo portão. Ele sempre me abraçava e me girava antes de dizer que eu era a menina mais linda do mundo, assim como minha mãe. Era minha parte favorita do dia.

Escorreguei pelo joelho da minha avó, mas ela me segurou pelo braço.

— Vovó, o que a senhora está fazendo? Meu pai vai chegar logo. Ele precisa do seu abraço diário!

Minha avó respirou fundo, e água começou a escorrer de seus olhos.

— Vovó, por que está chorando? Por favor, não fique triste. Precisa de um beijo doce? Vai ajudar a senhora a se sentir melhor?

Minha avó me apertou junto ao peito, quase deixando meus óculos caírem do nariz, e o tecido de seu avental arranhou minha bochecha. Franzi o rosto para a coceira parar. Ela me afastou e se ajoelhou. Seus olhos tristes agora estavam na altura dos meus.

— Molly, preciso contar uma coisa que vai te deixar muito, muito triste. Você está entendendo?

— Sim, vovó. Eu já tenho seis anos. Sou crescida. Entendo muitas coisas. A sra. Clarke disse que sou a menina mais esperta de *toda* a minha classe, talvez até mesmo da escola.

Minha avó sorriu para mim, mas o sorriso não chegou aos olhos. Não foi um sorriso completo. Meu pai dizia que apenas sorrisos completos mostram que alguém está realmente feliz. Ninguém deveria desperdiçar um sorriso completo em algo que não o deixasse superalegre.

— Você *é* esperta, querida, mas não sei a quem puxou. Você vai longe. Está destinada a deixar esta vida triste e virar alguém. É o que sua mãe e seu p-pai... gostariam. — Ela fungou e tirou o lenço cor-de-rosa do bolso. Ele era todo bordado com rosas vermelhas. Eu tinha escolhido o material no mercado duas semanas antes. Fizemos um para ela e um para mim, um conjuntinho, como minha avó gostava de dizer que nós duas éramos.

Ela levou o lenço ao nariz vermelho enquanto olhava pela janela, antes de seus olhos parecerem mudar e ela olhar para mim novamente.

— Agora, Molly, você precisa respirar fundo e ser corajosa, certo? Como eu te ensinei.

Concordei e respirei por cinco segundos pelo nariz, prendendo a respiração e soltando-a lentamente pela boca durante cinco segundos.

— Muito bem — ela elogiou, esfregando minha bochecha com o polegar.

— Vó? Onde está o meu pai? Ele está atrasado. Ele nunca se atrasa. — Ele sempre estava em casa para me ver depois da escola. Estava sempre com cheiro de cerveja, mas, afinal, ele sempre teve esse cheiro. Não seria o meu pai se não tivesse.

— Molly, aconteceu uma coisa com o seu pai hoje — ela me disse com a voz trêmula.

— Ele está doente? Devemos fazer um chazinho quando ele chegar em casa? Chá faz todo mundo se sentir melhor, não é, vovó? A senhora sempre me diz isso — eu disse, começando a sentir uma agitação estranha na barriga pelo jeito peculiar com que ela olhava para mim.

Ela fez que não com a cabeça, e seus lábios tremeram.

— Não, querida. Não vamos precisar de chá hoje. Sabe, Deus resolveu levar seu pai para o céu hoje de manhã, para ficar com os anjos.

Inclinei a cabeça para trás e olhei para o teto. Sabia que Deus vivia bem acima de nós, no céu. Mas nunca consegui vê-lo, por mais que tentasse.

— Por que Deus levaria o meu pai para longe de nós? Somos pessoas ruins? Eu fui muito desobediente? É por isso que Deus não quis que eu tivesse nem mãe, nem pai?

Minha avó me abraçou, enfiando o nariz em meus longos cabelos castanhos.

— Não, Maria-Molly, nunca, jamais, pense isso. Deus só ficou triste porque seu pai estava com muita saudade da sua mãe. Ele decidiu que era hora de eles ficarem juntos de novo. Ele sabia que você era corajosa e forte o bastante para viver sem os dois.

Pensei naquilo enquanto chupava o dedo. Eu sempre chupava o polegar quando estava assustada ou nervosa.

Minha avó tirou os cabelos da frente do meu rosto.

— Quero que saiba que em todo este planeta não existiram duas pessoas que se amaram tanto quanto sua mãe e seu pai. Quando sua mãe morreu, seu pai não sabia o que fazer. Ele amava muito você, mas também sentia saudade dela. Quando a moça na TV…

— Margaret Thatcher? — interrompi. Havíamos aprendido sobre ela na escola. Pouca gente na minha cidade gostava dela. Eles a chamavam por nomes feios. Ela deixou muita gente bem triste.

Minha avó sorriu.

— Sim, Margaret Thatcher. Quando a sra. Thatcher fechou as minas, seu pai ficou sem trabalho, e isso o deixou muito infeliz. Ele tentou por muito tempo ganhar dinheiro para comprar uma casa melhor para nós, mas ele só tinha trabalhado nas minas, e não sabia fazer mais nada. — Ela fechou os olhos. — Hoje seu pai morreu, querida. Ele foi para o céu e não vai voltar para nós.

Meus lábios começaram a tremer, e senti meus olhos ardendo com as lágrimas.

— Mas eu não quero que ele vá! Podemos pedir para Deus trazer ele de volta? O que vamos fazer sem ele? — Uma sensação pesada se espalhou em meu peito, e tive a impressão de que não conseguia respirar. Peguei na mão da minha avó e minha voz saiu áspera: — Somos só nós agora, não é, vovó? A senhora é tudo que me resta. E se ele levar a senhora também? Eu não quero ficar sozinha. Estou com medo, vó. — Um grito alto escapou de minha garganta. — Eu não quero ficar sozinha!

— Molly… — minha avó sussurrou e me abraçou mais forte, e nós caímos no chão, chorando diante da lareira.

Meu pai tinha ido embora.

Meu pai estava no céu.

Ele não ia mais voltar.

1

Universidade do Alabama, Tuscaloosa, Estados Unidos da América

Eu estava tão atrasada! Minha respiração era curta e ofegante enquanto eu atravessava correndo o campus da Universidade do Alabama, tentando ao máximo não cair de cara no chão.

Minhas mãos estavam lotadas de papéis para a aula de filosofia, cópias que tinham me mandado tirar havia mais de uma hora – minha primeira tarefa como assistente de professor.

A aula estava prestes a começar, mas minha infinita onda de azar garantiu que a impressora da sala dos funcionários resolvesse quebrar bem na metade da impressão das cópias, com o assobio melódico de um rangido agudo e uma nuvem reticente de fumaça.

A sala ficava do outro lado da faculdade, o que me levou ao apuro em que me encontrava – correr pelo campus gigantesco usando meus Crocs laranja nada atléticos na sauna fervente do inferno – ou, como era mais conhecido, num dia tipicamente quente do verão de Tuscaloosa.

Vislumbrei rapidamente minha imagem no reflexo de uma porta de vidro.

Nada bom. Nem um pouco bom.

Meus cabelos castanhos lembravam os pelos encaracolados de um poodle, o suor em meu nariz encorajava os óculos de armação preta e grossa, modelo padrão do sistema público de saúde britânico, a pularem do meu rosto para a morte, e meu macacão jeans curto e minha camiseta branca pareciam uma estufa.

O céu constantemente nublado da Inglaterra tinha certo apelo agora.

Nada parecia estar dando certo hoje – sendo a impressora com defeito o segundo de meus infortúnios, e a perturbação de minhas amigas loucas pela manhã o primeiro.

* * *

— Toga, toga, toga...! — Lexi cantava alto enquanto ela e Cass se sentavam sobre minha cama, rindo do meu desespero com a toga improvisada, levantando os braços no ar a cada palavra e gritando depois.

— Estou ridícula — reclamei, tentando ajustar o lençol em várias posições para cobrir minhas áreas mais reservadas.

— Você está gata! Seus peitos são surreais, redondos e perfeitinhos... — Cass tentou complementar, abrindo as mãos e fingindo apertar meus seios. — Estou te dizendo, Molls, não costumo ser chegada a xoxota, mas poderia abrir uma exceção para você com essa roupitcha! Minha nossa, você tem umas curvas deliciosas, menina!

— Cass! — eu a censurei com hostilidade, revirando os olhos. — Você precisa mesmo falar essas coisas?

Ah, não leve tudo tão a sério, né, amore? Você está ótima. Você vai hoje à noite, sem furar. Não me obrigue a te arrastar até lá... porque eu arrasto... se precisar.

— Mas...

— Sem essa de "mas"! Nós te prometemos uma vida divertida na faculdade, não uma repetição da vida de merda que você tinha na Inglaterra. A experiência completa começa hoje à noite.

— Oxford não foi tão ruim! E como funciona essa tal "experiência"? Primeiro preciso entrar para uma maldita irmandade, e depois o quê? Coquetéis de drogas, sair dos bares totalmente chapada?

— Isso pode ser organizado, mas envolve, sobretudo, muitos homens, sexo, orgias, orgasmos... ah, e experimentações com o ponto G. Você sabe, os motivos pelos quais as pessoas entram na faculdade — Cass disse com total sinceridade.

— Entrei na faculdade para estudar, Cass, não para me prostituir com garotos de fraternidade bêbados!

Ela gargalhou.

— Que seja, amore. Você não vai pensar em estudar quando seus tornozelos estiverem em volta do pescoço de um garanhão enquanto ele te usa feito um colar, fazendo cócegas em seu umbigo por dentro!

Sabendo que Cass simplesmente ignoraria qualquer coisa que eu dissesse, mesmo que conseguisse pensar em alguma resposta para aquilo, fui até minha poltrona reclinável marrom e desabei sobre a almofada macia, com as mãos na cabeça.

— Em que fui me meter com vocês duas?

— Você foi se meter na melhor fase da sua vida — Lexi disse com tom de sabedoria.

Levantando a cabeça, espiei por entre as mãos minhas duas amigas convencidas, que se divertiam ao me observar.

— Vocês vão me obrigar a ir a essa merda de festa, não vão?

Lexi desceu da cama e pulou em meu colo, jogando os braços finos em volta do meu pescoço.

— É claro que vamos, querida. Você é uma de nós agora!

Abri um sorriso hesitante.

— É o que parece.

Cass se juntou a nós na poltrona, esmagando-me até eu gritar sob o peso das duas.

— Tire essa toga para eu poder costurar o tecido para você, vá para a aula, e, quando voltar, podemos dar início à diversão...

* * *

Dizem que coisas ruins acontecem de três em três.

Eu já tinha duas.

Só faltava uma.

Continuei com meu ritmo vertiginoso, quase a ponto de passar mal, adentrando as portas do prédio de Humanas, seguindo para os anfiteatros e indo direto para a sala de aula da professora Ross; minha mente me perturbava incessantemente com visões de togas dançantes desfilando diante de meus olhos.

Perdida demais em minha própria agitação, não notei o pequeno grupo de alunos que virava no corredor. Mas, infelizmente, aquilo logo mudou quando a ruiva de batom exagerado que estava na frente se chocou comigo – de propósito, é óbvio –, e a pilha de papéis caiu das minhas mãos e se espalhou por todo o chão de ladrilhos brancos.

— *Oops!* Preste mais atenção, querida! — ela disse com malícia. — Talvez precise trocar os óculos ou algo assim?

E lá estava o terceiro golpe de azar.

Eu me ajoelhei sem levantar os olhos quando ouvi uma gargalhada estridente e insolente, obviamente direcionada a mim. De imediato, tive a sensação de estar de volta ao ensino médio – os garotos populares atormentando a nerd.

Eu nunca me manifestava. Sempre ignorava os insultos desagradáveis das pessoas às minhas roupas baratas, minha falta de dinheiro ou qualquer outro motivo que tivessem para me zoar, então simplesmente resmunguei baixinho e comecei a organizar os papéis em uma pilha aleatória.

A porta do anfiteatro se fechou, e, satisfeita por estar na segurança de minha própria companhia, soltei:

— Cretinos de merda. — Foi um pouco mais alto do que o pretendido, e me encolhi quando as palavras ecoaram pelo corredor amplo e comprido.

Eu não costumava xingar muito, mas me senti justificada naquele momento, e também foi bastante catártico. Mesmo no mundo rico em vocabulário da academia, às vezes apenas a palavra "merda" satisfaz.

Segurei os papéis nos braços, sacudindo a cabeça, e me levantei. Meus malditos óculos – no processo – tinham caído do meu rosto e foram parar no chão.

Suspirei, derrotada, e decidi que realmente não devia ter me preocupado em levantar da cama pela manhã.

Ouvi uma gargalhada atrás de mim, o que me fez dar um pulo, e uma mão quente pegou em meu braço, virando-me e colocando meus óculos de volta em meu rosto.

Tentei focar e, assim que minha visão se endireitou, deparei-me com um peito largo coberto por uma camiseta vermelho-escura sem mangas, com palavras em branco que diziam "Crimson Tide Football".

— Está enxergando agora?

Segui o som daquela fala com sotaque sulista e vi diante de mim um típico garoto do Alabama – queimado de sol, com cabelos loiro-escuros até a altura do queixo, olhos de um castanho intenso, emoldurados por cílios longos, e bem alto; talvez medisse um metro e noventa, enquanto eu tinha um e sessenta e cinco.

Não consegui conter um suspiro.

Ele era lindo.

Realmente maravilhoso.

Saí do estado de deslumbramento e arranquei os papéis das mãos dele, tentando desviar, precisando retomar alguma aparência de compostura, ou talvez dignidade, tendo em vista que praticamente já as havia perdido nas últimas horas.

Agarrando meu pulso enquanto eu passava, o sr. Crimson Tide Football perguntou:

— Ei, você está bem?

Tentei relaxar e não ser grosseira – afinal, ele tinha me ajudado –, mas eu estava com os nervos à flor da pele, e o toque de sua mão calejada em minha pele só piorou as coisas.

Decidi atribuir essa reação incomum à desidratação ou a um caso agudo de "togafobia".

Baixando os ombros, respondi:

— Estou.

— Tem certeza?

Soltei um suspiro longo, olhando em seus adoráveis olhos cor de chocolate, vislumbrando as manchinhas pretas quase azuladas ao redor da íris.

— Você já teve um desses dias em que tudo se transforma em um maldito pesadelo? — disse as últimas palavras bem devagar.

Ele bufou e ficou com uma expressão cômica – os lábios carnudos formando um sorrisinho torto e o nariz levemente descentralizado enrugando com o movimento.

— Estou tendo um agora, na verdade.

— Então somos dois. — Não consegui conter um sorriso relutante em resposta. Segurando com firmeza a pilha de papéis, eu disse: — Obrigada por parar e me ajudar. Foi muito gentil da sua parte.

Braços bronzeados e fortes cruzaram-se sobre seu peito largo, e deu para notar que ele estava entretido com meu nervosismo.

— Gentil não é a palavra que as pessoas costumam usar quando se referem a mim.

Com isso, ele foi embora, deixando-me sozinha no corredor amplo.

Eu me virei para ir para a aula e o cara olhou para trás, anunciando sem rodeios:

— Eu me chamo Rome.

— Molly — respondi rapidamente. Rome passou os dentes sobre o lábio superior e assentiu lentamente, olhando-me de cima a baixo com uma intensidade singularmente profunda. Então, sem dizer mais nada, entrou na aula de filosofia.

Depois de tirar um momento para me recompor, segui para a entrada, onde vários pares de olhos se voltaram automaticamente para mim. Fui entrando, sentindo-me um pouco como Bridget Jones naquela chegada desastrosa.

A professora Ross me olhou com severidade, e fiz cara feia quando me aproximei de sua mesa, deixando sobre ela o programa de estudos do curso e retorcendo os dedos com profundo constrangimento. Ela fez um sinal para eu ficar ao seu lado no púlpito. Fiz o que ela pediu e levantei a cabeça diante da turma, que observava a novata britânica passar vergonha.

A professora apontou em minha direção e falou com seu sotaque inglês elegante, parecendo uma velha mestra de colégio interno com o terninho marrom de *tweed*, os cabelos grisalhos presos em um coque e os pequenos óculos de leitura.

— Eu gostaria de lhes apresentar Molly. Ela, como eu, também veio da Inglaterra, e concordou em fazer seu mestrado nesta excelente faculdade e continuar sendo minha assistente de pesquisa em um artigo que estou escrevendo para um periódico acadêmico, *além de* minha assistente nesta matéria. Eu já conheço Molly há alguns anos e não consegui pensar em ninguém melhor para passar este ano sabático nos Estados Unidos comigo. Como vocês logo vão descobrir, ela é uma jovem um tanto quanto excepcional.

A professora saiu para a lateral, fazendo um sinal com a mão para eu me dirigir à turma:

— Molly, por que não diz algumas palavras para seus novos colegas de classe?

Eu respirei fundo e fui até o púlpito, levantando os olhos com cautela.

— Olá, pessoal. Como a professora Ross disse, eu me mudei da Inglaterra para o Alabama para estudar para meu mestrado em filosofia; pretendo fazer doutorado no ano que vem e conquistar meu objetivo final de me tornar professora universitária. — Passei os olhos pelas fileiras. Havia cerca de trinta pessoas no pequeno anfiteatro. — Amo filosofia da religião desde que me entendo por gente e estou feliz por estar aqui para ajudar a professora Ross nas aulas e seminários e tentar tornar o maravilhoso mundo da filosofia um pouquinho mais interessante! Ficarei feliz em responder qualquer pergunta sobre...

— Eu tenho uma.

Segui o som da voz que me interrompeu e ele me levou até a ruiva do corredor... que estava sentada bem ao lado de Rome.

— Por que você gostaria de ser professora de filosofia? Não acha que é certo desperdício de vida?

Eu estava acostumada com aquela pergunta.

— Por que não filosofia? Tudo na vida, na Terra, pode ser questionado... Por quê, como, como pode ser? Para mim, o mistério da vida e do universo é inspirador, a vastidão de perguntas sem resposta me deixa desconcertada, e adoro imergir na jornada acadêmica de estudiosos tanto antigos quanto novos.

Ela soltou uma risada.

— Quantos anos você tem, querida?

— Err... vinte. — Olhei com nervosismo para a sala, vendo vários olhos arregalados concentrados em mim.

— Vinte! E já está fazendo mestrado?

— Bem, sim. Eu entrei na universidade um ano adiantada. Terminei o ensino médio antes.

— Nossa, garota. Você tem que parar de ser tão séria e aprender a viver um pouco. A vida não é só estudar; é diversão. Relaxe um pouco!

— Ela sacudiu a cabeça, perplexa, e seus cabelos compridos balançaram em perfeita harmonia com o movimento. — Juro que nunca vou entender garotas como você.

Vários alunos se movimentaram com desconforto nos assentos ao ouvir aqueles comentários diretos. A ruiva parecia satisfeita consigo mesma. Tenho certeza de que, na opinião dela, sua segunda tentativa de acabar comigo havia funcionado.

— Garotas como eu? — questionei com a voz apenas levemente alterada.

Um conjunto de dentes recobertos de caras facetas peroladas quase me cegou quando ela abriu um sorriso malicioso.

— Devoradoras de livros, nerds... aspirantes a *professoras*!

Estreitei os olhos em resposta, tentando manter uma atitude profissional, agarrando a madeira do púlpito diante daquela personalidade escrota, e rapidamente decidi mandar o profissionalismo à merda. Eu revidaria. Havia tido um dia péssimo até então – a noite seria pior –, então decidi me comprometer completamente a ter o pior dia do mundo.

— Acredito que estudo e conhecimento empoderam as pessoas, e não dinheiro, *status* ou as roupas de marca que você usa — eu disse com frieza.

— Sério? Você acredita mesmo nisso?

— É claro que sim. Abrir a mente a possibilidades desconhecidas e aprender como funcionam outras culturas, no que acreditam, dá às pessoas uma compreensão mais rica e holística da condição humana. A filosofia oferece respostas a uma série de questões. Por exemplo, por que algumas pessoas passam pela vida com facilidade, desprovidas de qualquer compaixão pelos outros? Enquanto outras – humanos bons, gentis e honestos – recebem um golpe após o outro, mas, de algum modo, encontram força interior para continuar? Você não acha que, se mais gente dedicasse tempo para ser conscienciosa com os problemas da humanidade, talvez o mundo fosse um lugar melhor?

A garota balançou o cabelo com nervosismo, sem resposta para minha pergunta, os lábios vermelhos apertados enquanto me encarava, aborrecida.

— É *por isso* que estudo em vez de encher a cara todas as noites. O mundo merece ter pessoas que pensam mais nas outras do que em si mesmas, que se esforçam para serem menos egoístas e superficiais. — Olhei feio para ela e anunciei em um tom de voz pseudoamigável:

— Espero que isso ofereça a vocês algum discernimento sobre os motivos de eu querer ser professora universitária. É quem eu sou, e tenho muito orgulho disso.

— Cacete! Agora aprende, Shelly! *Toma*! — murmurou uma voz masculina rouca, fazendo o resto da turma romper o pesado silêncio com risadas. Levantei a cabeça quando me dei conta de que aquilo tinha vindo de Rome, esparramado na cadeira, os pés para cima, rindo consigo mesmo, acompanhado do restante da turma. Uma profunda sensação de satisfação acomodou-se em meu estômago.

Shelly ficou boquiaberta e encerrou abruptamente a conversa, dizendo:

— *Não me importa!* Boa sorte para se enturmar por aqui agindo desse jeito!

A professora Ross me deu um tapinha no ombro e sussurrou em meu ouvido para entregar rapidamente o programa de estudos antes que a aula terminasse. Dava para notar que ela estava irritada com meu comportamento.

Tratei de pegar os papéis que estavam sobre a mesa de carvalho e comecei a entregá-los, um a um, pelas fileiras de alunos, enquanto a professora explicava os critérios de avaliação dos trabalhos, as regras e os padrões de suas aulas.

Cheguei à última fileira e imediatamente vi Rome me encarando, com um brilho inexplicável no olhar. Ele abaixou a cabeça, me cumprimentando com uma expressão séria. Abri um sorriso breve.

Shelly chegou mais perto dele sem tirar os olhos dos meus. A julgar pela posição do corpo dela – pernas dobradas tocando as dele, peitos grandes roçando no braço dele –, ela e Rome eram bem próximos.

Quando fui entregar a última folha para Shelly, ela me provocou:

— Belos sapatos, *Molly*. Todos os futuros professores de filosofia têm tanto bom gosto assim para moda? — Os alunos riram de mim.

Olhei para os meus Crocs baratinhos, vi as sandálias douradas estilo gladiador – certamente muito caras – dela, e soltei um suspiro triste pelo nariz.

Rome logo empurrou a perna dela para longe de sua coxa e disse:

— Chega, Shel. Por que você tem que ser tão cretina o tempo todo? — Sua observação também silenciou de maneira efetiva o restante da sala, e a postura de quem não levaria desaforo para casa fez com que a turma parasse de prestar atenção em minha estranheza e se encolhesse em seus lugares para evitar a atenção indesejada dele.

Shelly cruzou os braços e ficou emburrada.

Rome ignorou aquela atitude fútil e voltou a olhar para mim, levantando o queixo.

— Você acredita mesmo no que acabou de dizer?

— Qual parte?

Ele se moveu com estranheza na cadeira, passando os dedos pelos cabelos loiros desgrenhados.

— Sobre a vida ser injusta. Sobre a filosofia explicar por que algumas pessoas têm de lidar com um monte de merda e outras não.

— Veementemente — respondi com uma certeza inabalável.

Ele concordou lentamente com a cabeça, levantando o lábio inferior, parecendo quase impressionado.

Eu me virei com premência nos passos e me sentei na cadeira atrás da mesa de assistente de professor na lateral da sala. Mantive a cabeça baixa enquanto a turma era dispensada.

— *Molly*.

Levantei a cabeça e vi a professora parada na minha frente, com expressão de censura no rosto enrugado.

— Pode me explicar o que acabou de acontecer? Isso não é do seu feitio.

— Suzy...

— Err, *professora Ross* na sala de aula, Molly. O que deu em você?

Franzindo o rosto, eu disse:

— Desculpe. Estou com muita coisa na cabeça no momento.

— Você não respondeu à minha pergunta.

Ao ver seu olhar severo, enxerguei em seus olhos envelhecidos não apenas decepção com minha falta de profissionalismo, mas também uma ponta de preocupação.

Suspirei.

— Só tive um dia ruim. Nada além disso. Não vai acontecer de novo.

Suzy descruzou os braços, deixando de lado a repreensão ao meu comportamento.

— Não deixe pessoas como aquela jovem afetarem você. Nunca se desculpe por ser quem você é.

Abri um sorriso.

— Obrigada, professora. Lição aprendida. Ela só... sei lá... me atingiu por alguma razão.

— Eu percebi. Mas, da próxima vez, não dê importância. Apenas ignore.

Concordei.

— Agora, por que não vai para casa?

— Obrigada, professora. — Peguei minha bolsa de couro marrom que estava pendurada na cadeira e saí da sala.

Rome estava no corredor, com os braços de uma loira magricela em volta de seu pescoço e o peito corado dela junto à camiseta vermelha do time de futebol americano, e tentava se livrar dela com uma expressão exasperada no rosto.

Paralisei, sentindo-me incrivelmente constrangida com a situação.

— Mas... mas... por que não? Você nunca me rejeita! — A loira lamentou enquanto soltava com relutância o pescoço de Rome, cruzando os braços e batendo o salto anabela cor de creme no chão, em protesto.

— As coisas mudam — Rome afirmou com frieza, afastando-a.

— *Mudam? Você?* Desde quando?

— Desde este exato momento, porra! Não preciso mais de você.

Com um grito de indignação, a loira foi embora, e Rome passou as mãos sobre o rosto, parecendo um tanto agitado, pressionando a testa com desânimo na parede.

Aproveitando que ele estava de costas e com a cabeça abaixada, passei por ele rapidamente e em silêncio, voltando a respirar apenas quando consegui atravessar despercebida.

Enquanto saía pela porta rumo ao ensolarado dia de verão, não consegui deixar de me sentir levemente decepcionada ao confirmar que Rome era, obviamente, um *daqueles* caras – jogador... responsável por partir corações... o típico *bad boy,* sem tirar nem pôr.

Com aquela aparência, não era de surpreender.

2

— Me diga *mais uma vez* por que estou desfilando com um lençol mal enrolado em meus peitos e em minha bunda quase expostos? — perguntei um pouco mais alto do que o necessário enquanto eu e minhas amigas nos dirigíamos à temível noite de iniciação na irmandade de *nossa* escolha.

Lexi parou imediatamente e me puxou pelo braço, para eu ficar de frente para ela.

— Porque eu *finalmente vou* me tornar líder de torcida, e esse é o jeito mais fácil de entrar! A vaca-mãe das líderes de torcida domina essa irmandade, e pretendo ficar amiga dela e usar isso a meu favor. Tentei por três anos sem estar em uma irmandade, e *nada*. Este é meu último ano para tentar, então pare de reclamar e vamos logo com isso!

— Eu já falei uma vez e vou falar de novo. Estamos velhas demais para essa merda! Somos todas veteranas – já estamos terminando a faculdade –, por que elas nos querem em seu grupinho?

— *Porque sim* — ela disse em tom exasperado. — Elas precisam cumprir uma cota de veteranos e alunos transferidos de outras universidades... somos nós! — Uma carranca se formou em seu rosto impressionantemente branco.

Lexi era uma gótica de um metro e cinquenta e três de altura – de corpo supermagro, cabelo preto curtinho, maquiagem totalmente branca e delineador preto nos olhos e no contorno dos lábios. Ela era a perfeita antítese do estereótipo de uma líder de torcida, mas tinha um sonho estranho de um dia ficar no topo da pirâmide em um jogo de futebol americano.

Eu, sua colega de quarto, havia sido arrastada para dar apoio. Bem, eu *e* Cass, a espalhafatosa texana loura de cento e trinta quilos que vinha logo atrás, mapeando os garotos que gostaria de devorar naquela noite. Como sempre, Cass usava seu chapéu branco e botas de caubói de couro preto, juntamente com a toga justa exigida pela irmandade – que parecia uma fronha de travesseiro – em que ela havia entrado.

Ao olhar para nós três juntas, não pude deixar de pensar que não éramos exatamente do tipo que combinaria com as beldades lindas e atléticas do Sul que nos esperavam do outro lado da grande porta branca.

Na primeira semana de minha estada aqui (a semana de recrutamento), fomos abordadas por uma morena impaciente. Semanas de seleção se passaram, e nos disseram para comparecer naquela noite para a iniciação oficial.

Lexi viu isso como uma mensagem divina de seu Deus todo-poderoso adorador da atividade das líderes de torcida.

Eu vi com uma punição cruel e incomum.

Cass parou na nossa frente e perguntou:

— E aí, gatas? Vamos para essa parada ou o quê? Quero ver qual carne de primeira está sendo oferecida. O taco da mamãe aqui precisa de um bom recheio. — E ela deu um tapa na virilha para enfatizar seu argumento.

Quando cheguei, um mês antes, fui imediatamente alojada em um apartamento da universidade dentro do campus, e o único quarto disponível era com essas duas meninas. Eu as adorei instantaneamente – nada de afetação e frescuras, e completamente orgulhosas de sua identidade. Elas me acolheram sob suas asas sulistas e nos demos bem de imediato. No entanto – ao conhecer aquelas boas moças – eu *não* me dei conta de que o lema "uma por todas e todas por uma" que havíamos adotado me levaria a vestir algodão de péssima qualidade comprado no Walmart, tudo para ajudar minha amiga, rainha da beleza emo, a conquistar sua fantasia com pompons.

Eu tinha passado de uma vida de solidão, em que ficava dezoito horas por dia na biblioteca, e jantares servidos à inglesa em Oxford, para a experiência de vestir um lençol que deveria remeter às vestimentas da Roma Antiga.

Mas não remetia.

Nem de longe.

Cass tirou uma garrafinha de bebida de alguma dobra escondida em sua toga justa e deu um longo gole.

— Uhu! Sinta queimar, querida! — ela gritou, inclinando-se para trás e batendo na coxa volumosa. Ela passou a língua nos dentes, eliminando qualquer gota restante, e passou a garrafinha primeiro para Lexi, que, depois de engolir, fez uma dancinha, gritando e sacudindo os braços, e depois a entregou para mim. Dei um minúsculo gole hesitante e senti meus olhos caírem do rosto.

— Afff, Cass! Como você consegue beber isto? — Cuspi enquanto passava as mãos pela garganta, tentando aliviar a queimação. Cass tinha transformado uma parte de seu banheiro em uma destilaria clandestina. Ela amava aquela coisa.

— Você está de brincadeira? É como tomar o leitinho da mamãe, e eu adoro o *baraaaaaato*... — ela alongou a palavra, tremendo como se uma corrente elétrica passasse sob sua pele — ... que isso dá. — Depois tirou o fumo de mascar de uma bolsa escondida e o enfiou atrás do lábio inferior.

Revirei os olhos diante de suas palhaçadas e devolvi a garrafinha. De braços dados, seguimos para as profundezas do inferno.

* * *

A entrada da Delta Épsilon Ni Ômega... Beta... Pi... Capa... – quem se importa? – era gigantesca. Uma grande escadaria de carvalho dominava a entrada da imponente mansão de tijolinhos, e os lustres que pendiam do teto pareciam pertencer ao Palácio de Versalhes.

Fomos conduzidas como gado pelas companheiras da irmandade a uma grande sala nos fundos. As candidatas ficaram superempolgadas ao ouvir que logo conheceriam a presidente. Fiquei surpresa ao ver como uma única pessoa era capaz de causar tanto frenesi.

As companheiras da irmandade nos disseram para ficarmos quietas, e com um dramático rufar de tambores, cortesia de uma delas, que batia com as mãos sobre a mesa, a presidente passou pelas portas de maneira teatral para dar continuidade à noite.

Fiquei instantaneamente tensa. Era Shelly, toda arrumada, com um vestido amarelo bem justo.

— Bem-vindas, candidatas. Vocês todas estão aqui esta noite para participar da iniciação final desta respeitada irmandade de primeira classe. Todas que estão nesta sala farão parte de uma irmandade acolhedora e de uma família enquanto estiverem aqui na faculdade *e* pelo resto da vida. — Ela começou a andar de um lado para o outro diante da multidão. — A noite de hoje é para vocês se divertirem. Mas, antes de darmos início à festa, decidimos dar a vocês uma pequena tarefa... para provarem o quanto realmente querem estar aqui.

Tive um mau pressentimento ao ver o sorriso presunçoso no rosto dela.

— A tarefa é bem rápida e fácil — ela afirmou, parando ao lado de uma mesa coberta com um lençol preto. Com uma risadinha, puxou o lençol, revelando a surpresa que havia sob ele: fileiras e mais fileiras de vendas.

Shelly pavoneou-se diante de todas nós, com os olhos pequenos e brilhantes analisando cada uma de suas vítimas, e eles se apertaram um pouco quando recaíram sobre mim.

— Nossa, Molly. O que é isso? Achei que você não achasse essas coisas *divertidas*. Ou talvez você pense que entrar em uma irmandade vai ajudá-la a entender melhor a *condição humana*?

Fechei os olhos e inspirei lentamente pelo nariz, ignorando os olhares questionadores de Cass e Lexi.

Eu não gostava nem um pouco daquela garota.

Com um sorriso presunçoso e uma risada harmônica, Shelly continuou:

— Para a tarefa de iniciação, usaremos colegas da fraternidade associada à nossa. Vocês serão vendadas e terão que beijar – *de língua* – um companheiro da fraternidade e adivinhar o que ele acabou de comer. Não é muito para demonstrar seu comprometimento, e todos vamos rir muito com isso. — Ela jogou os cabelos dignos de comercial de xampu na cara das outras companheiras da irmandade, que responderam com risadinhas.

Cretina.

Não gostei da ideia.

Peguei no braço de Lexi e me aproximei.

— Achei que tivesse dito que os trotes estavam proibidos devido a um escândalo recente ou algo do tipo. Veja essas vendas. Vamos ser completamente humilhadas – isso se qualifica como trote, droga! Não posso fazer isso, Lexi. Essa não é minha praia.

Lexi me atingiu com seus olhos de cachorrinho delineados de preto.

— *Por favor*, Molls. Por mim? Não é exatamente um trote *ruim*; é só beijar um cara, pelo amor de Deus!

Abaixei a cabeça e resmunguei. Não adiantaria discutir com ela. Ela só começaria a choramingar de novo, fazendo eu me sentir culpada.

— Você me deve uma!

— Andem até a mesa e peguem uma venda. Vamos colocar vocês em fila e chamar os meninos — Shelly disse, divertindo-se profundamente à nossa custa.

Fizemos o que ela mandou, e, depois de alguns minutos, ouvi a porta se abrir e vários pares de pés entrarem na sala. Senti alguém parar na minha frente e quase vomitei com o fedor. Ele exalava um odor forte de álcool e suor pútrido por todos os poros.

Nojento.

— Quando eu bater no ombro de vocês, beijem-se, adivinhem a comida corretamente e estarão dentro. Simples — Shelly informou em tom alegre.

Dava para saber que eu estava no fim da fila, porque quando coloquei a mão para trás senti apenas ar.

Eu seria a última candidata a fazer o teste.

O som característico de línguas e garotas fazendo adivinhações preencheu a sala, e o coro de companheiras da irmandade soltando risadas maliciosas vinha de todos os lados.

Senti meu pulso acelerando de apreensão e nervosismo, e minhas mãos ficaram agitadas, deixando transparecer o pânico crescente.

O tempo pareceu parar quando minha vez se aproximou. O cara da fraternidade cheirava... *mal*. Mas eu faria aquilo por Lexi.

Um leve toque em meu ombro indicava que havia chegado a minha vez. Eu me preparei e me inclinei para a frente, sentindo apenas uma corrente de ar passando sobre minha cabeça e uma batida alta vindo da lateral, além de risadas masculinas ecoando ao meu redor.

— Sai, Macmillan. Acho que está no meu lugar — alguém disse lentamente.

— Ah, n-*não*, Ca-Ca-Canhão! A Shelly falou... falou... — *Macmillan* disse do chão, quase incoerente.

— Não ligo a mínima para o que ela falou. Vá arrumar uma maldita bebida, desmaie por aí ou algo do tipo, entendeu? — O tom de ameaça na voz do tal "Canhão" estava bem claro.

— Entendi. Entendi, cara.

Eu não fazia ideia do que estava acontecendo ou de quem estava brigando para me beijar. Esse dia estava ficando mais estranho a cada segundo.

— Espere! O Mac tem que... — Shelly gritou.

— Cale essa boca, Shel. — O tom dele não deixava margem para discussão, e Shelly ficou em silêncio.

Eu estava ocupada roendo a unha do polegar – um tique nervoso que adotava em situações desconfortáveis – quando o novo garoto da fraternidade parou na minha frente, com um cheiro mil vezes melhor do que a pessoa anterior: verão, sabonete e hortelã. Era familiar. Reconfortante. Atraente.

Sua mão grande e calejada tirou meu polegar da boca e o colocou sobre uma cintura firme. Meus dedos tatearam o tecido parecido com algodão que cobria seu torso, identificando sob a roupa os sulcos formados por músculos rígidos e abdominais definidos. Estar com os olhos vendados era definitivamente um despertar sensorial; o olfato, o tato e a audição ficavam muitos mais apurados.

Mãos seguraram os dois lados de meu rosto, e pude sentir o momento em que ele começou a se mover em minha direção, acariciando repentinamente meus lábios com os seus, de maneira provocativa e suave.

Sem aviso, meu captor soltou um resmungo frustrado, deixando de lado qualquer gentileza, e sua língua ávida e úmida invadiu minha boca, duelando com a minha, lutando por controle. Cedi com prazer. Não havia outra opção.

Eu nunca tinha sentido nada parecido.

A cada segundo que se passava, o beijo ficava mais frenético, mais intenso, e eu podia sentir com nitidez o sabor refrescante de hortelã. Podia senti-lo em toda a boca, em cada canto, e pela superfície dos lábios grossos dele.

De repente, interrompi a lascívia e me lembrei de onde estava – em uma sala cheia de gente –, e, antes que me perdesse completamente para seu toque, recompus meus pensamentos e, relutante, rompi a conexão.

Retirei a língua primeiro, segurando nos pulsos dele, e suas mãos continuaram fixas nas laterais de meu rosto. Afastei os lábios, mas passei a língua sobre as beiradas para desfrutar do restante de seu sabor, soltando um gemido de satisfação.

Tentei recuperar o fôlego e notei que, pela primeira vez, a sala estava totalmente silenciosa.

Meu captor ajustou as mãos em meu rosto, como um tornilho inflexível e dominador, e seu hálito quente e doce tocou minhas bochechas em arquejos rápidos e rasos.

Pigarreei e anunciei em voz baixa:

— É hortelã. O sabor na boca dele é...

Minha resposta foi interrompida por um gemido baixo, e os lábios do garoto da fraternidade voltaram a se chocar com os meus com muito mais entusiasmo do que antes, colocando imediatamente a língua de volta em minha boca.

Cabelos macios, com cheiro de madeira e floresta, fizeram cócegas no meu nariz quando ele encostou o rosto no meu a ponto de machucar. Ele suspirava a cada movimento com a língua e ia mais a fundo, como se estivesse devorando a melhor sobremesa do mundo – eu não podia fazer nada além de retribuir.

Levantei as mãos para envolver seus cabelos – longos e macios – e os enrolei em meus punhos, suscitando um murmúrio travesso enquanto lutávamos para nos aproximar ainda mais.

Não faço ideia de quanto tempo durou o beijo, mas achei que meu coração ia saltar do peito.

Ele controlava, eu obedecia, e ambos nos deleitávamos nos braços um do outro.

No instante em que senti uma das mãos dele passar pelo meu pescoço, alguém me puxou pelo ombro, e a mão que aninhava meu rosto vacilou.

— Chega! O que é isso, Rome? Solte ela, agora! — Shelly gritou, com uma voz que lembrava unhas arranhando um quadro-negro.

A venda foi arrancada de meus olhos, e, quando a cobertura escura caiu, Rome estava diante de mim – tipo, bem na minha frente, quase nariz com nariz. Ele vestia as mesmas roupas de antes, ignorando o chilique de Shelly ao lado e olhando fixamente para mim com uma expressão de desejo primitivo.

— Ei, Mol — ele disse com a voz rouca, o tempo todo alternando o olhar entre meus olhos e meus lábios inchados.

— Ei, você… — sussurrei em resposta, incapaz de encontrar outras palavras em meu cérebro esgotado.

Rome se aproximou mais uma vez, como se a gravidade nos atraísse, e levantei instintivamente o queixo em resposta. Shelly alcançou o braço de Rome, puxando-o por vários metros, mas ele não interrompeu nossa pequena competição para ver quem desviava os olhos primeiro.

— *Ei!* — ela soltou um grito agudo e deu um tapa na cara dele com força considerável. Aquilo chamou sua atenção e suscitou suspiros espantados de todos na sala.

Depois de soltar as mãos do meu rosto, Rome agarrou Shelly pelo pulso, com cuidado, mas com firmeza, e falou entre dentes, com um terrível olhar de desdém no rosto:

— Não encoste a mão em mim, caralho. Nunca mais.

Shelly arregalou os olhos diante daquele alerta hostil e ameaçador, enquanto os outros olhavam para mim como se eu fosse um experimento de ciências que dera errado.

— Era hortelã — anunciei, e Shelly virou a cabeça na minha direção. — Rome estava com gosto de hortelã. Era isso que você queria, não era, nesta tarefa de iniciação ridícula? — Até a meus próprios ouvidos minhas palavras soaram extremamente frias enquanto eu encarava Shelly, tentando desfazer o clima tenso que havia recaído sobre a sala.

O olhar firme e zangado de Rome estava focado no meu, e perdi o fôlego por um instante. Ninguém nunca tinha feito eu me sentir daquele jeito, e comecei a entrar em pânico ao perceber a estranha atração que sentia por ele.

Ele apertou os lábios e dilatou as narinas, como se pudesse sentir o cheiro de minha intensa atração.

— Ela está certa. Acabei de mascar um chiclete.

Soltando o braço das mãos firmes de Shelly, Rome a empurrou, virou-se rapidamente e saiu da sala, batendo a porta com força.

Depois de vários segundos de tensão, os outros garotos da fraternidade fizeram o mesmo que ele, e aquilo deixou as candidatas boquiabertas e as companheiras da irmandade olhando para mim com uma mistura de sorrisinhos impressionados e expressões de espanto.

Lexi e Cass se aproximaram rapidamente, irradiando empolgação em seus amplos sorrisos. Lexi segurou a minha mão e apertou.

— Molly, você sabe quem era aquele?

— Sei, era o Rome. Eu o conheci hoje cedo. Ele está na minha turma de ética e filosofia.

Cass bufou.

— Ah, sim, é o *Rome*, mas ele não é *apenas um aluno*, Molls.

— *Certo. E...?* — respondi, confusa.

Lexi se aproximou.

— Molly, ele está no último ano e, só para você saber, é *completamente* inatingível. Ele é reservado, todo taciturno e misterioso, mas, *o mais importante*, ele é o *quarterback* titular do Tide!

— Estatísticas oficiais: um metro e noventa e cento e seis quilos de puro músculo! — Cass acrescentou, empolgada.

— Ele é o quê? De quem?

Cass recuou e colocou as mãos sobre o peito, como se eu tivesse acabado de xingar o papa.

— Ele é o *quarterback* titular do Crimson Tide.

— Ah, notei que isso estava escrito na camiseta dele. É um time de futebol americano, certo?

— Certo? *CERTO*? Não tem futebol na Inglaterra?

— Tem, mas é do tipo que se joga com uma bola *redonda*. Além disso, temos rúgbi, críquete, tênis. Não jogamos futebol americano, pelo menos não profissionalmente.

— Minha nossa... Não consigo imaginar a vida sem futebol. Sem os churrascos no estacionamento antes do jogo, barraquinhas de cachorro-quente. A vida seria insuportável.

— Fui criada por minha avó em uma pequena cidade mineradora no norte da Inglaterra. A ideia que ela tinha de diversão era tricotar cachecóis e jogar xadrez. Depois fui para Oxford, onde estudava vinte e quatro horas por dia para me formar. Sinto muito se o futebol não tem um papel muito importante na minha vida! — Tentei brincar, mas senti a velha ansiedade crescendo dentro de mim ao simplesmente mencionar minha antiga vida. Eu a abafei antes que tomasse conta de mim.

Lexi fez um gesto de desprezo com a mão.

— Tudo bem, nós vamos te atualizar. Romeo Prince é o *quarterback* titular do Tide – o time de futebol aqui da Universidade do Alabama – e certamente vai para a NFL, a liga nacional de futebol americano, no fim do ano. Por duas vezes foi esperado que ele fosse para o *draft*, o período de contratação dos melhores jogadores do futebol universitário pela NFL, mas por algum motivo ele resolveu ficar e terminar a faculdade antes de fazer sucesso. Você, Molly Shakespeare, acabou de beijar em público o cara mais desejado da faculdade. Um cara que nunca se compromete com ninguém. Um cara de quem os outros caras morrem de medo e por quem as meninas dariam, sem pestanejar, um dos pulmões.

— É, sua sortuda! — acrescentou Cass, dando um soquinho de leve em meu braço.

Meu rosto sem expressão deve ter indicado que eu ainda não estava entendendo o verdadeiro impacto do que tinha acabado de acontecer.

Cass revirou os olhos de maneira dramática.

— Vou explicar de um jeito que você possa compreender. Você, Kate Middleton, acabou de beijar o príncipe William da Universidade do Alabama e possivelmente de todo o futebol americano universitário.

A ficha finalmente caiu.

— Então Rome é meio famoso por estes lados? — O enorme sorriso delas me mostrou que era muito mais do que eu imaginava.

— Romeo Prince. Ele é um pouco intenso, não é? — afirmei em voz baixa, lembrando de seu gosto singular e viciante, de suas mãos possessivas em meu rosto e de seus gemidos profundos de satisfação.

— Intensamente pegável! Você tem que ver como ele é no campo de futebol... *Minha nossa, é demais!* Ele perde a calma com frequência, sai dando porrada quando alguém fica em seu caminho, mas as meninas meio que gostam desse comportamento instável, *e* ele é extremamente sexy – tem músculos definidos, é lindo, bronzeado. Merda, quase gozei só de pensar nele! — Fiz cara feia para a grosseria de Cass. Ela simplesmente sacudiu a cabeça e me ignorou. — Mas ele não conseguia largar de você, garota! Achei que fosse rasgar suas roupas ali mesmo! Quase decapitou o Mac quando ele ia te beijar. Quando Rome empurrou ele no chão, o olhar assassino em seu rosto estava bem assustador. Fiquei arrepiada! — Ela levantou o braço e o esfregou para demonstrar.

Franzi a testa enquanto absorvia o que ela havia dito.

— Romeo Prince — murmurei, perdida em meus próprios pensamentos. Ele havia me beijado com tanto desespero, com uma necessidade tão bruta, que mexeu com algo desconhecido dentro de mim.

— É, e Molly Shakespeare... *ei!* Romeo e Shakespeare! Isso não é hilário? — disse Cass, empolgada, quase fazendo sua toga cair e mostrar partes de seu corpo que eu não gostaria de ver.

— Meu Deus! É o destino! — Lexi riu, colocando a mão pequena sobre a boca.

Shelly escolheu aquele momento para aparecer na minha frente, encarando-me com seus olhos azuis.

— Saia desta casa imediatamente, sua... sua... *vadia*! — ela vociferou, acertando meu rosto com saliva.

Tirei os óculos e limpei o líquido asqueroso com a ponta da toga.

— Com prazer. Não preciso disso, mesmo. Vir aqui foi um erro *imenso*. Cass, Lexi, sinto muito, mas essa *festinha de amor e irmandade* não é para mim *mesmo*. Vejo vocês em casa.

Eu precisava me distanciar dessa garota horrível e parar de tentar ser algo que eu não era. Eu havia tentado, por minha amiga, e era aquilo que importava. Só precisava me esquecer desse dia inteiro. No dia seguinte tudo voltaria ao normal.

Cass assobiou usando os dedos e chamando a atenção de todas.

— Ela está dentro, Shelly. Ela beijou um cara e adivinhou o que ele tinha comido. Não venha me dizer que não, todo mundo viu. Nossa, a Molls estava vendada, porra! Não foi ela que foi atrás dele. — Ao ouvir isso, ela cruzou os braços, com um olhar ameaçador no rosto.

A fachada dura de Shelly desabou por um instante. Eu não podia culpá-la; também tremeria se fosse alvo da ira de Cass.

— Não era para ela beijar ele! Era para ele ser meu! — Shelly gritou para suas companheiras da irmandade, que simplesmente olhavam para ela com variadas expressões de indiferença.

— Acho que você sabe bem que foi *ele* que beijou *ela*... duas vezes — anunciou uma morena belíssima que piscou para mim enquanto saía do fundo da sala e vinha em minha direção.

Ela colocou a mão em meu ombro.

— Ela está dentro. Não conteste, ou vai perder, Shelly — ela disse com um sorrisinho de satisfação no lindo rosto. — A culpa é sua por obrigar as candidatas a fazerem essa merda todo ano, só para você e suas lacaias se divertirem à custa dos outros. Só que desta vez o tiro saiu pela culatra e acertou *você*. Não é uma pena?

Shelly passou por mim irritada, mas não sem antes apontar o dedo para o meu peito.

— Fique longe dele ou você vai ter problemas, está ouvindo? Você não sabe com quem está mexendo, *não faz a menor ideia*. — Ela bateu a porta ao sair da sala.

Seguiu-se um silêncio mortal.

A morena se dirigiu às candidatas.

— Parabéns! Vocês agora fazem parte desta *fantástica* irmandade – que sorte! Os barris de chope estão no pátio. Divirtam-se.

As candidatas saíram da sala em fila, com sorrisos de felicidade, deixando Lexi, Cass e eu com a beldade de pernas longas. Ela usava um vestidinho curto vermelho e tinha pele morena, cabelos escuros que iam até o meio das costas e olhos castanho-escuros. Era linda. Do nível de uma supermodelo.

Ela foi até mim e se apresentou com um sorriso iluminado.

— Peço desculpas pela Shelly. Ela sempre deixa o poder subir à cabeça em eventos como este e ficou totalmente insegura com a calorosa demonstração pública de afeto entre você e meu primo.

— Primo? — perguntei.

Ela riu.

— É, o Rome é meu primo. Mais como um irmão, na verdade. Sou Ally Prince. Shelly queria namorar com ele desde que tínhamos, tipo, uns dez anos. Apenas a ignorem. É o que eu faço.

— Ela pareceu meio possessiva demais com relação a ele.

Ally gargalhou.

— Não sei o motivo. Eles nunca namoraram oficialmente. Só ficavam às vezes no passado, embora Shelly pareça nunca ter entendido que isso já era. Rome não é exatamente do tipo monogâmico – ele só dá atenção a ela porque o pai dela e o pai dele são sócios. Ela é exatamente como os pais dele gostariam que sua futura esposa fosse. Os endinheirados costumam ficar juntos por estas bandas. Os pais dos dois já agem como se eles estivessem noivos.

Meu coração se despedaçou um pouco com aquela informação. Ele estava destinado a se casar com *ela*?

Ally esticou o braço e tocou meu ombro, com uma expressão exagerada de ânimo.

— Nunca vi ele agir daquela forma, menina. Nem a Shelly. Por isso ela está surtando. Até eu achei que foi ardente, e sou prima dele e não curto incesto, que fique bem claro! — ela brincou.

Ally enlaçou o braço no meu.

— Vamos pegar uma cerveja. Estou sentindo que vamos nos tornar boas amigas, srta. Molly, mesmo que seja só para eu te ver torturar a Shelly. Além disso, vou te indicar para um dos quartos da casa, e suas amigas também. Só restam alguns, mas se você se mudar para cá, Shelly vai ficar constantemente irritada, e meu ano vai ser muito mais empolgante.

3

Duas horas depois, eu me vi sentada a uma mesa de piquenique no opulento gramado com Cass, Lexi e Ally. Lexi estava puxando o saco de Ally o máximo possível, pois sabia muito bem que ela era presença garantida na equipe de torcida da universidade, interrogando-a sobre os testes e sobre o que elas estavam procurando nas novas adições. Cass estava ocupada encarando o enorme jogador do Tide (assim ela me informou) que estava logo à direita, totalmente vestido de caubói, enquanto tomava alguns goles da bebida de sua garrafinha.

A falta de assuntos que necessitassem de minha contribuição permitiu que minha cabeça viajasse para apenas um tópico: Rome. Ele não tinha voltado depois do beijo. Pelo menos eu não o havia visto na festa, então presumi que tivesse ido para casa. Infelizmente, tive que admitir a mim mesma que estava um pouco decepcionada com sua ausência. Ele havia mexido comigo com aquela atitude estranha com relação a mim, e eu não conseguia esquecer aquele beijo. Aquilo me fez pensar em coisas nas quais não costumava pensar – coisas envolvendo nudez, camas e muito suor.

Voltando a me concentrar na conversa, fiquei consternada ao ouvir as meninas mudando de assunto, deixando de falar da torcida e falando de suas famílias. Resolvi que aquele era o momento perfeito para fazer uma pequena pausa.

— Ei, Ally, onde fica o banheiro? — perguntei abruptamente.

— Você pode usar o meu, amore. Fica no último andar, terceira porta à direita. — Ela tirou uma chave da bolsa e a colocou na minha mão. — Eu deixo trancado para ninguém usá-lo para transar em festas como estas.

— Boa ideia. Obrigada. Volto já.

Atravessei as portas do pátio e segui para a escadaria principal, subindo rapidamente os três lances, tentando ignorar os gemidos que emanavam de trás das portas fechadas. Ally estava certa em trancar a porta. Parecia que havia uma alcateia de lobas no cio em todos os andares.

Fui até a porta certa e girei a chave na fechadura, fechando-a após entrar e trancando-a novamente, por precaução. Eu *não* queria sair do banheiro e dar de cara com algum show de sexo ao vivo estrelado por calouros empolgados na cama dela.

O quarto era lindo. Paredes branquíssimas, roupa de cama vermelha cobrindo uma enorme cama *king-size* e uma escrivaninha antiga e grande em um dos cantos. A melhor parte, no entanto, era sua varanda exclusiva. Cortinas vermelhas de tecido transparente esvoaçavam com a leve brisa de verão sobre as portas abertas, e a luz das estrelas brilhava em contraste com as faixas prateadas sutilmente bordadas no tecido.

Sacudi a cabeça ao pensar que ela tinha tudo aquilo e ainda estava na faculdade. Algumas pessoas nunca vivenciavam aquele tipo de luxo – meu pai e minha avó viveram em quatro cômodos pequenos durante a vida toda. Imaginei o *alto* custo de viver ali. Aquele pensamento quebrou meu deslumbramento, e comecei a procurar o banheiro, minha verdadeira intenção.

Cheguei ao outro lado do quarto quando uma voz dispersa gritou da varanda:

— Al, é você?

Dei um pulo e levei a mão ao peito, com o coração disparado devido ao susto. Apoiei-me na cama quando o dono da voz entrou no quarto escuro.

Rome.

Levantei os olhos e o vi me encarando, obviamente surpreso com minha presença.

— Não é permitido entrar neste quarto, Mol — ele disse de maneira um tanto brusca enquanto tomava um gole de cerveja de uma garrafa marrom.

Mol. Eu adorava o modo como ele enrolava a língua ao dizer meu nome. Ninguém nunca tinha me chamado de Mol, mas a pronúncia vinda dos lábios dele me fez querer mudar de nome.

Eu me recompus com nervosismo, com a respiração curta ao ouvir a voz rouca dele, e balancei a chave sob o brilho do luar.

— É, eu sei. Ally me deu a chave para usar o banheiro.

Passando a língua pelos lábios e sem dizer mais nada, ele voltou para a varanda isolada com os pés descalços. Eu o vi sair e corri para o banheiro. Fiz o que tinha que fazer rapidamente e me olhei no espelho, desejando me recuperar.

Peguei a escova de Ally emprestada e passei sobre meus cabelos frisados, ajeitando o coque no alto da cabeça para conter os cachos castanhos. Avistei o tubo de creme dental e coloquei um pouco no dedo, passando sobre os dentes, e, por fim, alisei a toga amarrotada, ajustando-a sobre meus seios e meu traseiro curvilíneo. A tatuagem em meu quadril não estava visível, o que me agradava, e, depois de dar um jeito final em minhas sobrancelhas e apertar as bochechas com os dedos, saí da segurança do banheiro.

Abri a porta com cuidado e segui para a saída na ponta dos pés. Estava quase na porta do quarto quando Rome gritou:

— Mol?

Fiquei paralisada.

— Sim?

— Quer ficar um pouco aqui... comigo? — A voz dele parecia tensa, como se não tivesse muita certeza do que estava pedindo. Então éramos dois. Eu não estava certa de que podia confiar em mim mesma perto dele... *Nem um pouco*.

— Mol?

— Sim... tudo bem.

Quando saí na varanda aberta, vi Rome sentado em uma cadeira branca diante de uma mesinha, olhando através das grades para o pátio da casa da irmandade com uma expressão de tédio.

Puxei a cadeira à frente e sentei, tentando ver o que o deixava tão hipnotizado. Rome não reconheceu minha presença até empurrar uma garrafa de cerveja em minha direção, tomar um gole da sua e relaxar na cadeira com os pensamentos ocupados.

Inspecionei a varanda atrás de mim, observando sua bela decoração com vasos de plantas alegres, e quando me voltei para Rome fui recebida pela atenção exclusiva de seus intensos olhos castanho-escuros, e ele abriu um pequeno sorriso nos lábios carnudos pela primeira vez desde que concordei em lhe fazer companhia.

Tomei um gole de minha bebida só para fazer algo com as mãos. Ele permaneceu quieto e encostou a cabeça na mão que estava apoiada no braço da cadeira.

— Há quanto tempo você usa óculos? — ele perguntou, claramente apenas para puxar assunto.

— Desde os três anos, eu acho. Mais ou menos por aí. Minha visão sempre foi uma bosta — respondi, e ele se virou, olhando vagamente mais uma vez para a multidão lá embaixo.

Uma garrafa se quebrou no andar inferior e ele espiou pelas grades para verificar.

— As coisas estão ficando barulhentas lá embaixo — ele murmurou de maneira trivial.

— É. Bem, você deveria tentar andar pelos corredores. Parece um bordel. Eu não sabia que a vida universitária podia ser tão... *ativa*.

Ele riu baixo e levantou a garrafa, fingindo um brinde.

— Bem-vinda ao mundo das irmandades e fraternidades.

Sorri e também levantei minha garrafa, depois virei metade da bebida em um longo gole que me permitiria sobreviver ao ataque de nervos que interpelava meu corpo.

Coloquei a garrafa sobre a mesa e Romeo ergueu uma sobrancelha.

— Eu gosto de cerveja — expliquei.

— Percebi — ele respondeu com o mesmo sorrisinho animado.

Fiquei corada e apoiei o queixo na mão.

— E por que você está aqui em cima se escondendo?

Rome arqueou os ombros largos.

— Esta noite eu não estava a fim de festa.

Fingi surpresa.

— O sr. Jogador Famosinho não quer se misturar com suas afetuosas fãs?

Sua atitude mudou de animada para irritada em um instante, e ele começou a arrancar o rótulo de sua garrafa de cerveja, frustrado.

— Bem, até que não demorou muito. Quem te contou quem eu sou?

— Lexi e Cass.

— Quem?

— Minhas colegas de quarto. Elas me contaram depois que nós... hum, depois que nós... você sabe...

— Depois que nos beijamos? — ele disse sem rodeios e sem constrangimento.

Fixei os olhos no piso de ladrilhos vermelhos.

— Hum... é.

— E o que elas disseram sobre mim?

— Que você é *o* Romeo Prince, astro da defesa do time, o príncipe William do futebol universitário, blá-blá-blá...

Ele parou de destruir o rótulo da garrafa e colocou o dorso da mão sobre a boca para abafar a risada.

Franzi os lábios, irritada.

— O que foi?

— Eu sou o *quarterback*.

— O quê?

— Eu sou o *quarterback*. Jogo no ataque, e não na defesa.

Dei de ombros e desconsiderei a correção.

— Tanto faz. É tudo a mesma coisa.

— Bem, é melhor mantermos isso só entre nós. Não é *tudo a mesma coisa* por estas bandas. É... tudo. É questão de vida e morte. — Ele suspirou e voltou a cutucar o rótulo.

Tomei mais alguns goles e disse:

— Então seu nome é Romeo, não é?

Os olhos cor de cacau ficaram gelados.

— É Rome.

Sacudi a cabeça, mexendo as sobrancelhas.

— É *Romeo*. Recebi essa informação de fontes confiáveis.

Ele fez cara feia, e seu rosto ficou tenso.

— Ninguém me chama assim, Mol.

— Da mesma forma que ninguém me chama de "Mol" — retruquei, e meus olhos se arregalaram diante de minha ousadia incomum.

Aquilo me rendeu um olhar surpreso.

— *Touché*, Molly...? — Ele interrompeu a frase, esperando com um sorriso amarelo que eu dissesse meu sobrenome.

— Molly Shakespeare.

Rome chegou mais perto, apertando os lábios.

— O quê?

— Shakespeare. Molly Shakespeare.

A irritação era evidente em sua expressão intimidante.

— Está tentando ser engraçada?

— Não. Romeo, eu sou da família Shakespeare... nascida e criada.

Ele ficou paralisado por um instante, depois jogou a cabeça para trás e colocou a mão sobre a barriga enquanto soltava uma gargalhada. Sua camisa vermelha levantou um pouco, exibindo uma faixa de abdômen bronzeado e definido.

— Não tem nada de estranho em nossos nomes — eu disse com nervosismo.

— É mesmo? Porque as coisas estão bem estranhas desde que te conheci hoje. Não sei se estou entendendo direito o que tudo isso significa ainda. — Ele franziu a testa e sacudiu a cabeça.

— Bem, então se prepare para entrar no Mundo Bizarro, porque meu nome do meio, *Romeo*, é Juliet — anunciei, batendo os dedos sobre o tampo de vidro da mesa.

A bebida de Rome congelou no ar, e a língua dele ficou entre os dentes.

— Está falando sério?

— Estou. Meu pai achou que seria um tributo adequado ao sobrenome de nossa família.

Ele inclinou a cabeça de lado, olhando para mim com curiosidade.

— Muito adequado.

— É, mas ao mesmo tempo um pouco constrangedor.

— Bem, Shakespeare, você também vai me tratar diferente agora? Já que ficou sabendo que sou Romeo "Canhão" Prince?

— *Canhão?* — Franzi o nariz, sem entender.

Passando a mão na testa, ele disse:

— Sim. É meu apelido no campo. Por causa do meu braço.

Fiquei olhando para ele, sem expressão.

— O braço que uso para arremessar…

Minha expressão não mudou.

Rome apontou para si mesmo.

— Eu sou o *quarterback*… *Quarterbacks* arremessam a bola… no futebol … para os outros jogadores… Eles controlam o jogo.

— Já que você está dizendo… — afirmei com um sorriso, e dei de ombros.

— Merda, você não sabe nada sobre futebol, não é? — Ele estava verdadeiramente pasmo. Dava para ver em sua expressão.

— Não. E, sem ofensas, nem quero saber. Isso não me interessa. Esportes e eu não nos misturamos.

Arranhando o piso de ladrilhos vermelhos, Rome arrastou a cadeira para ficar mais perto da minha e apoiou o rosto sobre a mão para me encarar.

— Gosto do fato de você não saber nada sobre futebol. Será uma mudança poder falar com alguém sobre algo que não seja a nova *blitz* defensiva ou formação *spread*.

— *Hã…?*

— Amo o fato de você não ter ideia do que estou falando — ele disse.

— Fico feliz em ser útil.

Quando Rome chegou perto da caixa de cerveja, parecendo mais relaxado, ele abriu minha garrafa no canto da mesa e me entregou, fazendo o mesmo com sua garrafa e esticando as pernas em minha direção, encostando os pés descalços nos meus.

Só aquele contato já me fez sentir que todo o meu ar havia sido roubado.

— Então, Shakespeare, qual é a sua? Já sei que é um crânio, pois já está fazendo mestrado e é assistente de pesquisa da professora Ross há alguns anos. Na verdade, você deve ser de outro mundo para ela te trazer aqui para o Alabama.

Eu me movimentei com desconforto e fiquei olhando fixamente para a mesa.

— Hum, é. Mais ou menos isso.

— Você não gosta de falar de como vai bem nos estudos, não é? — ele questionou, intrigado.

— Não muito. É constrangedor ficar falando sobre as coisas em que sou boa. Acho estranho alguém gostar desse tipo de atenção.

— Então é uma coisa que temos em comum. — Ele pareceu alegremente... surpreso.

Coloquei a mão sobre a dele e sussurrei.

— Bem, isso e nossos nomes épicos do teatro elisabetano.

O calor subiu pelo meu braço novamente, e, ao ver minha reação, ele abriu um sorriso sagaz.

— Isso também.

— *Rome? Rome? Alguém viu o Rome? Para onde ele foi?*

Shelly.

Rome resmungou e colocou a cabeça entre as mãos. Tomei o resto da minha cerveja e coloquei a cadeira no lugar, sentindo minha ansiedade aumentar de repente.

Eu precisava sair dali.

Rome levantou rapidamente a cabeça, aflito.

— Você vai a algum lugar?

Eu me debrucei sobre a varanda, avistando Lexi, Cass e Ally conversando e rindo no gramado. *Eu devia estar com elas, e não com Rome.* Shelly estava cambaleando pelo pátio, procurando por Rome, presumi. Ela não estava bem.

Apontei para o pátio.

— Você não vai falar com ela? Ela parece estar bem chapada.

— Nem fodendo! Ela pode ficar sonhando. Vai acabar se acalmando com algum outro cara.

Chutando minha cadeira de volta para onde eu estava, ele ordenou:

— Sente essa bunda de volta aí, Shakespeare, e tome outra cerveja com seu personagem trágico mais famoso. Você não vai me deixar ainda.

Os olhos de Rome exigiam que eu o obedecesse, e revirei de brincadeira os meus em resposta, pegando outra cerveja e me sentando.

— Se eu não parar logo de beber, serei a pessoa cambaleando pelo gramado. Quer que eu fique gritando seu nome também?

Rome passou a língua sobre o lábio inferior, e involuntariamente imitei sua ação.

— Está ficando mais tentador a cada segundo — disse ele. Eu não soube o que responder.

Vendo meu desconforto, ele mudou de assunto, claramente entretido.

— Então você entrou para uma irmandade?

— É, e a Ally quer que eu me mude para a casa principal, com Lexi e Cass, é claro. Não é muito a minha praia, mas estou tentando ao máximo viver a experiência universitária.

Ele sorriu.

— Você andou falando com a Ally?

— Sim. Depois que você saiu... da sala... mais cedo... depois do... hum...

— Beijo. — Ele disse novamente, mas dessa vez com os olhos semicerrados e um timbre rouco enquanto voltava a atenção para minha boca.

— Hum, é. Bem, a Shelly gritou para eu sair, e a Ally me defendeu e basicamente mandou a Shelly cair fora.

Ele passou os dedos pelos cabelos loiro-escuros, rindo baixo.

— Ela não é mesmo muito fã da Shel. A Al é legal. Ela vai ser uma boa amiga para você aqui. É minha prima e melhor amiga. Por isso tenho a chave-reserva deste quarto, para quando as coisas ficam muito loucas lá fora. — Ele apontou para trás com o polegar, indicando a multidão de estudantes.

— Ela parece gente boa.

— Ela é demais. — Recostando na cadeira, ele colocou as mãos atrás da cabeça. — E então, Shakespeare, de que parte da Inglaterra você é? Nem pense em responder Stratford-upon-Avon, ou vou me internar em um hospício.

— Que nada. Não sou daquela região. Sou de Durham — respondi com uma risadinha.

Ele projetou o lábio inferior, concentrado.

— Nunca ouvi falar.

— Você já viu *Billy Elliot?* — perguntei, tentando fornecer uma referência.

— O filme sobre o garoto bailarino?

Eu sorri.

— É. Bem, eu sou do mesmo conjunto residencial que ele é no filme.

— Sério? — Dava para vê-lo imaginando a região. As fileiras e mais fileiras de pequenas casas geminadas, o cinza e a relativa pobreza em comparação a este estilo de vida insano.

Os olhos escuros de Rome fixaram-se sobre a mesa. Coloquei a mão sobre a dele, e ele se encolheu com o contato inesperado.

— Tudo bem. Eu sei que sou pobre. Não precisa se sentir mal por pensar isso.

— Eu não estava... — ele gaguejou e, com timidez, virou a mão de modo que nossas palmas se encontraram, olhando para o ato com curiosidade.

Eu me esforcei para acalmar meus nervos.

— Sim, você *estava* pensando isso. Tudo bem. Eu sei que o lugar de onde vim não é glamouroso, mas sinto orgulho dele assim mesmo. É onde cresci, e eu o amo independentemente de sua reputação, apesar de não voltar lá há muitos anos.

— Sua família ainda mora lá?

Família. Senti a recorrente dor aguda queimar meu coração ao ouvir aquela palavra e tossi para esconder o pânico. Implorei em silêncio a um poder superior que simplesmente me permitisse enterrá-lo bem fundo de novo antes que perdesse o controle na frente de Rome. A mão dele tocou minhas costas, e a ansiedade começou a recuar. A ameaça retrocedeu diante da força daquele toque de apoio.

— Você está bem? Ficou branca — Rome perguntou, aproximando-se e esfregando minhas costas com mais pressão.

Juntei as mãos para interromper o restante dos tremores e levantei os olhos para observar seu lindo rosto.

— Estou, obrigada — respondi, meio sem saber por que o pânico havia retrocedido com o gesto dele.

Olhando-me com preocupação e levantando o queixo, ele insistiu em que eu respondesse à pergunta.

Respirei fundo para ganhar forças.

— Não, eu não tenho família.

A expressão dele foi impagável. Se não fosse tão trágica, seria cômica.

— Merda, você é órfã?

— Não, mas não sobrou ninguém da minha família. Não sei se um adulto ainda pode ser classificado como órfão.

— Sua mãe?

— Morreu no parto quando nasci.

— Pai?

— Morreu quando eu tinha seis anos.

— Nada de avós, tias ou tios?

— Uma avó.

— E?

— Morreu quando eu tinha catorze anos.

— Mas então, onde...?

— Lares temporários.

— É isso? Você está por conta própria há... Você tem vinte anos, não tem?

— Tenho.

— Está por conta própria há seis anos?

— Bem, fui para a universidade, então tinha alguns amigos lá, e a professora Ross me escolheu como assistente de pesquisa no primeiro ano e cuidou de mim quando soube que eu não tinha família. Mas, sim, estou por conta própria há um bom tempo. Tem sido... difícil.

Ele havia se aproximado de mim inadvertidamente, como se eu fosse a gravidade atraindo-o para o chão. Até que foi meigo. Foi bom ver que ele se importava, e senti um alívio estranho ao deixar alguém se aproximar depois de anos de silêncio. Não uma pessoa qualquer, foi bom deixar... *ele* se aproximar. O *bad boy* da faculdade. Eu me parabenizei. Só eu mesma deixaria o cara que destrói corações por diversão se aproximar.

Passei a mão no braço dele.

— Sem querer ofender, mas esta conversa está me deixando um pouco para baixo, Rome. Morte e cerveja não combinam.

Ele concordou, e o silêncio tenso preencheu o ar mais uma vez. Ele não tinha tirado a mão das minhas costas, no entanto, e me aproximei mais sutilmente para aumentar a pressão.

— Então… você e a Shelly?

— Boa mudança de assunto.

— Bem, tem que haver um motivo para ela ter ficado tão irritada com nosso beijo. Mesmo que tenha sido só um trote da iniciação.

— Nós… é complicado — ele respondeu com hesitação.

— Isso está parecendo desculpa esfarrapada.

— Que nada, não é desculpa. Ela me persegue desde o sexto ano. Nossas famílias estão nos pressionando por um noivado. Você sabe… para proteger os investimentos, manter o dinheiro da empresa na família. Meu pai e o dela são sócios. Eu nem gosto dela; ela é uma grande pedra no meu sapato.

— Mas... você vai levar adiante? Estou falando do noivado. Ficaria surpresa em saber que vai ficar com alguém que não quer. Ou que até mesmo vai se comprometer com alguém, pelos boatos que andei ouvindo.

Rome soltou um longo suspiro.

— Malditos boatos. Olha, as meninas simplesmente se jogam para cima de mim. Se me oferecem algo, eu aceito. Por que não aceitaria? Não tenho namorada, nunca tive. O sexo ajuda a acalmar minha irritação constante e mostra a todos que definitivamente *não* estou com a Shelly. Não vou me desculpar por isso. Simplesmente gosto de transar muito, e nunca duas vezes com a mesma garota.

Tenho certeza de que fiquei *boquiaberta* com aquele modo rude de falar. Mas ele ignorou minha reação alarmada.

— Meus pais traçaram um plano. Eles esperam que eu me forme, case com a Shelly, assuma os negócios da família e viva a porra do sonho americano.

— Então você não quer jogar futebol profissionalmente? Achei ter ouvido que você estava destinado a grandes coisas.

O rosto dele se iluminou.

— Sim, eu quero jogar. Eu amo futebol. É tão natural quanto respirar – a adrenalina, as amizades, a vibração da torcida no dia do jogo, fazer o lance perfeito para um *touchdown*. Meus pais não apoiam. Eles só... Droga, não importa. Eu simplesmente odeio minha vida ser ditada por meus pais, só isso.

— Então faça o que quer. Que se danem os outros.

Rome levantou a cabeça, com um sorriso desanimado se formando nos lábios.

— É mais fácil falar do que fazer.

— Você não pode viver sua vida pelos outros, Rome. Tem que fazer as coisas que *você* quiser, conquistar os *seus* sonhos do jeito que quiser. Se estiver feliz, certamente seus pais também vão estar. E, se eles não estiverem, vão superar com o tempo. Não fique com alguém de quem não gosta, como a Shelly. Fique com uma garota a quem não seja capaz de resistir, que realmente deseje acima de qualquer outra. Alguém com quem sinta uma ligação.

— Como você, Mol...? Uma garota como você?

— Você nem me conhece — sussurrei, de olhos arregalados, enquanto ele inconscientemente se aproximava mais de mim.

Ele levantou a mão e passou o dedo indicador pelo meu rosto, suscitando um tremor.

— Bastou Romeu olhar uma vez para Julieta e seu destino estava selado. Talvez eu seja como meu homônimo, e você como o seu.

A mão dele foi parar em meu joelho e subiu por minha perna desnuda. Ele passou a língua rosada sobre o lábio inferior. Se nos aproximássemos apenas... mais... um... pouco... nós... podíamos... quase...

A maçaneta da porta do quarto de Ally começou a balançar, e um grito agudo interrompeu nosso momento.

— Rome? Rome? Abra! Sei que está aí dentro!

Shelly. De novo.

— *Merda!* — Rome gritou, levantando-se e jogando no cesto de lixo a garrafa de cerveja vazia.

Eu me levantei abruptamente, sentindo a raiva correr em minhas veias com a interrupção.

— Aquela garota! — gritei, e tive que me segurar na grade da varanda enquanto me acalmava.

Com a atenção arrebatada, Rome, do outro lado da varanda, me observou e notou minha reação. Cerrou os punhos enquanto olhávamos fixamente um para o outro, com um desejo visível.

— Vou embora, Rome — eu disse em voz baixa, fechando os olhos para me recompor.

Romeo continuou do outro lado, apenas me observando em silêncio. Não dava para saber em que ele estava pensando, e aquela falta de reação me enfureceu.

— Vou te deixar com ela. Acho que vai ser melhor assim — eu disse, dessa vez de maneira mais assertiva.

Ele suspirou, colocando as mãos na nuca.

— Mol... — Ele interrompeu o que ia dizer, e considerei aquilo a minha deixa para sair. Já chegava ao fim aquela historinha de Romeu e Julieta!

Quando passei, ele pegou minha mão, puxando-me de volta para junto de seu peito. Bati contra seus músculos com força, e o contato me deixou sem fôlego.

Romeo ajeitou uma mecha de cabelo atrás da minha orelha.

— Gostei de conversar com você, Shakespeare. Foi diferente... — Ele parecia tão desnorteado quanto eu, franzindo o espaço entre as sobrancelhas enquanto agarrava a lateral da minha toga, aproximando-me de seu corpo musculoso.

Suspirei.

— Eu também gostei, Romeo. Mas nossa conversinha parece ter chegado ao fim. Imagino que seja melhor assim, mesmo.

Soltei meus braços das mãos dele e abri a porta com relutância. Shelly foi entrando, embriagada, ignorando completamente que eu estava parada ao lado, e pulou nos braços de Rome, envolvendo sua cintura com as pernas.

— Eu quero você, Rome. Me coma aqui mesmo, agora mesmo.

Hesitei. Shelly grudou os lábios nos dele e começou a roçar o quadril em sua virilha. Romeo resmungou, surpreso, e agarrou os braços dela.

Fiquei paralisada pelo que pareceu uma eternidade e, cheia de uma raiva ardente, deixei-os a sós. Eu estava tão zangada. Ele ficou dando em cima de mim daquele jeito e logo depois já estava pronto para transar com uma garota praticamente diante de meus olhos. Imaginei que a reputação de mulherengo era merecida, no fim das contas. Eu devia ter sido mais esperta em vez de cair na bobagem de achar que havia sentido uma ligação instantânea tão estranha com alguém como ele. Cass e Lexi me avisaram, e fui boba de baixar a guarda... mesmo que parecesse tão certo.

Voltei para minhas amigas e sentei no banco de madeira, notando que Cass estava abraçada com o cara enorme que tinha visto antes.

— E quem é essa mocinha linda? Aqui perto tem alguma árvore de mulher bonita e eu não tô sabendo? — ele perguntou, olhando em volta de forma teatral, fazendo-me rir e me tirando daquele humor tempestuoso.

— Sou a Molly. E você? — Gostei dele de imediato: grande, fofo, com bochechas rosadas.

— Sou Jimmy-Don Smith. Muito prazer em conhecê-la. — Ele abaixou a aba do chapéu de caubói e se virou para dar um beijo no pescoço de Cass, que dava risadinhas.

Ally me puxou para o seu lado.

— Onde você se meteu?

— Estava com Rome em seu quarto. Ele usou a chave-reserva.

Ela bateu com a mão na minha, arregalando os olhos, e um sorriso branquíssimo iluminou seu rosto.

— *E?*

— Calma! Não aconteceu nada. Só ficamos conversando, tomamos umas cervejas — respondi rapidamente, pedindo para ela ficar quieta.

— Ele te beijou de novo? — Ela estava praticamente saltitando sobre o banco.

Sacudi a cabeça, incrédula.

— Não. Ele só me beijou para a iniciação, Ally.

— Acho que não...

Levantei a mão, interrompendo-a.

— Shelly o encontrou no seu quarto. Eles estão lá agora. Talvez seja bom você trocar os lençóis depois, a julgar pelo que vi quando saí.

Ela deitou a cabeça sobre a mesa.

— O quê?! Por que ele faria isso depois de todos esses anos? Eu pensei... — Ela me olhou rapidamente de canto de olho.

— O quê? Você pensou o quê?

Ela ficou me olhando, mordendo o lábio em contemplação, e depois simplesmente sacudiu a cabeça.

— Nada, eu obviamente estava errada.

Olhei para o outro lado e vi Lexi mostrando uma cambalhota para trás para uma menina.

— Quer outra bebida? — Ally perguntou, soltando um suspiro decepcionado.

— É claro — respondi. Era melhor eu aproveitar a noite e não pensar no Príncipe do Alabama comendo a srta. Gloriosa Líder de Torcida no suntuoso quarto vermelho de minha nova amiga.

4

— Apenas seja clara e concisa, fale usando o diafragma, não a garganta, ah, e respire fundo. Você conhece bem os assuntos, então vai ficar bem.

Concordei, enquanto a professora Ross me passava as instruções sobre a aula que eu estava prestes a conduzir. Ela estava muito ocupada com sua pesquisa sobre "o argumento da criação" que estava escrevendo para um periódico acadêmico, então me pediu para liderar o grupo de discussão.

— Ah, se não me engano, o time de futebol ainda está ausente, então você deve ter apenas treze ou catorze alunos na sala.

Alonguei as costas, eliminando qualquer ponto de tensão.

— Certo. Acho que estou pronta. — Empilhei minhas anotações diante de mim e fiquei observando em segredo os alunos entrando na sala em frente à da professora.

Suzy ficou me olhando, entretida com meu comportamento.

— Fiquei sabendo que mudou de casa.

— É. Nós entramos para uma irmandade, então Cass, Lexi e eu ganhamos um quarto lá.

Ela colocou o braço sobre meu ombro.

— Que bom, Molly. E como é lá? Legal?

Soltei uma única gargalhada.

— Está mais para incrível. Tem uma cama enorme, ou melhor, gigantesca, paredes brancas e uma varanda... Uma bela *varanda!*

— Ah, sério? Bem diferente dos dormitórios de Oxford, então!

— Hum... só um pouquinho. — Eu me virei para ela. — Você se lembra que levou a turma para uma excursão pela Itália alguns anos atrás?

Suzi fez que sim com a cabeça de modo entusiástico.

— Ahã.

— Bem, minha varanda parece aquela que visitamos em Verona.

Estranhamente, é idêntica à varanda da casa da Julieta. Não acredito que as pessoas realmente vivem assim na faculdade! É muito louco. Mas agora estou oficialmente com pouco dinheiro, isso é certo.

Suzy riu, colocando as mãos frágeis sobre meus ombros.

— Aproveite, minha menina. Você merece.

Fui até o aparelho de ar condicionado e aumentei um pouco antes que eu derretesse. A pequena sala parecia um forno. O calor ainda estava de matar e, por isso, eu vestia um short jeans e uma blusa de linho branca de mangas curtas. Havia até trocado meus Crocs laranja preferidos por um par branco apenas para favorecer o conjunto, e talvez também para irritar a Shelly só um pouquinho com meu senso de moda peculiar. Meus cabelos, como sempre, estavam presos em um coque despenteado e meus óculos estavam firmes em seu lugar.

Verifiquei a sala de aula mais uma vez, e não demorou muito para os lugares ficarem todos ocupados. Shelly entrou com seu séquito de peruas, e, surpreendentemente, Rome chegou um segundo depois do grupo, conversando com Ally. Soltei um xingamento interno – o time já devia ter voltado. Como se dar uma aula já não fosse amedrontador o suficiente, ter que lidar com as questões reprimidas entre mim e Romeo afetaria gravemente meus nervos.

Vi pelo vão da porta da sala da professora quando ele entrou, e seus olhos imediatamente procuraram minha mesa de assistente. Vendo que estava vazia, seus ombros ficaram caídos, e ele abaixou a cabeça. Aquilo só pareceu me irritar. Por que ficar triste com minha ausência quando a garota por quem me esnobara estava sentada na última fileira, esperando ansiosamente sua chegada e sua atenção? Disse a mim mesma para me concentrar na aula e ignorar a presença dele.

Pegando as anotações, saí da sala da professora, entrei na sala de aula, e Rome se virou para mim. Ele vestia os jeans de costume e uma camiseta preta sem mangas, os cabelos tinham o mesmo estilo desgrenhado sexy de sempre, e um leve sorriso surgiu em seu rosto quando ele percebeu que era eu.

Ele passou e levantou o queixo. Antes de subir os degraus e se sentar em seu lugar, ele se dirigiu rapidamente a mim:

— Shakespeare.

Shelly tentou pegar em sua mão, mas ele se livrou dela com um olhar duro, e ela cruzou os braços e fez biquinho. Ri um pouco daquilo, mas me recompus quando a professora Ross entrou na sala e fez um sinal com a mão para que eu começasse.

Fui até o púlpito e respirei fundo.

— Olá, pessoal. A professora Ross me pediu para conduzir o seminário de introdução ao utilitarismo, e nas próximas aulas farei breves apontamentos sobre os principais argumentos antes de explorar alguns exemplos para discussão.

Fui até a mesa lateral e deixei minhas anotações ali. Eu conhecia esse tema como a palma da minha mão.

— Em termos simples, a ideia do utilitarismo é a teoria de que as ações de um indivíduo se baseiam no fato de que nós, como humanos, buscamos ativamente o prazer quando tomamos decisões. Portanto, esse argumento é visto como a abordagem hedonista à ética – fazemos coisas para nos sentirmos bem, somos motivados pela busca por prazer. Jeremy Bentham propôs que humanos operam de acordo com um princípio de prazer e dor, ou seja, que buscamos prazer e evitamos a dor a qualquer custo.

Observei os alunos para ter certeza de que estavam prestando atenção. Até então, tudo bem.

— Bentham acreditava que esse princípio podia ser adaptado à sociedade como um todo e que funcionaria melhor se operado sobre um sistema que considerasse *a maior quantidade de bem para o maior número de pessoas*. Isso é evidente em muitos setores da sociedade, mas um bom exemplo é o modo como votamos em uma democracia. O voto da maioria beneficia mais pessoas. Portanto, a maioria das pessoas naquela sociedade está feliz, ou seja, sente prazer com o resultado, criando uma sociedade mais útil.

Ouvi alguém tossir e se movimentar no assento de maneira barulhenta. Meus olhos focaram na direção da interrupção, e vi Rome inclinado para a frente, concentrado em mim, com o queixo apoiado nas mãos.

Meu indicador de irritação interno estava ativado, mas mantive a calma e recomecei, tentando ignorá-lo.

— Onde eu estava? Ah, sim. Hoje vamos discutir o conceito do princípio prazer-dor e se os humanos realmente funcionam ou não dessa forma. Eu, por exemplo, tendo a concordar com a maior parte dessa teoria...

— Sério?

Levantei a cabeça e vi a turma boquiaberta olhando para Rome. Pela reação de todos, entendi que ele não costumava falar muito nas aulas.

— Como?

Ele girava o lápis entre os dedos, encarando-me com um olhar convencido.

— Eu estava expressando minha surpresa ao ouvir que você concorda *com a maior parte* da teoria de Bentham.

Senti meu rosto queimar com a agitação.

— Então a resposta é "sério", você ouviu direito.

— Ah! — Ele desencanou e mordeu o lápis, voltando sua atenção para Ally, que havia cutucado suas costelas com o cotovelo e feito um gesto para ele parar.

Fiquei ainda mais zangada. Atos de grosseria sempre provocavam esse efeito em mim. Tentei manter o profissionalismo, eu sempre tentava ser profissional, mas algo dentro de mim começava se romper. Romeo Prince estava começando a me dar nos nervos.

— "Ah" o quê, *Romeo?* — perguntei, sabendo que o estava irritando ao usar seu nome inteiro.

Ele apertou os olhos e segurou o lápis.

— Só acho que é muito idealismo pensar assim, *Shakespeare*. E estou surpreso que isso tenha saído da boca de alguém com seu suposto intelecto.

Rangi os dentes involuntariamente. Ia explicar meus motivos com mais detalhes quando ele se manifestou outra vez.

— Quero dizer... veja a analogia do voto que você fez: *a maior quantidade de bem para o maior número de pessoas*. Você mencionou que isso é considerado bom para a sociedade, pois a maior parte das pessoas ficaria feliz com o resultado, mas eu só vejo falhas. E se a "maioria" das pessoas que está votando é má ou tem más intenções, e a minoria é formada por pessoas inocentes e boas que são colocadas em perigo pelo fato de estarem em menor número? E se a pessoa em quem votaram tem segundas intenções e não cumpre o que prometeu? Veja Hitler. Ele foi eleito por uma votação democrática e, por um tempo, representou o que era certo para a maioria das pessoas que viviam na pobreza e não tinham nenhuma esperança real. Mas veja como acabou... Só estou dizendo que, embora pareça bom na teoria, o lado prático não dá certo, não é?

Acho que seria possível ouvir o som de um alfinete caindo no chão, de tão silenciosa que estava a sala. Rome parecia mais do que satisfeito com sua pequena explosão, e senti minha fúria aumentar. Segui instintivamente na direção dos degraus para garantir que ele pudesse me ver ao fazer meu discurso. Minha decisão de ignorar seus comentários idiotas foi pelos ares.

Levantei o dedo.

— Para começar, me dê a honra de me deixar terminar antes de interromper grosseiramente. Concordo com a ideia de que os indivíduos vivem, *sim*, em muitas situações, em busca do prazer em detrimento da dor, pelo menos *na maior parte*. Certamente você concordaria comigo, sr. *quarterback* fantástico. Afinal, você não toma a maior parte de suas decisões com base em sua ilustre carreira no futebol, algo que lhe traz prazer?

Os alunos moviam a cabeça de um lado para o outro, como se estivessem assistindo a um jogo de tênis bem conturbado.

— Você tem razão, eu faço isso, mas também faço pelos espectadores, por meus colegas de time. Eles se divertem com o futebol, diferentemente de algumas pessoas.

— O que isso quer dizer?

— Isso quer dizer que no Alabama, *Shakespeare*, o futebol é um grande prazer – jogar, assistir, ser treinador. Meu treino e, portanto, meu sucesso beneficiam a mim e aos outros. Você parece ser a única que não gosta.

— Então você provou que eu tenho razão. No Alabama, a maior quantidade de bem para o maior número de pessoas é o futebol, uma vez que dá prazer à maioria da população — respondi de maneira presunçosa.

Ele passou a mão sobre o queixo com a barba por fazer.

— Quanto a isso, você pode ter razão, mas nem sempre é tão simples.

Cruzei os braços, ansiosa para ouvir a resposta:

— Continue.

— Você fala sobre indivíduos fazendo coisas por prazer e para evitar a dor, coisas de que não gostam?

Assenti.

— Sim.

— Mas muitos indivíduos fazem coisas que lhes causam dor ou desprazer para corresponder às vontades e aos desejos de outras pessoas. — Presumi que ele estivesse se referindo a seu estranho relacionamento com Shelly, que fazia cara feia para o nosso debate.

— Ah, não sei se é sempre tão doloroso... Estou falando de fazer certas coisas ou certos *atos* que os outros querem.

Rome segurou o lápis entre as mãos e disse entre dentes:

— Seja *completamente* clara, Shakespeare. Aonde está querendo chegar?

Eu parecia não conseguir parar depois que comecei. A raiva que estava sentindo por ele havia dias queria explodir.

— Bem, vamos usar o sexo como exemplo. Uma das duas pessoas que participam do ato deseja-o mais, e a segunda pessoa pode estar completamente indiferente, mas acaba cedendo e faz mesmo assim, para deixar a primeira pessoa feliz. No entanto – e é aí que está a ironia –, aquele que está infeliz ainda se satisfaz sexualmente, e desse modo não tem desprazer algum, não é? — Eu me voltei diretamente para ele.

O lápis quebrou em suas mãos.

— Ou que tal citarmos uma pessoa que resolve que seria uma boa ideia beijar outra, devido a uma atração estranha e inexplicável, e depois pensa bem e conclui que não passou de um maldito erro. Que eles conversaram sobre assuntos pessoais pela primeira vez na vida com alguém diferente, alguém novo, pensando: *Talvez eu possa confiar nessa pessoa e mostrar a ela quem eu sou de verdade*. Só para se dar conta de que o que fez foi idiota e nunca deveria ter acontecido, confirmando que as pessoas não passam de uma grande decepção! — Ele jogou os pedaços de lápis no chão e passou as mãos pelos cabelos com agressividade. Um burburinho se espalhou pela sala.

Ficamos olhando nos olhos um do outro, ambos com a respiração pesada devido ao esforço emocional da discussão, nenhum dos dois sabendo o que fazer em seguida. A falta de familiaridade com emoções tão francas era uma sensação nova que nós dois experimentávamos.

A professora Ross pigarreou e nos interrompeu. Virei para o relógio na parede, notando que a aula já estava quase chegando ao fim.

— Na próxima aula veremos os apontamentos pessoais de Bentham. A leitura essencial está no programa do curso. A turma está dispensada.

Voltei rapidamente para a segurança de minha mesa, lutando contra uma repentina onda de náusea. Estava mais confusa do que quando li Nietzsche pela primeira vez em alemão.

A professora Ross veio em minha direção se abanando com a mão.

— Bem, aquilo foi diferente, Molly. Não teve nada a ver com o tópico que precisávamos cobrir, foi *extremamente* inapropriado, mas pelo menos foi interessante ver os dois duelando. Quer conversar sobre alguma coisa? O ar daqui, gerado pelo calor de vocês dois, ficou elétrico como uma tempestade de verão.

— Não, eu não quero conversar. — Juntei meus livros. — Desculpe. Vou só pegar minhas coisas e ir para a biblioteca. Preciso estudar. Tenho um trabalho para entregar.

Ela franziu os lábios.

— Tudo bem, mas você sabe onde me encontrar se precisar de mim.

Evitei olhar nos olhos dela.

— Obrigada. — Aliviada por ver que a sala estava vazia, fui embora.

Passei pela porta e Rome apareceu no meu caminho, pulando bem na minha frente, a ponto de compartilharmos o mesmo ar.

— Que porra foi aquela? — ele perguntou, agitado.

— Você foi grosseiro. — Eu o acusei, certificando-me de que estávamos sozinhos. Estávamos... completamente.

— Eu estava debatendo. É o que se faz numa aula de filosofia. *Você* levou para o lado pessoal.

— E *você* também.

Encaramos um ao outro – uma guerra de teimosia –, e arrepios se espalhavam por meu corpo como um incêndio descontrolado.

Rome foi o primeiro a se manifestar.

— Por que falou daquela noite? Eu te contei aquelas coisas em segredo. Eu te contei coisas que nunca tinha contado para ninguém, e você jogou na minha cara em uma aula pública? Eu confiei em você, e você desenterrou aquelas coisas no meio da aula, só para sair por cima?

Gargalhei.

— Em segredo é o caramba! A faculdade toda sabe que você usa garotas só para sexo, o que, sinceramente, me dá nojo. Pelo que vi naquela noite com *ela*, você fez a mesma coisa, depois de me contar que não gostava dela, depois de se conectar tão profundamente comigo. Cadê a integridade nisso? Não conseguiu resistir às pernas abertas dela, não é?

Rome soltou uma risada e se aproximou um pouco. Mantive minha posição, passando impressão de confiança.

Ele me encurralou em um canto escuro e isolado.

— Por que está preocupada com quem eu como? O que isso tem a ver com você?

Olhei feio para ele, permanecendo em silêncio por vários segundos até replicar:

— Não tem *nada* a ver comigo.

Ele fez cara de desprezo, irritado, e bateu com a mão na parede sobre mim.

— Você está mentindo.

Senti meu estômago queimar com a inimizade, cerrando os punhos junto a meus livros.

— Não estou mentindo. Eu não tenho nada a ver com quem você *come*, como expôs de maneira tão eloquente!

Rome aproximou mais um pouco o rosto.

— Até parece! Não acredito em você! — Empurrei o peito dele, mas ele não saiu do lugar. — Eu disse que não acredito em você! Diga por que se importa com isso e não minta, porra! — Ele gritou novamente.

Ele tinha bloqueado completamente qualquer saída, e soltei um resmungo exasperado:

— *Tudo bem!* Eu me importo porque você me beijou! Você me beijou como se não tivesse escolha, droga! Não gosto de ser só mais um brinquedinho, já que *me* confiei a você. Nunca faço isso e agora me lembro exatamente do porquê!

Seu peito musculoso roçou no meu, e seus lábios se abriram, soltando ondas controladas de hálito quente.

— Para sua informação, eu não transei com ela. Na verdade, disse com todas as letras que não queria nada com ela. O que você me disse fez sentido... sobre viver minha própria vida. Você mexeu comigo. Você... me *afetou*. E preste atenção... você não é brinquedinho de ninguém, Shakespeare. Eu posso sair por aí pegando todas, mas nunca faria nada disso com você.

Abri a boca para falar quando ele pressionou o dedo indicador sobre meus lábios, apertando os olhos em sinal de advertência.

— Você é corajosa, Shakespeare, por falar comigo assim. Eu não... *tolero* isso de ninguém. As pessoas por aqui sabem como se dirigir a mim. Elas têm o bom senso de me deixar em paz.

Afastei a mão dele, estreitando os olhos.

— Você está me ameaçando?

Ele abriu um sorriso obscuro, e eu não conseguia decidir se queria dar um soco na cara dele ou submeter meu corpo ao seu controle e ver o que aconteceria em seguida.

— Não estou te ameaçando, Shakespeare, estou te *elogiando*. Estou achando você e essa sua boca muito excitantes. Mas estou mais interessado em te ensinar como mantê-la fechada.

Meu coração saltou, e o calor se espalhou entre minhas coxas. Combati com todas as forças minha reação traiçoeira.

— Guarde esse tipo de conversa para quando pegar a Shelly de novo.

— Eu já te disse que não encostei nela, porra!

— Não é isso que *ela* anda dizendo.

— Não estou nem aí para o que ela está dizendo. Achei que você fosse diferente, Mol. Por que ficar insistindo em falar sobre Shelly ou futebol depois que te falei sobre as coisas que eu estava vivenciando? — Ele parecia realmente decepcionado comigo.

Culpa e dúvida surgiram em meu peito, e levei as mãos às minhas têmporas, que latejavam.

— Olhe, só estou com um péssimo humor. Não devia ter te atacado daquele jeito e peço desculpas por trair sua confiança. Foi grosseiro da minha parte. Eu estava irritada com você. Estou irritada com você há dias. Não sei como me comportar perto de você. Você... me deixa *confusa*.

Voltamos a ficar em silêncio. Romeo ainda estava me encarando como se fosse me rasgar em duas com as próprias mãos e me mantinha encurralada com seu corpo grande. Tentei desviar, e ele agarrou meu braço.

— Aonde acha que está indo?

Suspirei lentamente.

— Estou indo embora. Cansei disso... cansei de nós dois e do que quer que tenha acabado de acontecer aqui.

Tentei passar por ele pela segunda vez e ele gritou:

— Você está me enlouquecendo, Shakespeare! — Ele envolveu minha nuca com a mão livre, puxando-me para a frente, até que seus lábios encontraram o alvo pretendido: os meus.

Ele não foi gentil, cuidadoso ou atencioso. Estava pegando o que queria, sem pensar em mim, e eu amei aquilo, amei ele ter assumido completamente o controle e dominado meu corpo.

Larguei meus livros no chão juntamente com qualquer inibição que restasse, e minhas mãos não foram mais capazes de fazer nada além de agarrar a camisa dele e esperar pelo que viria.

Com um gemido, ele me girou em seus braços e me pressionou contra a parede, batendo minhas costas contra o cimento duro, deixando-me sentir sua excitação junto à minha barriga. Sua língua lutava com a minha, e ele extraiu todo o meu desejo latente com cada movimento.

Após soltar um suspiro exasperado, ele se afastou de mim, com a pele morena ardendo ao toque.

— Cacete, Mol, por que não consigo tirar você da cabeça? Eu só penso em você e não sei o que fazer.

— É verdade? — perguntei com a voz rouca.

Ele fixou os olhos fogosos em mim.

— Todos os minutos. De. Todos. Os. Dias.

Rome deu um passo para trás, abrindo-me um espaço necessário em sua presença sufocante. Eu precisava sair dali; não conseguia pensar direito. Abaixei-me para pegar meus livros, e quando me levantei Rome estava com as mãos atrás da cabeça, com uma avidez desenfreada nos olhos escuros.

Ele passou a língua sobre o lábio inferior bem lentamente, e desejei mais do que tudo ser aquele pedaço carnudo de pele.

— Não sei o que fazer com relação a você. Está me deixando agitado, e não gosto disso. Nunca fiquei assim por causa de garota nenhuma. — Ele abaixou a cabeça, avaliando. — Mas não acho que você seja uma garota qualquer. Pensei nisso no primeiro minuto que te vi toda atrapalhada no corredor, no primeiro dia de aula. *Minha nossa*, não consegui sentir o gosto de nada, além de *você,* desde que nos beijamos naquela maldita iniciação. — A chama negra que abastecia seus olhos já escuros quase me fez gemer de desejo.

Então eu fiz o que fazia melhor quando não sabia lidar com uma situação.

Saí correndo.

— E-eu pre-preciso ir para a biblioteca. — Comecei a gaguejar de nervosismo e corri para a saída. Estava tremendo, confusa, zangada, mas tão inacreditavelmente excitada. Fiquei preocupada por ter gostado da assertividade dele. De tudo o que havia acontecido entre nós, era aquilo que mais me incomodava.

Quando estava abrindo as portas para sair ao ar livre, arrisquei olhar para trás.

Grande erro.

Romeo estava no centro do corredor, me observando, com os braços musculosos cruzados.

Toquei na maçaneta quando a voz grossa dele me imobilizou.

— Isso está longe de ter chegado ao fim, Shakespeare… bem longe!

Entrei em pânico novamente com a onda imediata de desejo que se formou dentro de mim e acelerei o passo, resolvendo deixar a biblioteca de lado e ir direto para casa. Estava prestes a desmaiar e precisava da proteção do meu quarto.

Ele não tinha dormido com Shelly. Ele só pensava em mim, e não pude conter uma onda de felicidade crescente em meu coração pela primeira vez em muitos anos.

5

Eu estava acordada na cama havia quatro horas, observando as sombras dos pinheiros dançarem no teto. Era a quinta noite seguida que isso acontecia. Eu estava com insônia, frustrada, e tão confusa que não conseguia pensar direito, não conseguia dormir e, para ser sincera, não conseguia fazer nada. Motivo: Romeo "Canhão" Prince.

Ele ficou fora novamente a semana inteira com o time, no Arkansas, tendo partido depois de nosso pequeno conflito no corredor, deixando-me sem saber em que pé estávamos. Não ajudou em nada eu ter visto imagens de outros membros do time se agarrando com garotas em bares de quinta categoria e em festas de fraternidade após os jogos – fotos postadas no Facebook para que todos vissem. E quando pensei em Rome fazendo a mesma coisa, fiquei passando mal.

Desisti de dormir, joguei a colcha de lado e fui ao banheiro, entrando no chuveiro e deixando a água morna me despertar.

Não adiantou.

Encostei a cabeça nos ladrilhos frios, suspirando. Eu não sabia o que faria quando o visse de novo. Ally havia me dito que o time deveria voltar hoje, então resolvi me esconder no único lugar no qual um atleta de sucesso certamente não estaria – a biblioteca.

Em trinta minutos, eu me vesti, peguei meus livros e atravessei o amplo gramado do pátio, desfrutando da luz do início da manhã. Sete horas era o momento perfeito para caminhar pela passagem repleta de árvores; era um lugar isolado e me deu a oportunidade de pensar, relaxar e recarregar as energias.

Estava na metade do caminho quando o som de uma discussão acalorada chamou a minha atenção. De início, só vi um Bentley estacionado e um homem mais velho e alto parado na frente do carro prateado.

Ele estava na frente de Romeo, gritando furiosamente com ele.

Fiquei atrás de uma árvore grande e observei a discussão, protegida em meu esconderijo. Dava para ver que Romeo estava zangado, com os punhos cerrados e uma postura que projetava fúria. O homem mais velho usava um terno escuro e balançava os braços com agitação, bem na cara de Romeo, enquanto gritava uma série de xingamentos horríveis e ofensivos. Ele deu um passo à frente, levantou a mão, e testemunhei Rome levar um belo soco na cara – a força do golpe fez sua cabeça se inclinar para trás. Ele não revidou; permaneceu impassível, aguentando a forte pancada.

— Minha nossa — sussurrei para mim mesma.

Procurei ajuda à minha volta, mas não havia mais ninguém além de mim... apenas eles. Antes que eu pudesse sair correndo para me proteger, o homem de terno entrou em seu Bentley e arrancou, cantando os pneus, e vi Romeo, agitado, caminhar até uma árvore extremamente grande e começar a socar o tronco repetidas vezes, soltando resmungos altos antes de desmoronar no chão, segurando a cabeça entre as mãos. Eu me encostei no tronco áspero da árvore, tentando compreender o que, exatamente, havia acabado de testemunhar.

Discuti comigo mesma sobre o que fazer. Romeo tinha acabado de tomar um soco, de ser atacado. Espiando atrás do grande carvalho, fiquei olhando para sua miserável figura durante vários minutos, vendo toda a sua beleza sulista machucada e sangrando. Meu coração doía, e, antes de meu cérebro conseguir registrar, meus pés estavam indo automaticamente na direção daquele local isolado.

Ele não tinha ouvido eu me aproximar, e me agachei diante dele, sujando meu vestidinho preto de verão na lama ressecada. Peguei uma garrafa de água e meu velho lenço cor-de-rosa dentro da bolsa marrom. Ao ouvir meus movimentos, Rome levantou a cabeça. Pingava sangue de sua boca, e os dentes perfeitamente brancos estavam perdidos sob um banho escarlate.

— Romeo, minha nossa... — sussurrei, tentando conter as lágrimas. Ele não disse nada, só ficou olhando para mim, entorpecido.

Tirei a tampa da garrafa de água e levantei a mão suja dele na minha direção, vendo seus dedos frouxos e feridos. Derramei a água, limpando os cortes, profundos e cheios de casca de árvore e terra. Toquei a pele cortada com o lenço. Ele não recuou.

— Está doendo? — perguntei com suavidade. Ele respondeu que não.

Quando sua mão estava limpa, inclinei-me para a frente até ficar ajoelhada entre suas pernas jogadas. Com hesitação, levei o lenço a seus lábios e limpei o excesso de sangue, encontrando um grande corte aberto no canto de seu belo lábio superior. Apliquei pressão e voltei meu olhar a ele. Seus olhos castanhos penetraram nos meus, atravessando a barreira dos óculos, e vi conflito e desolação virem à tona.

Quando seus lábios pararam de sangrar, passei a garrafa de água para ele.

— Lave sua boca, Rome. O gosto de sangue não é agradável.

Ele pegou roboticamente a garrafa, fazendo tudo o que eu dizia. Eu me agachei ao lado dele sobre a terra, compartilhando o encosto improvisado na árvore. Não disse nada. Não queria arriscar que ele ficasse pior. Só não queria que ele ficasse sozinho.

Depois de um tempo, ele relaxou a postura rígida e ficou olhando para o nada. Eu não podia mais suportar a tristeza, e, vendo que ele precisava ser consolado, peguei em sua outra mão. Ele virou a cabeça para nossos dedos entrelaçados e sutilmente aproximou mais os ombros. Eu sabia que tínhamos questões mal resolvidas, principalmente depois de nosso – seja lá o que foi que aconteceu no corredor... mas naquele momento só conseguia pensar em apoiá-lo de todas as maneiras que ele pudesse precisar.

Depois do que pareceu uma eternidade, Romeo disse:

— Ei, Mol.

— Ei, você.

— Quanto você viu?

Deitei a cabeça no ombro dele, notando uma hesitação leve em sua respiração.

— O suficiente.

Ele apoiou a cabeça no tronco da árvore, fechando bem os olhos.

— Quem era o homem no Bentley?

— Meu pai.

Levantei a cabeça, profundamente surpresa.

— Seu *pai*?

Ele abaixou a cabeça novamente, evitando contato visual. Eu não sabia dizer se era por constrangimento ou tristeza.

Voltamos a ficar em silêncio.

— Você está bem?

Ele ficou tenso e virou a cabeça na minha direção, com angústia nos olhos.

— Não.

— Quer falar sobre isso?

Ele fez que não firmemente com a cabeça.

— Ele te bate muito?

Dando de ombros, ele respondeu:

— Ele não tem mais tanta oportunidade. Estava irritado com alguma coisa que eu fiz. Ligou para marcar um encontro e... bem, você viu o resto.

Virei e me sentei de frente para ele.

— O que foi que aconteceu de tão ruim para ele te acertar daquele jeito?

— Dinheiro, decepção, não ser um filho obediente. O de sempre. Mas ele nunca tinha ido tão longe em público antes. Nunca o vi tão irritado.

— Mas você é filho dele! Como ele ousa te tratar assim? O que você fez para merecer um soco?

Uma boca fechada garantiu que ele não respondesse mais nada. Dava para ver que ele não ia falar; seus lábios estavam bem apertados, em recusa. Peguei na mão dele novamente e ele apertou a minha, certificando-se de que eu não fosse soltar.

Ele parecia tão perdido, com o exterior – geralmente duro – rachado, expondo suas fraquezas. Eu precisava mudar de assunto, fechar gradualmente a cicatriz.

— Como foi o jogo no Arkansas?

Uma pequena centelha de alívio faiscou em seu rosto com a virada na conversa.

— Nós ganhamos. Mas eu não ajudei em nada.

— Você não jogou bem?

Ele passou a língua sobre o lábio, sentindo o corte recente, e pegou um galho caído, batendo com ele sobre o punho cerrado.

— O jogo foi um maldito pesadelo.

— Bem, você é humano.

— Nunca comecei uma temporada tão mal em toda a minha vida. Meu último ano, o ano em que entrarei para o *draft*, e está dando tudo errado.

— Por que está indo tão mal?

— Porque não consigo finalizar nenhum passe. Estou decepcionando o time e a torcida. Meus pais não gostaram de eu ter mandado a Shelly para o inferno – você acabou de testemunhar a insistência do meu pai nesse assunto. Ela está sendo um parasita pior do que o normal, e tenho que ficar brigando com ela o tempo todo. Minha cabeça está confusa, não consigo dormir nem me concentrar, e pensar em uma certa garota inglesa me mantém acordado todas as noites. Todas as malditas noites. Ela está atormentando meus sonhos.

Ele puxou nossas mãos até o rosto com a barba por fazer e as movimentou para cima e para baixo sobre os pelos ásperos.

— Sim, eu sei como é isso — sussurrei, observando, completamente sem fôlego com a confissão dele, as pontas dos meus dedos roçarem em sua boca.

— Fiquei pensando sem parar em nosso último encontro enquanto estava fora. — A voz de Rome era quase inaudível, como se admitir aquilo fosse um pecado mortal. Ele parecia nervoso, uma emoção que eu ainda não tinha visto nele. Acho que gostar realmente de uma garota era um novo mundo para o rei do sexo casual.

— É. Eu também. Está sendo... diferente ter a cabeça preenchida por um certo gato do Alabama em vez de Dante, Descartes ou Kant.

Ele me cutucou com o joelho, e aquela distração iluminou seus olhos sem vida.

— Você me acha um gato?

Corei e o cutuquei também.

— Você até que é razoável.

Olhando para mim sob seus longos cílios, ele abriu um sorriso.

— Para onde você estava indo a essa hora da manhã quando viu este gatinho tomar uma surra?

— Rome...

— Responda a maldita pergunta, Shakespeare.

Sacudi a cabeça. O Romeo ríspido começava a acordar de seu sono.

— Para a biblioteca. Preciso fazer algumas anotações para a professora Ross. Ela tem uma sala lá onde posso trabalhar sem ser incomodada. Eu vi... o que aconteceu com você e seu pai e achei que precisava mais de mim neste momento do que o empolgante mundo da academia.

Com uma batidinha em minha perna, ele me puxou para levantar, ainda de mãos dadas comigo.

— Vamos.

— Para onde?

— Para a biblioteca. Eu vou te ajudar. Não podemos decepcionar o mundo acadêmico.

— Romeo... tem certeza de que não quer ir para casa ou fazer outra coisa? Podemos conversar mais, se quiser. O que você precisar.

Perdendo o tom alegre, ele enfatizou:

— Não. Nós vamos para a biblioteca, e vou te ajudar com o trabalho. — Ele não estava de brincadeira. Estava prestes a perder a cabeça, e isso era perceptível; a agressividade contida aguardava pacientemente na superfície sua chance de atacar. Ele precisava de uma distração, e achei melhor levá-lo comigo, para evitar que algum pobre aluno desse de cara com o punho de Romeo no momento em que ele perdesse o controle.

— Você vai *me* ajudar com filosofia?

Ele fez um bico mal-humorado.

— Ei, só porque sou atleta não significa que sou burro. — Ele envolveu meus ombros com os braços. — Para seu governo, estou indo superbem nessa matéria. Talvez possa te ensinar uma coisinha ou outra.

Afastando-se, ele encostou um dedo na bochecha, fingindo estar pensativo.

— Por exemplo, *Immanuel Kant era um pedante e imutável só no enfado.*

Abri um grande sorriso, soltei uma gargalhada alta e continuei a canção:

— *Heidegger, Heidegger, mamava steinhäger e refletia embriagado.*

Ele ficou andando de um lado para o outro na minha frente, como se estivesse dando aula.

— *Aristóteles, Aristóteles, o mais bebum de todos eles, e Hobbes amava um trago.* — Ele se abaixou em uma reverência brincalhona e indicou que eu continuasse.

— *E René Descartes, dos bêbados um estandarte. Bebo, logo existo.*

Cobri a boca com a mão enquanto ria, sentindo-me leve e solta, e Rome, com um lindo sorriso, levantou a mão para me cumprimentar. Toquei na mão dele com entusiasmo.

— Então você é fã do Monty Python? — perguntei, empolgada.

— Bem, não dá para estudar filosofia sem conhecer "The philosopher's song" [A canção dos filósofos].

— Concordo, mas nunca imaginei que *você* gostasse de comédia britânica.

Ele riu.

— É *Python*. — Simples assim. — Então vamos. Eu já te surpreendi com meu conhecimento sobre filosofia. Tenho certeza de que posso repetir a dose.

Acenei com desdém.

— Tanto faz. Você tem vinte e um anos. Eu ainda tenho vinte e já estou no mestrado. Duvido que tenha algo que possa me ensinar, superastro. Essa é a minha área de especialização.

Em um instante, Rome havia me jogado junto a seu peito e pegado minha orelha entre os dentes.

— Talvez não em filosofia, mas com certeza posso te ensinar outras coisas, Mol... da *minha* área de especialização.

— E o que é? — perguntei, sem fôlego.

Ele pressionou lábios persistentes sobre a pulsação furiosa de meu pescoço.

— Coisas muito mais... *prazerosas* do que trabalho.

Fiquei paralisada, e ele saiu andando, fazendo-me voltar a caminhar.

— Vamos, supercérebro, vamos pesquisar e dar uma arejada nessa sua mente suja.

* * *

Romeo ficou comigo na biblioteca durante horas, ajudando-me a digitar anotações e a pesquisar contra-argumentos para o trabalho. A propósito, mostrou-se extremamente versado na matéria. Pareceu diferente quando nos separamos, um pouco mais leve. E eu também. A companhia dele me acalmou, e, embora ele pudesse ser rude e por vezes um pouco assustador, descobri que gostava daquilo. Mas, infelizmente, aquilo significava que eu estava voltando a pensar nele constantemente.

Tive que ir de novo à biblioteca no dia seguinte. Fui diretamente para a sala da professora, tranquei a porta – e encontrei Romeo com as pernas sobre a mesa, os braços atrás da cabeça e um sorrisinho no rosto.

— Já estava na hora, Shakespeare. Deu tempo de escrever uma tese enquanto esperava por você.

— O que está fazendo aqui? — perguntei com um sorriso radiante, feliz ao ver que seus lábios pareciam menos inchados e os dedos estavam enfaixados.

Tirou as pernas da mesa e se levantou.

— Estou aqui para dar assistência à assistente. Me coloque para trabalhar. Estou ao seu dispor.

Deixei os livros sobre a mesa e coloquei as mãos na cintura.

— Quer me dizer como entrou aqui, em uma sala trancada?

Rome deu de ombros, com um olhar brincalhão.

— Tenho uma admiradora secreta na biblioteca. Ela abriu para mim depois de uma conversinha mole.

— A sra. Rose? Ela deve ter uns noventa anos!

— Ela curte uns novinhos — ele ironizou, fingindo um calafrio.

Não consegui conter a gargalhada.

— Ahã! E por que, Romeo, você quer me ajudar a fazer as anotações novamente?

Ele perdeu o sorriso divertido. O mesmo vislumbre de vulnerabilidade que vi se espalhar por seu rosto no dia anterior entorpeceu seus belos traços, e ele cruzou os braços na defensiva.

— Você não me quer aqui? Se estou atrapalhando, posso ir embora. Não quero ficar onde não sou desejado.

Entrei na frente dele e segurei seu rosto carrancudo entre as mãos.

— Ei, eu não disse isso. Só fiquei surpresa com o fato de *você* querer estar aqui *comigo*. É... bom estar com você, a qualquer momento.

Ele inclinou a cabeça e deu um beijo na palma da minha mão.

— Eu também gosto de ficar perto de você, Mol. Eu me sinto bem. Além disso, eu te devo pelo que fez por mim ontem.

— Você não me deve nada.

Ele acariciou meu rosto com os dedos e eu quase caí no chão.

— Eu vou ficar com você.

— E as suas aulas?

— Eu vou ficar com você. Estou ficando meio viciado.

Engoli em seco.

— Viciado?

— Isso mesmo. Em você e em como me sinto quando estou com você.

Enrubesci e fiquei mexendo na alça da bolsa.

— Certo, bem... hum... então vamos te botar para trabalhar.

Ele prestou continência e se sentou de frente para mim com um enorme sorriso de satisfação.

* * *

Ouvi um suspiro comprido e dramático atrás de mim e dei um pulo.

— Precisamos fazer uma pausa — Romeo ordenou, passando pela porta com dois copos grandes de café nas mãos e um olhar de reprovação no rosto.

Como eu nem o tinha visto sair, tive que concordar que provavelmente um intervalo seria uma boa pedida. Recostei na cadeira e esfreguei os olhos cansados.

— Há quanto tempo estamos aqui?

Depois de sentar-se em sua cadeira, ele empurrou em minha direção um café e um saquinho marrom contendo um bagel com *cream cheese*.

— Umas seis horas.

Arregalei os olhos.

— Ah. Droga.

— É, *droga*.

Tomei um gole de café, fechei os olhos e soltei um gemido alto de prazer enquanto a sensação familiar da cafeína energizante fluía como ópio em minhas veias. Uma cadeira arranhou o piso vinílico e ouvi Rome dar um pulo, praguejando. Abri os olhos e o vi sacudindo café da camiseta cinza molhada.

— Você está bem?

Ele fez que sim.

— Só... não faça esses barulhos perto de mim, Mol.

Eu me contorci ao ver sua expressão fogosa enquanto ele observava meu peito subir e descer em reação às suas palavras. Ele voltou a se sentar, e comemos em silêncio absoluto.

Romeo se espreguiçou.

— Você já deve estar quase terminando. Nunca vi ninguém se dedicar tanto a uma coisa. Não tenho dúvidas de que vai ser uma excelente professora.

Dei de ombros.

— Eu amo estudar. Mantém minha cabeça ocupada.

Inclinando a cabeça em questionamento, ele perguntou.

— Por que quer ocupar a cabeça?

— Para não ficar pensando em outras coisas.

— Tipo o quê?

Fiquei mexendo na caneta.

— Coisas ruins... coisas angustiantes... coisas do meu passado.

Ele pegou na minha mão.

— Então estudar faz por você o que você faz por mim? — Engoli em seco, sem saber o que responder. — É verdade. Você está fazendo algo comigo, Mol.

— Eu... O quê? Você...? — Concentrei-me na mesa e o ouvi rir da minha agitação. Depois peguei um pedaço de bagel e joguei no peito dele. Ele pegou o pedaço da camisa e colocou na boca, mexendo as sobrancelhas. Não pude conter o riso.

— E como você está se sentindo hoje? — perguntei quando o clima pesado se desfez.

— Melhor. Uma menina linda me ajudou a lidar com uns problemas pessoais.

— Que menina? Como ela é? — brinquei.

Ele fingiu parar para pensar.

— Morena, tem um sotaque delicioso, é tipo uma bibliotecária sexy demais, de óculos e tudo.

Senti um frio na barriga.

— *Certo*. Mas, falando sério, você está *bem*?

Desfazendo o sorriso, ele disse em voz baixa:

— Estou melhorando. Um dia de cada vez.

Deixei-o com seus pensamentos e tomei um gole do meu café, voltando a ler minhas anotações. Logo me distraí quando Rome levantou devagar da cadeira e foi em minha direção, os olhos semicerrados e os lábios levemente abertos. Agarrei nos braços da cadeira quando ele colocou a mão sobre a estante atrás de mim e a outra sobre a mesa, aprisionando-me, e aproximou-se lentamente. Fechei os olhos quando a boca dele parou bem na frente da minha.

— Romeo, o que...

Ele passou a língua sobre o canto do meu lábio.

Fiquei paralisada.

— Você estava com espuma nos lábios. — A voz dele era áspera e tensa.

Eu murchei.

— Ah, eu...

Voltando a se aproximar, ele prendeu minha cabeça entre as mãos e lançou os lábios contra os meus. Cedi e gemi quando ele puxou meus cabelos, inclinando-me para trás para ir mais a fundo, massageando toda a minha boca.

Após vários segundos, ele recuou.

— E depois? — murmurei, olhando fixamente em seus olhos ardentes e limpando a saliva de meus lábios.

Encostando a testa na minha, ele disse com a voz abafada:

— Bem, depois eu simplesmente quis te beijar.

Ele se ajoelhou de modo a ficarmos cara a cara, e as mãos dele faziam círculos sobre minhas coxas.

— Venha ao meu jogo no fim de semana.

— Eu tenho que estudar — respondi automaticamente.

Seu olhar de decepção partiu meu coração.

— São só algumas horas, Mol.

— Eu sei, mas sou paga para auxiliar a professora e me orgulho de entregar tudo dentro do prazo. Preciso do meu salário para sobreviver, Rome. Morar na casa da irmandade é caro. Eu vou estar aqui no sábado, no horário do jogo.

Suspirando alto, ele se conformou.

— Tudo bem. Não gosto nem um pouco, mas compreendo.

Segurei entre as mãos seu rosto bronzeado e descontente.

— Por favor, não fique decepcionado. É que eu não curto esportes. Não entendo nada de futebol americano e nem sei o que é um *quarterback*, lembra?

Aproximando mais o rosto de minha mão, ele disse.

— Já entendi, Mol. Ninguém está nem aí para me apoiar, mesmo. Nenhuma novidade.

— Romeo...

Ele se levantou, coçando a cabeça.

— Tenho treino agora, preciso ir.

Estendi o braço e encostei a mão em seus dedos tensos.

— Vou ficar mais algumas horas aqui. Mas nos falamos mais tarde, certo? — Eu me senti terrível por tê-lo decepcionado. Estava indo tão bem desde o dia anterior, deixando-o mais feliz. Tínhamos voltado à estaca zero.

Rome se abaixou, procurando meus olhos, e então se virou abruptamente e saiu da sala, deixando-me paralisada no lugar.

Durante as horas seguintes, fiquei olhando fixamente para os nós da mesa de carvalho e me perguntando repetidamente que raios estava acontecendo entre mim e Romeo "Canhão" Prince.

Enquanto juntava as coisas para ir embora, um bilhete sob a porta chamou minha atenção.

Por favor, vá ao jogo.
Quero te ver lá.
Seu Romeo

Meu Romeo?

Ah… merda.

6

— Ah, vamos, Rome! Concentre-se no jogo! — Ally estava em pé, sacudindo as mãos, assim como Cass e todo mundo no estádio com capacidade para cem mil lugares. Bem, todo mundo menos eu. Eu não fazia a mínima ideia do que estava acontecendo.

Eu havia decidido ir ao jogo. Ally tinha um ingresso sobrando e tentava me convencer a usá-lo desde o início da temporada, mas eu sempre recusei. Dessa vez, no entanto, não consegui tirar da cabeça o olhar chateado de Romeo quando eu lhe disse que não iria, então cedi e acabei indo parar em meu primeiríssimo jogo do Tide.

Foi o bilhete.

Eu havia me tornado a garota romântica e desesperada que nunca pensei que seria, e as doces palavras dele tinham me desestabilizado.

— Rome! O que é isso? *Afe!!!* — Ally gritou mais uma vez.

Estávamos sentadas na parte inferior, na área dos alunos, do Estádio Bryant-Denny, vendo o Tide jogar contra a Universidade de Auburn – um clássico local entre grandes rivais –, e, ao que parecia, Rome não estava fazendo um grande jogo, o terceiro da temporada em que não jogava tão bem como de costume. Olhei para o telão e vi o close de uma imagem na qual ele desatava a faixa de segurança do capacete e soltava um monte de xingamentos, batendo com o punho no chão e empurrando jogadores que apareciam em seu caminho, claramente insatisfeito com o que quer que tivesse acontecido.

O comportamento de *bad boy* que ele assumia no campo era extremamente sexy, junto com a maneira como o uniforme exibia sua impressionante forma física... Bem, isso deveria ser ilegal.

Ally estava com a cabeça apoiada nas mãos, espiando por entre os dedos, com expressão de desespero. Cass – que tinha acabado de comer seu terceiro enroladinho de salsicha – estava balançando a cabeça, decepcionada.

As líderes de torcida começaram seu número, e vi Lexi movimentando as pernas com alegria. Ela tinha entrado na equipe de torcida com distinção, derrotando sua concorrente com um salto para trás e uma estrela tripla com espacate. Ela era uma gótica bem alegre.

Aproveitei aquele momento para observar meus arredores. O estádio do Crimson Tide era imenso. O clima era frenético, e logo entendi por que Rome era tão conhecido na universidade e, francamente, em todo o Alabama.

No instante em que ele saiu do túnel, seu rosto e suas estatísticas apareceram no telão. Quando ele e o time entraram em campo, a multidão de cem mil pessoas entoou "Avante, Tide!" a plenos pulmões, acompanhada de cornetas e do rufar de tambores. Era muito diferente de qualquer coisa que eu já tivesse visto.

Toda vez que Rome arremessava a bola, os torcedores prendiam a respiração, quase rezando, e, infelizmente, até aquele momento ele não tinha conseguido completar nenhum de seus passes com sucesso. Cass me explicou de maneira bem clara que aquilo era uma coisa muito ruim.

De volta ao campo, Rome estava se dirigindo, zangado, ao banco, onde um técnico começou a gritar com ele, batendo com a mão em uma prancheta para enfatizar seu argumento. Tive um ímpeto repentino de saltar de meu assento e empurrar o homem para longe dele.

Virei para Ally.

— Por que ele está sendo repreendido? E daí que ele errou alguns arremessos. Isso é tão ruim assim?

— Sim, é tão ruim assim. Rome não pode errar tantas jogadas, Mol. Ele é veterano e considerado o melhor *quarterback* do país – uma vitória certa para o primeiro *draft*. Todos os olhares estão sobre ele. Além disso, se o Tide chegar ao Campeonato Nacional de novo este ano, precisaremos dele cento e dez por cento. E atualmente sua performance está em uns vinte por cento. Eu nunca vi o Rome jogar tão mal. Simplesmente não entendo. — Ela parecia desconcertada.

A multidão começou a torcer de novo, e, assim que olhei para o campo, Rome estava voltando, recolocando o capacete. Como de costume, o sol estava forte em Tuscaloosa, e o estádio lotado e descoberto estava ficando quente demais. Eu usava um vestido branco de linho sem mangas e um par de botas marrons de caubói da Ally, que ela gentilmente me dera de presente após gritar "Aleluia, você vai ao jogo". Ela havia dito sem meias palavras que eu tinha que me adaptar e adotar um comportamento sulista mais audacioso. Eu também havia aproveitado a ocasião para usar uma maquiagem leve, e descobri que, na verdade, amava o visual *country*.

— Vou pegar uma Coca Zero. Alguém quer alguma coisa? — perguntei, gritando mais alto que a vibração da torcida, afastando um mosquito com a mão, necessitando de uma trégua do calor intenso do estádio.

Ally fez que não, muito concentrada no jogo, e Cass tirou uma nota de vinte do bolso.

— Um pacote grande de batatinhas e um refrigerante, amore.

Peguei o dinheiro e segui pela lateral do campo, na direção das barraquinhas. Só tinha dado dez passos quando milhares de cabeças começaram a se mover em câmera lenta, acompanhando meu trajeto. Antes de conseguir tentar adivinhar o motivo, a bola apareceu no meio da multidão, e dois homens começaram a brigar para ver quem ficaria com ela. A confusão fez com que eles se deslocassem em minha direção, e tomei uma cotovelada no nariz, caindo com o impacto. Para completar o golpe, a multidão fez um "oooh" coletivo, e um segurança chegou para levar os dois homens embora.

Levei instintivamente as mãos ao nariz, que pareceu um pouco inchado, mas estava intacto, e até onde eu podia ver não havia sangue. Meus óculos, no entanto, não tiveram a mesma sorte e se partiram ao meio. Segurei os pedaços enquanto as pessoas se aproximavam, perguntando se eu estava bem. Ouvi um homem gritando que era médico e se abaixando ao meu lado, passando as mãos sobre meu rosto.

— Acho que o impacto da bola quebrou meus óculos — afirmei, aceitando a ajuda oferecida pelo médico calvo para me levantar. Quando fiquei em pé, a multidão começou a aplaudir, segurei os óculos rachados na frente do rosto, com uma haste em cada mão, e inspecionei o estádio, notando, para minha humilhação, que meu pequeno acidente havia sido transmitido no telão.

— Prince! *Prince!* Onde raios pensa que está indo?! — Uma voz masculina zangada gritou, e a pequena multidão à minha volta começou a se espalhar.

Virei a cabeça para o caminho que se abria e vi Rome correndo em minha direção. A expressão em seu rosto era de profundo terror, enquanto eu segurava os óculos quebrados na frente dos olhos.

— Droga, Shakespeare! Eu sinto muito. Você está bem? — ele perguntou, em pânico. Ele jogou o capacete no chão e segurou meu rosto com as duas mãos, inclinando minha cabeça, procurando ferimentos com seus grandes olhos castanhos.

— Rome, eu estou bem. Fui salva por meus óculos. Eles deram a vida para salvar meu nariz. *Você* não precisa se desculpar. Os dois idiotas bêbados que acertaram a minha cara é que são uns cretinos! — Levantei a armação dos óculos, agora em duas partes, perdendo minha visão por um segundo antes de colocá-la novamente no lugar.

Quando voltei a enxergar, notei que Rome abriu um pequeno sorriso e sacudiu a cabeça.

— Tinha que ser você. De todo este maldito estádio, você tinha que estar envolvida. Não estou mais surpreso; você está sempre presente. Acho que alguém está tentando me dizer alguma coisa.

Dei de ombros.

— Eu estava indo comprar uma Coca.

Ele riu de leve.

— Durante a minha jogada?

— Hum, bem, para ser sincera, eu não sabia o que estava acontecendo, e estava com sede.

Mulheres se penduravam nas grades, gritando para Rome.

— *Nós te amamos, Canhão!*

— *Me leve para casa com você, querido!*

— *Me come, sete!*

O sorriso dele desapareceu quando viu que me distraí. Pegou em meu queixo para que eu me concentrasse apenas nele.

— Você veio.

— Eu vim — respondi com um sorriso.

— Por que mudou de ideia?

— Você mexeu comigo — brinquei, usando as mesmas palavras que ele havia utilizado em nossa discussão no corredor.

Rome soltou uma gargalhada.

— Senhorita? Temos que levar você para a enfermaria... são as regras do estádio. Me acompanhe, por favor. — O médico segurou meu braço e tentou me levar embora.

Rome levantou o dedo para que ele parasse por um segundo e se abaixou um pouco para olhar nos meus olhos.

— Tem certeza de que está bem?

— Estou bem. Agora, você não tem um jogo para ganhar? Acho que todas essas pessoas não vieram até aqui para ver a gente conversando.

— É, eu *estava* no meio de alguma coisa quando você resolveu entrar no meio de uma briga de bêbados.

Já ia acompanhar o médico quando Rome de repente se aproximou e me deu um beijo demorado. Foi carinhoso e suave, diferente de nossos beijos frenéticos e espontâneos de costume.

Nós nos encaramos por mais um segundo, e Rome voltou correndo para o campo, com determinação no rosto. A multidão ficou boquiaberta, perguntando-se por que o astro do time estava tão interessado na menina acidentada.

Na segurança da enfermaria, comecei a me recompor quando uma vibração entusiasmada pareceu sacudir a estrutura do estádio, fazendo-me saltar da cadeira.

— O que aconteceu? — perguntei em pânico.

O médico olhou para a pequena tela de TV no canto.

— Minha nossa!

— O quê?

— O Canhão acabou de fazer um belo passe de quarenta jardas para um *touchdown*.

— Isso é bom, não é? Um *touchdown*?

Ele voltou a atenção para mim, certamente se perguntando se eu não tinha machucado a cabeça, afinal.

— Sim, é muito bom, principalmente faltando tão pouco para

terminar. Estamos amarrados. Temos quinze minutos para conquistar o grande v.

— O grande v?

— V de vitória — ele respondeu, com um suspiro exasperado.

— Certo. Entendi — murmurei, achando melhor ficar quieta.

O médico desligou a TV para eliminar a distração, terminou o exame e me ajudou a consertar meus óculos com esparadrapos brancos, deixando o remendo bem visível no meio do nariz. Não estava bonito, mas teria que servir. Como minha avó diria: "o que não tem remédio remediado está".

Voltei ao meu lugar apenas para ouvir o apito final e a multidão gritando de êxtase. Cass e Ally estavam pulando animadamente e, ao me verem, correram em minha direção, praticamente me derrubando no chão. Eu me mantive firme. Não cairia duas vezes.

— Molly! Está tudo bem? Nós te vimos no telão — Ally perguntou, arregalando os olhos escuros ao olhar para a minha cara.

— Amore, seus óculos! — Ela se afastou um pouco e começou a procurar freneticamente por qualquer marca visível.

— É, Molls, não acredito que você tomou uma cotovelada na cara... Molly Shakespeare, a mais nova integrante do clube da luta. Foi muito hilário. — Cass riu, com a mão na barriga, como se estivesse doendo. De repente, seu sorriso desapareceu. — Onde estão minhas batatinhas e meu refri?

— Eu não consegui comprar nada, Cass! — Ela fez bico e cruzou os braços, decepcionada. — Nós ganhamos?

Ally colocou os braços em volta de meus ombros.

— Se ganhamos? Nós acabamos com eles, amore. Depois que o Rome te beijou, ele voltou ao campo como outra pessoa e acertou todos os passes, todas as jogadas. Ele foi considerado o melhor jogador.

Arregalei os olhos.

— Bem, isso é bom, não é? Melhor jogador?

— Bom? Querida, as pessoas estão dizendo que seu beijo deu sorte para ele.

Dei um passo para trás e olhei para ela com ceticismo.

— Por que isso daria sorte?

— O beijo o fez jogar melhor, foi um giro de cento e oitenta graus. — Ela sorriu, batendo palmas de empolgação.

Cass colocou as mãos em minha cintura e me virou para o telão.

— Está vendo?

Nossa!

Os caras que controlam a tela tinham trabalhado muito em minha ausência. A montagem, repetida em sequência, começava com Rome perdendo uma série de jogadas. Depois cortava para mim, sendo derrubada por dois bêbados idiotas, recebendo uma cotovelada na cara e caindo no chão – parecia pior do que tinha sido. Em seguida, Rome correndo do campo, ignorando o técnico, deixando seus companheiros de time de queixo caído ao ver que ele estava indo embora, depois segurando meu rosto e se aproximando para me beijar. A parte final mostrava seus três *touchdowns* da vitória, que eu tinha perdido enquanto estava na enfermaria.

Era demais. Meu coração disparou e o peito ficou apertado. Eu odiava ser o centro das atenções, e ter minha imagem transmitida a milhares de pessoas era mais do que eu podia suportar. Acrescente o beijo de Rome à mistura e eu era um poço de ansiedade. Acreditava piamente que nem todos deveriam ganhar os holofotes, e me colocava como primeira da fila.

Eu me virei lentamente para o campo onde Rome estava dando entrevistas, e surpresa: Shelly entrou na frente da câmera ao lado dele, beijando-o no rosto, fazendo o papel de namorada orgulhosa.

Senti meu coração afundar ao ver Shelly e Rome juntos, e uma coisa ficou extremamente óbvia – ele era muito para mim.

Eu tinha sido tão imbecil de ir ao jogo, de pensar que qualquer coisa poderia acontecer com alguém como Rome. Ele era o cara mais popular da faculdade, desejado por uma imensidão de garotas agressivamente determinadas, e eu era uma rata de biblioteca, uma menina introvertida e reservada.

Romeo Prince deveria ficar com alguém como a Shelly. Alguém que combinasse perfeitamente com sua vida glamourosa e agitada.

Eu me virei para Ally e Cass, tentando ocultar minhas emoções.

— Estou indo para casa. Preciso estudar. Falo com vocês depois.

Saí do estádio antes que elas protestassem e tentei, repetidas vezes, esquecer a sensação dos belos e macios lábios de Romeo junto aos meus.

Para citar o próprio Rome: "É mais fácil falar do que fazer".

7

— Molls, levante essa sua bundinha inglesa! Nós vamos encher a cara hoje à noite e precisamos da quarta mosqueteira!

— Sério, Cass, pela última vez, vou recusar o convite, mas obrigada assim mesmo. — Ouvi um ruído alto do outro lado e tive que afastar o telefone do ouvido. Claramente, Cass já estava embriagada – maldita bebida artesanal.

— Molly? Molly! — Ally havia assumido o telefone.

— Estou aqui, Ally.

— Tem certeza de que não quer ir, amore? Não gosto de te ver sozinha no seu quarto enquanto todo mundo está se divertindo.

— Sério, Ally, eu estou bem. Só estou cansada.

Fez-se uma longa pausa, e pude ouvir a Zac Brown Band e conversas altas ao fundo.

— Tudo bem, amore. A gente se fala de manhã, mas me liga se mudar de ideia.

— Certo, flor. Divirtam-se!

Desliguei e me joguei na cama, passando o polegar sobre a tela, olhando fixamente para o papel de parede de uma flor de lótus cor-de-rosa boiando em um lago tranquilo.

Depois de chegar em casa, eu havia tomado um banho, vestido uma camisola velha rosa-clara e recusado todos os convites para festas em comemoração à grande vitória no futebol.

Cass, Lexi e Ally tinham resolvido ir à festa da fraternidade de Rome, do outro lado da rua, e tentado de tudo para que eu fosse com elas. Eu precisava me distanciar de tudo relacionado a Romeo Prince, então inventei desculpas para não ir.

Fui esperta o bastante para saber que estava me apaixonando por ele para valer, e o constante frio na barriga, o coração acelerado e os incontáveis sonhos eróticos que assombravam meu sono confirmavam isso de maneira enfática.

O tempo que passei sozinha com Romeo na semana anterior fez meus sentimentos por ele aumentarem um pouco, e eu simplesmente não sabia como lidar com o que significávamos um para o outro. Então meu plano – embora eu admita que não era dos mais inteligentes – era apenas evitar muita proximidade com o astro do Tide.

O plano teve início imediato.

Girando de um lado para o outro na cama, soltei meus longos cabelos, sentindo as pontas tocarem minhas costas, e comecei a massagear a cabeça para aliviar a tensão de segurar todos aqueles cachos o dia todo, e depois me acomodei sobre a coberta lilás com um bom livro. Peguei meu exemplar surrado de *Jane Eyre,* feliz em mergulhar no mundo da Inglaterra antiga, do sr. Rochester, e me perdi em suas páginas.

Aproximadamente uma hora depois, completamente envolvida e relaxada, ouvi um barulho. Passei os olhos pelo quarto vazio, onde a única luz vinha da lâmpada suavemente avermelhada da luminária ao lado da minha cama. Comecei a ficar nervosa; eu estava sozinha na casa da irmandade.

Quando ouvi o barulho de novo, dei um pulo, parando no meio do quarto – ele vinha das portas de minha varanda.

Aproximei-me com cuidado e girei a tranca, verificando se não havia nenhum homem estranho do outro lado. Quando abri a porta, havia pedrinhas espalhadas pelo piso de ladrilhos vermelhos. Dei um passo para a frente, deixando a leve brisa da noite me envolver, e me abaixei para pegar uma pedra. Quando estava me levantando, mais uma bateu no meu ombro.

Respirei fundo, fui até as grades e arrisquei olhar. A princípio, só vi escuridão. E então dela surgiu uma silhueta.

— Shakespeare?

Não havia como confundir aquele sotaque sulista sexy.

Romeo saiu das sombras para a luz que iluminava a varanda. Vi o contorno de sua forma larga, e ele estava absolutamente maravilhoso. Tinha voltado ao normal – jeans desbotados e uma camiseta vermelha do Tide sem mangas –, e tentei conter a empolgação que corria por meu corpo.

— Ei, Mol — ele sussurrou, com um sorriso tímido.

— Ei, você — respondi em voz baixa. — O que está fazendo aqui?

— Eu vim te ver.

— É mesmo? Por quê? — Eu estava verdadeiramente chocada. Imaginei que ele estaria comemorando a vitória.

Rome curvou os ombros largos e enfiou as mãos no bolso, lançando um olhar tímido na minha direção.

— Porque notei que você não tinha saído. — Ele se aproximou mais um pouco, facilitando minha visão. — E quis ver se você estava bem, depois do que aconteceu hoje. Fiquei pensando em você a noite toda.

— Você não deveria estar com a Shelly?

— E por que eu estaria com ela?

Dei de ombros.

— Ela estava com você depois do jogo, e vocês pareciam confortáveis. Achei que talvez você quisesse comemorar com ela hoje à noite.

Todo o corpo dele ficou tenso.

— Vamos esclarecer isso de uma vez por todas. Ela não significa porra nenhuma para mim. Nunca vai significar. — Ele inclinou a cabeça para o lado enquanto olhava para mim. — Foi por isso que não foi à festa? Porque achou que eu estaria com aquela vadia falsa?

Fiz uma careta diante de toda aquela conversa.

— Rome, eu só não estava a fim de festa hoje, apenas isso. Pode ir se divertir. Não precisa se preocupar comigo.

— Eu não vou a lugar nenhum.

Meu coração acelerou e olhei para ele, logo abaixo do meu quarto, na minha janela, garantindo a mim mesma que não havia nada entre ele e Shelly. Relaxei e me dei conta do quanto estava tensa ao pensar nele com outra pessoa.

Espiei por cima da grade e não consegui controlar uma risadinha que escapou de minha boca.

Os olhos cor de chocolate dele se estreitaram, ameaçadores.

— Qual é a graça, Shakespeare?

— *Romeu* ter vindo até minha varanda chamar minha atenção. — Cobri a boca com uma das mãos e depois as juntei e posicionei diante do ombro. — *Muito alto é o muro do jardim, difícil de escalar, sendo o ponto a própria morte... se quem és atendermos... caso fosses encontrado por um dos meus parentes... Poderão matar-te.* — Bati os cílios para acrescentar um efeito dramático.

Um arco se formou sobre o lábio superior dele, que tentava – sem sucesso – conter um sorriso.

— Como você sabe isso de cor?

— Eu já li umas cem vezes. É lindamente trágico. — Soltei uma gargalhada. — Mais ou menos como a gente, não acha?

Romeo desapareceu de minha vista, e detectei um farfalhar. Corri para o outro canto da varanda para ver o que ele estava fazendo, e lá estava ele, escalando a treliça de madeira que subia pela parede.

— Romeo, cuidado! O que está fazendo?

Alcançando outro pedaço de madeira frágil, ele olhou para cima com um brilho jocoso no olhar.

— Estou indo ver minha Julieta.

Cambaleei para trás. Ele estava vindo me ver... no meu quarto... sozinha.

Droga.

Duas mãos se agarraram na grade de minha varanda e Rome passou por cima dela, recompondo-se e limpando as mãos empoeiradas na calça jeans. Quando olhou para mim, perdeu o fôlego, e suas mãos ficaram paralisadas sobre as coxas, desfrutando da imagem de meu corpo de camisola.

Olhando para baixo, eu me contorci por dentro ao pensar em como estava exposta. Levantei a cabeça para explicar que já estava na cama quando ele apareceu, mas ele já estava na minha frente, a poucos centímetros de mim. Olhos grandes e escuros embeberam-se de cada curva de meu corpo; ele passou a língua longa e rosada sobre os lábios carnudos, e vi seu olhar vagando do meu quadril para os meus seios.

Rome levantou a mão e a passou em meus longos cabelos ondulados.

— Gosto do seu cabelo solto — ele disse com a voz rouca, como se sentisse dor para falar.

Fui mexer automaticamente em meus cachos, mas a palma de minha mão recaiu sobre a mão dele. Tentei recuar, mas seus dedos capturaram os meus, e ele os abaixou para a lateral de nosso corpo. Quando olhei para baixo, ele acariciava minha mão com o polegar, fazendo meus braços se arrepiarem. Rome gentilmente tirou meus cabelos do ombro, passando o dedo indicador sobre a pele exposta, em um movimento hipnotizante.

Meus olhos se fecharam e meus mamilos enrijeceram, roçando de maneira quase dolorosa no tecido leve de algodão.

— Romeo? O-o que você está fazendo?

Seu hálito de hortelã tocou a pele de meu rosto.

— Não sei direito. Mas não quero parar.

— Rome, eu não acho... — Abri os olhos ao ouvir o repentino som cortante de membros da irmandade retornando embriagadas, interrompendo nosso momento. Se elas se esforçassem, seriam capazes de nos ver aqui em cima nos tocando, acariciando, ficando mais próximos a cada segundo.

Rome encostou o nariz em meu pescoço; minhas costas arquearam-se por instinto, rendendo-se a seus movimentos ousados.

— Nós... nós precisamos parar.

Gemendo, Rome lambeu minha pele queimada de sol.

— Não, Mol. Eu me contive por tempo suficiente. Tentei ir devagar, mas não dá mais. Não quero mais não significar nada para você. Eu te quero. Eu te desejo muito...

— Rome. Não é uma boa ideia. Eu não posso fazer isso.

— É claro que pode — ele disse com uma pitada de humor, descendo as mãos até minha cintura.

Empurrei seu peito definido.

— Por favor... só... espere um pouco. — Romeo deu um passo para trás e piscou os olhos, surpreso. — O que foi? — perguntei em reação à sua paralisia repentina.

— Ninguém nunca me disse "não" antes. — Ele estava completamente perdido.

— Está falando sério?

— Estou.

— Isso é... *ridículo*.

Ele se aproximou com um sorriso, roçando as pontas dos dedos em meu braço e parando sobre meu quadril, pegando no tecido fino.

— Mas é verdade. — Ele engoliu em seco, demonstrando uma pitada de nervosismo. — Você não quer isso? Você não... *me* quer?

— Romeo... eu...

— O quê? — ele perguntou impacientemente.

Passei as mãos sobre o rosto.

— Você é muita coisa para digerir, você sabe.

— Eu sei. — Ele soltou um longo suspiro e abriu um sorriso torto e presunçoso.

— Não sei o que quer de mim. Você me deixa confusa e não estou acostumada com isso.

Chegando mais perto, ele envolveu minha cintura com os braços, declarando:

— Então me deixe mostrar o que eu quero. Pare de lutar contra isso, porra.

Tentei me soltar dele.

— Não, Rome, isso é... isso é...

— Eu quero ficar com você — ele insistiu, quase implorando com seus grandes olhos castanhos. — Qual é, Mol? Eu preciso de você. Diga que me entende. Diga que está tão a fim de mim quanto estou de você.

Fechei os olhos e senti as mãos dele descendo até o fim das minhas costas, retorcendo-me por dentro. Era bom demais. Não havia o que discutir, nenhum grande debate interno. Eu ia ceder.

— Entre — eu disse de repente, deixando o desejo transparecer em minha voz.

Romeo encostou a testa na minha e suspirou de alívio.

Pegando na mão dele, tirei-o da varanda e fechei a porta sem fazer barulho. Quando me virei para trancá-la, senti um calor nas costas, e Rome voltou a envolver minha cintura com os braços, massageando minha barriga por cima do tecido fino enquanto se inclinava e dava um beijo suave bem abaixo da minha orelha. Dedos cuidadosos moveram-se até meu quadril e me puxaram para trás na direção de sua virilha, que endureceu em resposta ao meu contato.

Eu me virei em seus braços, e, assim que fiquei de frente para ele, seus lábios encontraram seu lugar junto aos meus. De início, os movimentos eram suaves, escorregando sobre minha boca, contornando sua forma delicada. Levantei as mãos e agarrei seus cabelos, puxando-o para mais perto. A língua dele experimentou meus lábios e ele avançou mais, acariciando a minha com movimentos doces e carinhosos.

Eu estava perdida nele.

Soube naquele momento que as coisas haviam mudado categoricamente para mim, que eu nunca voltaria ao estado pré-Romeo. Meu corpo desejava o que ele oferecia e meu coração não me permitiria resistir.

Rome me girou em seus braços e, sem interromper nosso beijo, empurrou-me para trás até que minhas pernas bateram na cama e nós escorregamos para baixo, com o corpo dele acomodando-se sobre o meu. Gemidos altos de aprovação me incitaram a continuar, e correspondi a seu entusiasmo com tudo o que eu tinha.

Minhas mãos passaram de seus cabelos para a barra da camiseta, entrando sob ela, e meus dedos traçaram círculos em suas costas enquanto ele gemia em minha boca e o murmúrio vibrava junto a nossas línguas em duelo. Ele acariciou minha cintura e continuou descendo. Dedos longos e experientes tocaram levemente minha coxa, e ele separou a boca da minha.

O olhar de Romeo desceu, e senti sua mão subindo, passando da barra de minha camisola. Interrompi-o de imediato, e ele ficou paralisado, olhando para mim.

— Eu-eu não posso. Estamos indo rápido demais — sussurrei e desviei os olhos, constrangida.

Ele suspirou, tirando a mão de baixo de minha camisola, e segurou meu queixo entre o indicador e o polegar.

— Não faça isso — ele declarou com firmeza.

— O quê?

— Não se sinta mal por querer parar. *Nunca* se sinta mal por isso. Eu vou te ter no momento em que você estiver se contorcendo de desejo, suplicando para eu te comer. Nunca se sinta mal por querer parar. Quando você se entregar a mim, vai estar tão molhada que não vai conseguir se segurar.

— *Quando* eu me entregar a você? — perguntei, um pouco irritada por ele presumir que seria impossível resistir a seu charme, mas ao mesmo tempo extremamente excitada.

— *Quando* você se entregar a mim — ele respondeu com confiança.

Fiquei boquiaberta.

— Você é confiante. Eu poderia recusar.

Ele deu de ombros sem se preocupar e passou o dedo em volta de meu joelho.

— Isso vai acontecer. Nós dois sabemos que é verdade, e estou contando os dias até entrar em você e te fazer gozar... repetidas vezes. — Ele passou a língua sobre os lábios e a umidade os deixou brilhantes. — Estou contando os *minutos*...

Esforcei-me para raciocinar e o desejei de novo junto à minha boca quente, deixando o desejo vencer a lógica.

Com um resmungo de frustração, ele me empurrou sobre o colchão, demonstrando reprovação na postura impassível.

— Eu não deveria ter te pressionado. Você não está pronta.

— Você não me pressionou. É que... é que... eu... não tenho muita experiência... e eu...

Ele arregalou os olhos e se afastou.

— Merda, você é virgem?

Puxei a barra da camisola e me ajoelhei sobre a cama. Seus olhos chocados não deixaram os meus enquanto eu colocava uma mecha de cabelo atrás da orelha.

— Não, eu não sou virgem, mas não tenho muita prática no que diz respeito à... sedução. Só dormi com uma pessoa, e só uma vez, no ano passado — disse rapidamente, sem parar para respirar.

Certo ar de possessividade surgiu em seu rosto, e seus músculos se contraíram.

— Quando isso aconteceu?

— Quando eu estava em Oxford. Oliver e eu...

— Oliver? — ele perguntou com frieza.

— É, Oliver Bartholomew.

Ele abandonou o nervosismo e tentou conter uma risada. Estreitei os olhos.

— O quê?

— Oliver Bartholomew? É muito... *britânico*.

— Ele *é* britânico! Assim como eu! Pode parar de zoar!

Eu me afastei e cruzei os braços. Ele me puxou de volta para olhar para ele, não conseguindo esconder que estava achando graça.

— Tudo bem, tudo bem. Desculpe. — Descruzei os braços, incapaz de permanecer irritada, e peguei na mão dele. Ele continuou: — Então, esse Oliver... ele era seu namorado?

— É, acho que sim. Eu *tentei* namorar com ele, pelo menos.

— Tentou?

— É. Eu... eu não me aproximo muito das pessoas. Tentei com ele, mas, no final, simplesmente não consegui. Estávamos nos vendo havia alguns meses – saíamos para tomar café, estudar, esse tipo de coisa –, e resolvi dar o próximo passo, acabar logo com isso. Ele queria muito. Eu estava indiferente. Então, pensei: "Por que não?". Olly era legal comigo e eu gostava o suficiente dele. O sexo... não foi grande coisa.

Ele recuou, horrorizado, soltando minha mão.

— O quê? Você não gostou do sexo?

Enrubesci de constrangimento, puxando os fios soltos do lençol de algodão.

— Foi estranho, atrapalhado, e nem tudo foi excitante.

Romeo passou o dedo pela extensão de meu braço, vendo a pele se arrepiar.

— *Olly* não fez as coisas direito.

Uma segunda onda de arrepios se espalhou por minha pele exposta. Ele notou minha reação traiçoeira e sorriu.

— Imagino que com você, Shakespeare, vai ser diferente de

qualquer outra coisa. Nunca desejei tanto algo em toda a minha vida... sentir seu gosto, sentir você... te ouvir gritar meu nome.

— Romeo... — Eu me mexi para abrir espaço entre nós dois antes que as coisas fossem longe demais.

Ele segurou meu braço.

— Eu vou parar, mas não vou esconder o fato de que desejo muito isso, Shakespeare. Desejo pra caralho.

Resmunguei, fazendo drama e colocando o travesseiro sobre a cabeça, ouvindo a risada de Romeo ao meu lado. Ele puxou o travesseiro para baixo, expondo meus olhos, levantando a sobrancelha como se questionasse meu comportamento estranho.

— Temos que encontrar alguma coisa para fazer, Rome. Eu preciso *muito* de uma distração neste momento.

Ele abriu um grande sorriso, mostrando os dentes.

— Você roubou o que *eu* ia dizer, Shakespeare. Não era eu que devia falar isso para você?

Ri.

— Provavelmente, mas estou prestes a pular em cima de você e preferiria não fazer isso esta noite, se puder ser evitado. Queria muito não passar de quase virgem a vadia depois de uma noite em sua companhia!

Romeo jogou a cabeça para trás, soltando uma gargalhada, e me juntei a ele, incapaz de resistir. Ele pegou minha mão.

— O que devemos fazer então, quase virgem, para que você não pule em cima de mim? Embora seja tentador para mim simplesmente deixar você fazer o que quiser.

Dei um tapa de brincadeira no peito dele.

— Tenho uma sugestão perfeita, se você topar.

Romeo deu um tapinha em minha bunda quando saltei da cama. Sacudi a cabeça em repreensão e coloquei um DVD. Voltando para o colchão, dei um beijo comportado na boca de Rome e recostei junto à cabeceira, com um frio na barriga.

O filme começou, e Rome cutucou meu ombro com alegria nos olhos cor de chocolate.

— *A vida de Brian,* do Monty Python?

— É.

Romeo levantou o braço e colocou em volta dos meus ombros.

— Se não posso ficar dentro de você agora, acho que Python é um bom substituto.

Engolindo em seco, olhei nos olhos ele, detectando um desejo primitivo.

— Ce-certo… tudo bem.

Ele caiu na gargalhada quando gaguejei.

Movimentando-me na cama e ajeitando a camisola, apontei para Romeo e ordenei:

— Não saia daí. Vou pegar algo para a gente beliscar!

8

— "Ele não é o Messias; ele é um garoto muito levado!" Melhor. Fala. De. Todas!

Romeo riu de minha imitação enquanto comia o resto da pipoca.

Tirei a tigela das mãos dele e fiquei surpresa.

— Você é atleta! Isto aqui não é muita porcaria lotada de carboidratos? Você comeu tudo, seu guloso!

Ele mexeu as sobrancelhas, flexionando os braços musculosos.

— Eu sou uma máquina, Shakespeare. A pipoca não é páreo para mim!

Levantei as mãos, com as palmas para a frente.

— Desculpe, esqueci que estava falando com o *Canhão*!

Romeo esticou os braços, agarrou meus pulsos e ameaçou:

— Não faça isso — ele disse com aspereza.

Eu não parei, presumindo que ele estivesse brincando, e cheguei mais perto de seu corpo.

— Alaaabbbaaammmmaaa!!! Todos em pé para receber seu *quarterback*, Romeo... "Canhão"... *Prince!* — Imitei a vibração da torcida e comecei a cantar a música dele. — *Tem uma bala no canhão. Um fogo em seu coração. Você vai mover todas as montanhas que ficarem em seu caminho...*

Ele me empurrou, e caí sobre seu torso, quase batendo o nariz.

— Pare com isso, Shakespeare. *Porra!*

Franzi a testa diante do humor dele, desvencilhando meu pulso e me sentando.

— Estou só brincando. Você não precisa ficar tão irritado comigo.

Os olhos repentinamente irritados de Rome passaram a olhar pela janela.

— Eu sei, desculpe, mas odeio toda essa merda. Você não sabe o quanto. Não quero ser o *Canhão* para você. Você é a primeira pessoa que não se deixa afetar pela minha fama no futebol. — Ele olhou mais uma vez para mim, segurando meu rosto entre as mãos. — Para você... quero ser apenas o Rome.

Meu estômago revirou, e me aproximei e beijei seu rosto de leve.

— Eu não me deixo afetar por sua fama no futebol, nem um pouco, mas não posso negar que foi demais te ver jogar hoje. Você não fica nervoso na frente de toda aquela gente?

— Que nada. Já me acostumei. Este é o meu quarto ano jogando no Tide. No entanto, esta está sendo a pior temporada de todas. Bem, estava, até hoje.

O som de garrafas se quebrando do lado de fora ecoou pelo quarto, e cheguei mais perto dele, apoiando a cabeça em seu peito, amando como as coisas eram entre nós... certas... fáceis. Rome pegou uma mecha do meu cabelo e ficou enrolando no dedo, soltando e fazendo de novo.

— Então você foi escolhido como o melhor jogador, né? — perguntei calmamente depois de alguns minutos, desfrutando do pequeno oásis de tranquilidade que havíamos criado em meu quarto roxo e branco.

— É. Muito louco, considerando que eu não conseguia acertar nem um caminhão na primeira metade do jogo. — Ele olhou para mim e depois baixou os olhos. Parecia nervoso. — A torcida e o time estão empolgados, dizendo que é por sua causa. Que você é meu amuleto da sorte, tudo por causa daquele beijo doce.

Fiquei paralisada e perdi o fôlego; a lembrança chegou com tudo. Pude sentir meu coração parar e arrepios devorarem meu braço. Levei a mão ao peito e o esfreguei, desejando que aquela sensação sumisse, que simplesmente desaparecesse. Concentrei-me na respiração e me lembrei do conselho de minha avó: *Respire por cinco segundos pelo nariz e solte o ar lentamente pela boca.*

Assustado, Rome levantou a cabeça com uma expressão de preocupação no rosto.

— O que foi? O que aconteceu? O que foi que eu disse?

Ele pegou minha mão. Fechei bem os olhos e mais uma vez a ameaça de um ataque de ansiedade pareceu recuar com seu toque.

Rome tirou meus cabelos da testa suada.

— O que foi, Mol? Fale.

— Desculpe, é só uma coisa que minha avó me dizia. Entrei em pânico. Eu-eu só... só fiquei surpresa quando você disse. Com tantas maneiras de dizer, você repetiu as mesmas palavras dela.

Sua mão continuava em meu cabelo, massageando minha nuca.

— O que ela dizia? O que *eu* te disse?

— Que eu tenho beijos doces. — Sorri de leve com a lembrança ao mesmo tempo boa e ruim. — Minha avó dizia que um beijo doce meu podia tornar qualquer problema um pouco mais fácil.

Um sorriso terno surgiu no rosto de Romeo.

— Acho que ela estava certa. Deve ter sido uma mulher sábia, porque foi exatamente o que você fez por mim no jogo.

Lágrimas encheram meus olhos quando pensei na mulher que me criou, a parte que falta em meu coração.

— Ela dizia que nós éramos um conjuntinho. Quando ela morreu, levou metade da minha alma junto. Não gosto de pensar muito no meu passado... Fico péssima ao pensar em tudo o que perdi.

Tentei conter as lágrimas enquanto Romeo permaneceu em silêncio, apenas deixando minha tristeza diminuir. Depois de um tempo, recostei no travesseiro e fiquei ouvindo os risos e a diversão do lado de fora. Rome permaneceu ao meu lado, olhando para nossas mãos enquanto brincava com meus dedos.

— Então você abandonou sua própria festa? — tentei mudar de assunto.

— Você não estava lá — ele respondeu de imediato. Nem precisou parar para pensar.

Apoiei-me no cotovelo, admirando as três pequenas sardas no alto do nariz dele.

— Sou tão importante assim para você?

— Você realmente não sabe?

Fiz que não com a cabeça, e ele rapidamente me prensou sobre a cama, prendendo meus braços nas laterais.

— Eu gosto de como você age comigo. Você gosta de *mim* quando estou com você. Sinto que posso te contar qualquer coisa, que posso suportar minha maldita alma obscura. Você faz eu me sentir... bem... Você sabe... Você me entende? — Ele aproximou a cabeça timidamente.

Sorri ao ouvir aquela resposta acanhada.

— Eu te entendo, Romeo.

Ele sorriu.

— Só espero que nada que eu revele a você seja usado contra mim em uma aula pública.

Fazendo cara feia, soltei uma das mãos e passei os dedos em seus longos cabelos loiros. Ele aproximou a cabeça para sentir o toque.

— Peço desculpas por isso. O que fiz foi muito errado. Mas naquela noite, na varanda, achei que tivéssemos nos conectado, e, quando a Shelly pulou nos seus braços, fiquei tão zangada... Eu me senti... traída. Sei que é idiota.

Rome acariciou meu rosto com o dedo.

— Não é idiota. Também senti a atração entre nós. Fiquei tão chocado com a Shel. Em um momento você e eu estávamos rindo e conversando; no outro ela estava entrando pela porta e me atacando. Vi seu rosto quando você saiu e foi o que me fez finalmente entender que não queria mais nada com ela, com nenhuma delas. Eu disse a ela que estava tudo acabado entre nós e que nenhum pedido ou armação com meus pais mudaria a situação.

— Você não quer mais nada com nenhuma delas? Com nenhuma garota?

Ele deu um beijo na ponta do meu nariz.

— Não fiquei com ninguém desde o dia em que te conheci. Pela primeira vez na vida, *quero* ficar com uma única pessoa. Quero ficar com você. É tudo meio novo para mim. As coisas realmente mudaram, e estou passando oficialmente para o time da monogamia.

Ri.

— Sério?

— Sério.

— E o plano de noivado entre você e a Shelly que seus pais fizeram? Eles não vão gostar de saber que está comigo agora.

Ele entortou os lábios de desgosto, e seu rosto obscureceu.

— Eles que se fodam. Eu não estou nem aí.

— Mas...

— Eles que se fodam, Mol. Não quero falar sobre isso.

Tirei um fio de cabelo do rosto dele, ponderando sobre o motivo de tanta hostilidade.

— Em que ramo de negócios seu pai e o da Shelly atuam? O que é digno de tanta pressão para vocês se casarem?

Ele apertou os lábios e revirou os olhos, derrotado.

— Petróleo. Meu pai é do ramo de petróleo. É dono de muito petróleo.

— Então... você é...

— Rico? — ele disse com um sorriso amarelo.

— Bem... é.

— Meu pai é rico. A empresa é responsável por criar muitos empregos aqui na região.

Rome puxou minha mão para o seu peito.

— Eu não ligo para o dinheiro, Mol. Estou cansado de deixar que eles definam minha vida.

Dei um beijo no rosto dele e voltei a me encostar.

— A Shelly deve estar muito irritada por ter sido largada definitivamente por você.

Ele passou as mãos no rosto.

— É como se ela vivesse em seu próprio mundinho. Eu falo que não temos nada, e ela concorda e me diz para pensar melhor, diz que vou cair na real. Garanto mais uma vez que estou de saco cheio de seus joguinhos, e ela dá um tapinha no meu braço e declara que entende a pressão que estou vivendo e que sabe que não estou raciocinando direito. Como dá para conversar com uma louca dessas?

Não consegui conter uma gargalhada.

— Não sei.

Rome franziu os lábios, diminuindo o fluxo de minhas gargalhadas.

— O que foi? — perguntei, notando que ele observava meu rosto.

Apontando para a fita branca em meus óculos, ele respondeu:

— Isso está bem estiloso, Shakespeare. Está lançando tendência?

— É, bem, eu só tenho este. É isso ou ficar cega como um morcego. Estou tentando adotar o estilo pobre-chique até receber meu pagamento.

— Ah, você está arrasando. Está mandando *muito* bem.

A festa do lado de fora de repente ficou mais barulhenta, e a voz grave de Luke Bryan saía dos alto-falantes num volume ensurdecedor. Rome e eu levantamos para ver o movimento da varanda, avistando uma multidão de estudantes bêbados dançando e se agarrando com vigor.

O hálito quente dele tocou minha orelha, e tremores quentes desceram por minhas costas. Rome apoiou o queixo em meu ombro, os olhos fixos na cena abaixo, aprisionando-me em uma armadilha formada por seus braços fortes e bronzeados.

— Vai ser muito estranho eu descer pela treliça da sua varanda no meio dessa multidão.

Arregalei os olhos e meu coração acelerou.

— As pessoas vão ficar comentando, Rome.

Ele deu vários beijos em meus ombros descobertos. Eu já tinha notado, desde sua chegada, que ele estava sempre me tocando de leve.

— Deixe que comentem. Eu não ligo.

— Mas *eu* ligo. Não quero que pensem que sou só mais uma de suas peguetes. Não sou dessas.

Seus braços ficaram tensos, indicando que ele estava zangado.

— Ninguém vai ousar pensar uma merda dessas. Eu vou garantir isso.

— Vai?

Seus braços fortes envolveram minha cintura, puxando-me na direção de seu peito, e sua boca ficou perto de minha orelha.

— Não se compare com as outras, Mol. Você é muito, muito mais do que elas. Vou ficar feliz em convencer qualquer um que pense diferente.

— Por que *eu* sou mais? Não entendo.

— Você simplesmente é. Você traz paz ao meu mundo completamente fodido. Você me entende; ninguém nunca me entendeu antes. Simples assim.

Uma explosão de pura felicidade atingiu diretamente meu coração e me virei, encostando o nariz no rosto de Romeo.

— Você... você pode ficar aqui, se quiser. Mas... só para dormir, para não ter que ficar se justificando para os outros.

Rome roçou os dentes em meu pescoço, mordiscando minha pele, e gemeu.

— Caralho, eu ia gostar muito, Mol. Ia gostar até demais.

Pegando na minha mão e andando de costas, Rome me conduziu para o quarto. Fechei as cortinas roxas e andei na direção da cama com nervosismo. Eu o vi cruzar os braços na altura da cintura e puxar a camiseta para cima, revelando um grande *a* preto tatuado no peitoral esquerdo. Reconheci o símbolo do time do Alabama. Um calor se espalhou entre minhas pernas e me virei no colchão, admirando sua pele bronzeada e os músculos definidos. A segunda tatuagem era um lindo manuscrito que descia pelas costelas do lado direito, complexo demais para ler de longe.

Minha respiração encurtou quando as mãos dele foram parar no botão dos jeans de cintura baixa, destacando seu abdômen durinho. O tecido pesado caiu no chão, e Rome caminhou em minha direção, vestindo apenas uma cueca preta – cueca que valorizava suas coxas musculosas e o fato de que ele estava um tanto quanto excitado com nossa recente proximidade. Uma terceira tatuagem ficava no quadril, quase na mesma posição da minha. A inscrição grande dizia *Um dia*. Aquilo provocou minha curiosidade.

Romeo pegou na lateral da cama e empurrou a coberta lilás, fazendo minhas coxas se apertarem diante do desejo que interpelava meu corpo. Ele deitou e seu cheiro me atingiu como uma tonelada de tijolos: sensual, fresco e extremamente excitante. Deitei olhando para o teto, sem saber ao certo como proceder. Ele colocou o braço em volta de minha cintura e me puxou para trás. Sua pele estava quente junto às minhas costas, e o movimento em câmera lenta de seu quadril me fez soltar um gemido alto.

Rome encostou a cabeça no espaço abaixo da minha orelha.

— Precisamos tentar dormir, ou as coisas vão sair do controle. Contenção tem limite.

— Tu-tudo bem — respondi, sem fôlego, e coloquei meus óculos na mesa de cabeceira.

— Boa noite, Shakespeare — ele murmurou, passando a mão em minha barriga.

— Boa noite, Romeo.

Ele respirou junto a meus cabelos volumosos, fazendo uma mecha cair sobre meu peito.

— Eu até que gosto do som do meu nome na sua boca. Algo que nunca achei que pudesse acontecer. Acho que é o sotaque britânico. Parece apropriado, mais próximo do que Shakespeare tinha em mente. Ninguém me chama de Romeo, ninguém *nunca* me chamou de Romeo. Eu não permito. Mas, estranhamente, gosto quando você me chama assim.

Tentei me virar, mas os braços dele me seguravam como um tornilho. Conformei-me em beijar nossas mãos entrelaçadas, entoando:

— *O que há em um nome? A flor que chamamos rosa seria igualmente perfumada se tivesse outro nome; assim como Romeu, se Romeu não se chamasse...*

Romeo soltou um sibilo agudo e seu quadril movimentou-se entre minhas coxas.

— Não... por favor.

— Por que você não permite? — perguntei, hesitante, pressionando meu corpo contra o dele.

— É uma longa história.

— Temos tempo.

— Agora não — ele disse com determinação, e apertou os braços, passando a língua sobre minha pele enquanto se aproximava ainda mais.

Lutei contra o desejo, interrompendo seu quadril com as mãos, mudando rapidamente para um assunto mais seguro, ignorando seu suspiro de protesto.

— O que diz a tatuagem em suas costelas?

— "A maior conquista não é nunca fracassar, mas se levantar sempre que cair." É do Vince Lombardi.

Eu me identifiquei com aquelas palavras como se tivessem relação direta com minha vida. Fechei os olhos e vi as palavras inspiradoras girarem em minha cabeça como um mantra.

— É lindo. Esse filósofo Vince Lombardi deve ser bom. Por que nunca ouvi falar dele?

Ele riu e puxou meu cabelo de brincadeira.

— O que foi desta vez? — perguntei, exasperada.

— Ele foi um técnico de futebol americano. Um técnico muito *famoso*.

— Ah. Eu preciso mesmo aprender umas coisas sobre futebol.

Ele apertou mais minha cintura.

— Prefiro que não. Você não se impressiona com a comoção que me acompanha como jogador de futebol, e quero que isso nunca aconteça. É melhor se você não conhecer em detalhes o que isso tudo significa para o pessoal daqui.

— Você quer dizer que não deseja mesmo que eu te chame de Canhão? — brinquei.

— Não mesmo.

— Como quiser.

— Durma, Mol — ele repetiu entre dentes —, ou vamos acabar fazendo aquilo que me deixa feliz pra caralho.

Tive que morder o lábio para conter o gemido suplicante que ameaçava escapar.

— Mais uma pergunta, depois vou dormir.

Ele suspirou.

— Mais uma. Você está abusando da sorte.

— Por que *Um dia?*

Ele ficou tenso. Passei o dedo sobre sua mão e ele relaxou, dando um beijo no alto das minhas costas.

— *Um dia* eu vou sair deste lugar. *Um dia* eu vou ser eu mesmo. *Um dia*... eu vou fazer o que eu quero — ele disse tão baixo que tive de me esforçar para ouvir.

Meus olhos se encheram de lágrimas com aquela resposta de partir o coração.

— Sempre foi tão ruim assim para você?

— Já são duas perguntas, Shakespeare. Concordei com uma só. Agora, durma.

Desisti, acomodando-me em seus braços fortes.

Depois de cinco minutos de pensamentos conturbados, declarei:

— Romeo? Não quero que todos saibam sobre a gente ainda. Quero manter nosso relacionamento entre nós.

Ele recolheu os braços que envolviam minha barriga e lentamente se virou e sentou na beirada da cama, segurando a cabeça entre as mãos.

— Eu entendo. Você tem vergonha de ficar comigo. Canhão, o *quarterback* agressivo e mulherengo – não sou "para namorar", não é? Só sirvo para algumas transas em segredo...

Peguei no braço dele, encostando o nariz em suas costas.

— O quê? Não! Eu... eu só estou nervosa!

— Nervosa com o quê? — Ele se virou para mim, preocupado.

— Veja, eu não sou do tipo que você costuma gostar. Não me pareço com as outras... bonitas, estilosas, de visão perfeita. — Notei um quê de divertimento nos olhos dele. — Por favor, podemos esperar só mais um pouco antes que toda a faculdade fique sabendo? Por *mim*? Vou precisar me habituar a estar com você. Só preciso de um tempo.

Ele encostou a testa na minha, apertando os lábios.

— Quero mostrar para todo mundo que estou com você *agora*. Eu não vou ficar escondendo e estou pouco me fodendo para o que as outras pessoas pensam. Quanto ao meu passado, não é o que quero com você. Eu quero mais. Ainda não entendeu? *Meu Deus!*

Aquilo não mudava nada.

— Por favor. Só por um tempo. Você é Romeo Prince. Sua... *reputação* me assusta um pouco. Vamos ficar só nós, em particular, por um tempo, ver como ficamos sem ninguém interferir.

Ele soltou um suspiro alto e irritado e sacudiu a cabeça.

— Cacete, Mol!

— Por favor.

— Tudo bem! Vou manter em segredo... Não gosto nem um pouco dessa porra, mas vou fazer por você, mesmo que isso me dê vontade de socar alguém bem no meio da cara.

Balancei a cabeça em reprovação.

— O que foi agora? — ele reclamou.

— Você xinga tanto. Tem que falar palavrão em todas as frases?

— Tenho, caralho — ele respondeu com um sorriso convencido, empurrando-me para a cama e dando um beijo no meu rosto. Dei um gritinho e peguei na mão dele, interrompendo o ataque, envolvendo-a em minha cintura, forçando-o a me abraçar.

— E, por sinal, você não vai mais bater em ninguém. Eu te acalmo, lembra?

— Durma! Faça o que estou te dizendo de uma vez por todas, para o bem de nós dois — ele disse com severidade, e fechei os olhos, sentindo-me segura envolvida em seu forte abraço.

9

Caminhei até o refeitório, meio exausta depois aula de ética a que tinha acabado de assistir. Na verdade, não era nada disso, eu estava meio exausta por ter dormido pouco nas últimas noites, devido às frequentes visitas de Romeo ao meu quarto. Não pude conter o sorriso que se formava em meus lábios enquanto pensava em como ele era carinhoso e gentil comigo, como nunca me pressionava a fazer nada que eu não quisesse e como parecia me adorar, dizendo que eu era diferente de qualquer garota que ele já tinha conhecido.

Que loucura.

Eu estava quase na porta, perdida em meus pensamentos, quando avistei Romeo do lado de fora, ao telefone. Sorri e fui falar "oi" quando vi seu rosto perturbado, a mão na testa e os lábios franzidos de raiva enquanto discutia com seu interlocutor por meio de resmungos curtos e grossos.

Sem me ver, ele desligou o telefone e entrou, mas não sem antes chutar a lata de lixo com um resmungo alto. Os alunos desviavam de seu caminho à medida que ele passava pelas portas, sentindo perigo e fugindo para se protegerem.

Entrei no refeitório e juntei-me às minhas amigas, observando discretamente Rome, que caminhava com andar pesado e depois se sentou com o time de futebol, exibindo uma expressão severa, raivosa.

— Huuuum... bolo de carne. Eu aaaaaamo bolo de carne! — Cass me distraiu enquanto mandava ver no almoço com muito vigor, e Ally e Lexi conversavam sobre a casa noturna à qual iríamos no sábado à noite.

— Você vai, né, Molls? — Ally perguntou enquanto eu tirava meu sanduíche da bolsa.

— É claro — respondi. Eu nunca tinha ido a uma boate antes, então sem dúvida seria uma experiência interessante.

Cass estava oficialmente "namorando firme" com o adorável Jimmy-Don – ele ia levá-la para dançar depois do jogo –, e nós três iríamos junto para nos divertir.

A conversa passou a ser sobre roupas e penteados, e aproveitei a oportunidade para dar mais uma olhada para Rome, que estava me encarando havia algum tempo. Ele me cumprimentou com um leve aceno de cabeça. Segurei na cadeira para impedir a mim mesma de ir até lá e perguntar se ele estava bem.

A notícia de seu afastamento oficial de Shelly havia se espalhado, e ainda mais meninas do que de costume estavam tentando conquistar o superastro do time, e meu autocontrole diminuía a cada piscadinha e jogada de cabelo. Ally pareceu ter notado minha frustração e franziu a testa, alternando o olhar entre Rome e mim enquanto mordiscava palitinhos de cenoura. Resolvi simplesmente evitar seu olhar examinador.

Rome defendia-se da horda de meninas balançando a cabeça ou acenando com desinteresse. Aquilo me deixou extremamente feliz, mas os olhares questionadores de seus colegas de time para a recusa do bando de belas garotas que competiam por sua atenção me fizeram perceber que ele não conseguiria manter nosso relacionamento em segredo por muito tempo. De todo modo, não achava que a paciência dele e a minha calma durariam muito.

Uns quinze minutos depois, Shelly entrou no refeitório com sua risada alta e irritante de sempre. Ao me ver, aproximou-se rapidamente e fez cara feia para mim, com puro ódio distorcendo sua cara de plástica.

Todos fizeram silêncio.

— Credo, Molly! Se eu tiver que te ver andando por aí com esses malditos óculos remendados mais um dia, eu vou gritar! Você não tem outro? — Ela esticou o braço e, antes que eu pudesse compreender o que havia acontecido, arrancou os óculos da minha cara e os jogou para trás. O ruído alto da armação batendo no chão ecoou no salão silencioso.

Eu me preparei para confrontá-la, mas, quando ia me levantar, ela empurrou meu ombro e me fez voltar a sentar.

— Sente essa bunda na cadeira enquanto estou falando com você! — Ela se aproximou, ficando a poucos centímetros do meu rosto. — O que foi? Mamãe e papai não têm dinheiro, queridinha? Pobre Molly!

Apesar de meus esforços, cada uma de suas palavras me açoitou como um paralisante chicote de veneno, atingindo todos os alvos pretendidos com perfeição. Eu queria revidar, aguentar firme, mas as palavras dela me incapacitaram, expondo todos os medos que eu sentia.

— Chega! — Um urro nervoso ecoou pelo salão. — Saia de perto dela. Quantos anos você tem, vinte e um ou doze? — Passos pesados se aproximaram, e uma mão tocou meu ombro e colocou meus óculos de volta em meu rosto. Levantei a cabeça e Rome estava ao meu lado, espumando para Shelly, que empalideceu e ficou branca como um fantasma ao registrar que as mãos dele estavam tocando meu corpo.

— Tire as mãos dela! — ela gritou.

Rome sorriu para ela com sarcasmo.

— Coloque na cabeça de uma vez por todas: eu e você não estamos juntos, nunca estaremos. É hora de parar com esta merda. — De braços bem abertos, ele se voltou a todo o corpo de estudantes: — Independentemente das merdas que ela pode estar falando, saibam que eu *não* estou com ela, nunca estive, e tudo o que ela disser não passará de um monte de besteira!

Lexi e Cass me encaravam de queixo caído, em choque, alternando o olhar entre mim, Rome e Shelly repetidas vezes. Ally estava de braços cruzados, emanando satisfação e alegria de todos os poros.

Romeo abaixou a cabeça e sussurrou:

— Você está bem?

Fiz que sim, mas continuei de cabeça baixa, constrangida. Ele pegou minha mão e me puxou da cadeira. Aquilo causou entre os alunos burburinho e fofocas relacionadas ao estranho comportamento dele com aquela britânica reservada.

— Pegue sua bolsa, Shakespeare. Vamos embora.

Peguei minha bolsa marrom e tentei acompanhar os passos dele, que saiu nervoso e empurrou a porta com tanta força que fez com que batesse na parede, deixando Shelly chocada e enfurecida.

Caminhamos pelo pátio; eu estava quase correndo para acompanhá-lo.

— Romeo, mais devagar. Para onde estamos indo? — perguntei, tentando respirar.

Paramos perto de uma enorme picape Dodge preta e nova, e ele abriu a porta do passageiro.

— Entre — ele ordenou de maneira agressiva.

Entrei no carro e ele bateu a porta. Romeo entrou do lado do motorista e ligou o motor. Um rock pesado saiu dos alto-falantes e ele pisou fundo, saindo do estacionamento. Eu não sabia o que fazer – nunca tinha visto ninguém tão furioso.

Depois de duas músicas com muita bateria e gritos graves, Rome começou a relaxar as mãos no volante.

— Tem certeza de que está bem? — ele perguntou com tensão na voz.

— Sim. Estou um pouco envergonhada, mas bem.

— Como ela ousa falar com você assim? É mesmo uma vadia! Por que perdi tanto tempo com ela?! — ele resmungou, batendo no painel.

— Você tirou as palavras da minha boca.

Seus lábios se curvaram, tentando conter um sorriso.

Percorremos várias ruas, encostei a cabeça na janela enquanto a cidade passava como um borrão e eu tentava entorpecer a lembrança das palavras cruelmente precisas de Shelly.

Paramos em frente a um centro comercial. Levantei a cabeça, e, assim que me virei para Romeo, ele estava me observando.

— Mol, sinto muito pelo que ela falou sobre seus pais. Não consigo imaginar como você deve ter se sentido. — Havia dor nos seus olhos castanhos.

Estiquei o braço e coloquei a mão no joelho dele.

— Você não tem nada do que se desculpar.

Ele pegou minha mão.

— Não é verdade. Ela está te atacando porque está vendo meu interesse. Viu desde nosso primeiro beijo. Você é a inimiga agora, Mol, e não posso me desculpar o suficiente por isso. Eu te coloquei nessa situação, e ela vai tentar transformar sua vida em um inferno.

Foi impossível não sorrir ao ouvir suas palavras preocupadas, e me aproximei para descansar a cabeça em seu ombro. Ele suspirou e colocou o braço em volta do meu pescoço. Corri os olhos por sua camisa sem mangas, dessa vez azul, os jeans desbotados e as botas de caubói marrons. Ele arrasava nesse visual – um verdadeiro rapaz do interior.

Após minutos de consolo em seus braços, levantei a cabeça.

— Rome, com quem você estava falando ao telefone hoje mais cedo, em frente ao refeitório?

Ele ficou tenso e soltou o ar devagar.

— Você viu?

— Vi.

— Não quero falar sobre isso.

Suspirei, decepcionada.

— Certo. Só responda uma coisa. Era com seu pai ou sua mãe?

O braço dele ficou tenso em volta dos meus ombros, e o som do relógio no painel parecia alto no repentino silêncio. Foram vários segundos até que ele respondesse:

— Sim.

Resolvi guardar minhas perguntas para um momento em que ele não estivesse tão irritado. Deu para ver que já havia lhe custado muito revelar aquele pouco de informação.

Sentei direito, confusa com meu entorno.

— Por que estamos aqui?

Romeo abriu a porta, pegou minha mão e me puxou para o asfalto quente.

— Vamos comprar óculos novos para você. Venha.

Eu parei, puxando o braço dele.

— Romeo, ainda não posso pagar.

Ele estreitou os olhos duros e suas narinas se dilataram.

— Eu vou comprar. Agora, *venha!* — Ele tentou me fazer andar mais uma vez.

Não me mexi.

— Romeo, não aceito caridade. Vou comprar meus malditos óculos quando conseguir juntar dinheiro suficiente. Você não vai comprar para mim. Não vou deixar. Não tenho vergonha de ser pobre, mas tenho vergonha de aceitar esmolas!

Romeo me puxou para junto dele e envolveu minhas costas com seus braços de ferro.

— Molly, não discuta comigo sobre isso. Eu quebrei indiretamente seus malditos óculos com meu passe de merda. Irritei a Shelly ao mostrar para todo mundo que eu gostava de você e deixei o ego dela ficar muito inflado dando corda para o fato de ela se achar a rainha do Alabama nos últimos três anos. Vou comprar óculos novos para você e você vai deixar... você não tem escolha. Não se trata de constrangimento, e sim de proteger o que é meu. — Sua voz dura não deixava margem para discussão.

Normalmente, eu ficaria irritadíssima se alguém ficasse me dando ordens desse jeito, mas aquele comportamento de alfa controlador que não leva desaforo para casa me cobriu de um desejo sem censura.

Mãos ásperas subiram por minhas costas e agarraram meu cabelo, e Rome ergueu minha cabeça para que eu olhasse em seus olhos determinados.

— Entendeu?

Cedi e soltei um suspiro derrotado.

— Entendi.

Com um beijo quente em minha cabeça, Romeo pegou minha mão com firmeza e me levou para dentro do grande centro comercial.

* * *

— Apenas incline a cabeça para trás e abra bem... Isso, assim... e... Entrou? — a oftalmologista perguntou, enquanto eu piscava várias vezes para expulsar o excesso de líquido.

O mundo pareceu se corrigir.

— Sim, acho que é isso. Como estão?

Fui até o espelho e, pela primeira vez em anos, eu me vi com clareza sem aquelas armações grandes bloqueando a visão.

— Você está muito bonita, querida — ela disse com gentileza.

— Meus olhos... — sussurrei enquanto registrava cada detalhe de cor nas íris, castanho-claras com manchinhas douradas, como meu pai sempre dizia. Nunca vi meus olhos daquele jeito – tão vibrantes, sem barreiras no caminho – e estendi o braço na direção de meu reflexo, passando a mão pelo espelho.

Quando chegamos, Rome havia dito à oftalmologista para me dar apenas o melhor e colocou seu cartão de crédito sobre o balcão, ignorando meus protestos. Decidimos por lentes de contato, e não consegui acreditar na diferença que fizeram em minha aparência.

— Então você tem lentes para um mês e um par de óculos Chanel para quando não estiver a fim de enfiar essas coisinhas nos olhos. Tudo pago para a srta. Shakespeare.

Peguei a sacola que a médica me ofereceu e passei a mão no rosto. Sorri e saí no saguão. Rome estava recostado em uma poltrona assistindo a qualquer coisa na televisão. Quando notou um movimento ao seu lado, olhou e voltou a ver TV, mas logo virou novamente a cabeça para olhar de novo. Sua cara de choque disse tudo.

Ele se levantou lentamente da poltrona, engolindo em seco. Fiquei mexendo nas alças da sacola branca e baixei a cabeça. Suas botas gastas pararam diante de mim, e ele levantou meu queixo com o dedo. Ergui os olhos e os lábios carnudos dele se afastaram em surpresa, e ele sorriu.

— Você está linda, Mol.

Corei e baixei os olhos.

Ele voltou a levantar minha cabeça.

— Não. Não se esconda de mim. Você tem olhos lindos. Estou maravilhado.

— Obrigada — eu disse em voz baixa, sentindo o calor subir ao meu rosto.

Ele pegou minha mão.

— Vamos.

— Para onde agora? — perguntei com uma gargalhada, enquanto ele me levava da loja.

— Quero te mostrar um lugar... e temos que chegar lá logo.

10

Rodamos por uns trinta minutos. Para onde, eu não fazia ideia. Nunca fui boa com caminhos, então me acomodei e aproveitei a vista. Vi passarem campos e mais campos de um verde e um amarelo vibrantes, campos de milho e trigo que dominavam a paisagem. O céu azul se estendia por quilômetros e nuvens fofas pairavam vagarosamente sob o sol do fim de tarde. Era de tirar o fôlego.

Rome havia colocado a mão em meu joelho quando entramos na picape e ainda não havia tirado. Senti que ele me olhava de tempos em tempos e fiquei imaginando o que estaria pensando. Esperava que fossem coisas boas.

Viramos em uma estrada longa.

— Estamos quase chegando — ele anunciou.

— Chegando aonde?

— A um lugar aonde gosto de ir para ficar sozinho.

Rome pegou a esquerda na metade da estrada e entrou em uma via de cascalho. Percorremos pouco mais de três quilômetros, até que surgiu um riacho de água cristalina, cercado por árvores altas e flores coloridas. Era simplesmente lindo.

— Minha nossa, Rome, é incrível — declarei, encantada com a paisagem.

Dando um tapinha em minha perna, ele parou a picape ao lado de um grande carvalho, abriu a porta do motorista e deu a volta para abrir a porta para mim. Desci do carro, peguei a mão que ele me estendia e caminhamos na direção da água corrente. Na beirada, ele me puxou para baixo e nos sentamos lado a lado sobre o gramado macio.

Pássaros cantavam no alto das árvores, grilos cricrilavam e o ar estava quente e tranquilo. Acho que nunca tinha sentido tanta paz. Rome me observava admirar o entorno com cara de satisfação.

— Certo, agora você precisa mesmo me dizer onde estamos. Deve ser o lugar mais lindo da Terra.

Ele hesitou.

— É o riacho atrás da casa dos meus pais.

— Da casa dos seus pais?

Ele confirmou, apertando o maxilar.

Olhei em volta, notando hectares e mais hectares de terra exuberante. Virando-me novamente para Rome, perguntei:

— Eles são donos de tudo isso?

Ele se deitou no chão e passou as mãos sobre o rosto, murmurando:

— É uma fazenda, Mol.

Fiquei imóvel.

— Fazenda? Seus pais são donos de uma fazenda inteira? — Corri os olhos em busca da casa. Ela não estava à vista.

Ele se apoiou sobre um cotovelo, enrolando uma folha de grama seca entre os dedos.

— Relaxe, eles nem vão saber que estivemos aqui. Venho aqui o tempo todo, Mol. É meu refúgio de todo o resto.

Relaxei um pouco e suspirei, sacudindo a cabeça.

— O que foi? — Rome perguntou, franzindo a testa.

— Isso. Você. Uma fazenda. Pertencemos a mundos completamente diferentes. — Apontei para os campos intermináveis de algodão branco-rosado, comparando-o em minha cabeça às ruas estreitas de paralelepípedo de minha infância.

Romeo pegou minha mão estendida e a levou a seus lábios quentes.

— Isso não sou eu, acredite. Se você soubesse... Tudo isso pertence aos meus pais, não a mim. Continuo sendo apenas eu, e você é apenas você, Romeo e Molly Juliet. — Ele inclinou a cabeça para o lado. — Venha aqui. — Ele puxou meu braço.

Eu me deitei de bruços, apoiando o corpo nos antebraços. Rome ficou me olhando.

— Não acredito em como você está linda com essas lentes de contato. Seus olhos são de um dourado diferente... Estou tendo que me esforçar muito para não te tocar do jeito que eu gostaria.

Fiquei vermelha e levei o polegar à boca. Ele observava cada movimento.

— Você pode me tocar, se quiser — eu disse com nervosismo.

Os olhos escuros dele brilharam com desejo e as pálpebras baixaram.

— Não brinque com fogo, Shakespeare. É muito para uma inglesinha bonita encarar.

— O que posso dizer...? Eu gosto de correr riscos.

— Mol... — ele ameaçou, sibilando.

Engatinhei lentamente até seu corpo deitado, amassando com mãos e joelhos a grama seca.

Seus olhos se arregalaram conforme me aproximei.

— *Mol...* — A ameaça foi mais enfática dessa vez. Mas não me impediu. Ele fez eu me sentir ousada.

Cheguei ao seu lado e olhei bem dentro de seus olhos escuros. Meu autocontrole foi pelos ares quando mergulhei nas águas escuras e perigosas de Rome.

Mãos hábeis acariciaram minhas coxas descobertas até a barra de meu vestido verde, quase chegando à minha calcinha. As palmas calejadas de Rome subiram e desceram por minhas pernas, indo mais alto a cada carícia, e me inclinei para baixo, roçando os lábios nos dele. Rome me deixou estabelecer o ritmo enquanto eu mordiscava sua boca, passando a ponta da língua sobre seu lábio inferior.

Eu sabia que estava testando os limites dele, vendo até onde Romeo me deixaria ir. Ele gemeu e puxou minhas coxas, separando-as apenas um pouco, chegando ainda mais perto do centro do meu corpo. Pressionei mais a boca na dele, mas ainda não como ele queria, torturando-o com carícias lentas. Ele me deixou brincar, provocar e seduzir.

Sentindo-me mais corajosa, coloquei a palma da mão aberta sobre seu peito, e Rome se retraiu com o contato. Minhas mãos começaram a vagar, primeiro em círculos lentos. Depois permiti que a ponta de meus dedos descesse pelo tecido fino de sua camisa, sobre seu abdômen definido, parando no cós de seus jeans e escorregando por baixo, acariciando a pele macia.

Em uma fração de segundo, as mãos de Rome correram para o alto de minhas coxas, agarrando os músculos da parte interna, e, com um rosnado sacana, ele abriu minhas pernas, para que eu montasse nele. Seu pênis estava posicionado perfeitamente junto ao centro de meu corpo ardente.

Afastei minha boca da dele e me esforcei para recobrar o fôlego. Os olhos de Rome eram fogosos, as pupilas pretas tomavam o lugar do marrom-chocolate, e eu soube de imediato que havia libertado um desejo interior, acabado com o autocontrole dele.

Mãos quentes serpenteavam em volta do meu pescoço, e a boca macia de Rome tocou a minha. Sua língua rompeu a barreira de meus lábios, enchendo minha boca com seu sabor de hortelã. E permiti. Eu me rendi totalmente. Estava completamente arrebatada e, naquele momento, não queria que nada fosse diferente.

Ele passou as mãos de meus cabelos ao meu pescoço e desceu até meus seios sem sutiã. Em seguida, chegou aos mamilos sensíveis e massageou a pele rígida enquanto meu quadril movimentava-se para a frente e para trás em reação. Sua língua envolveu a minha, e seus gemidos de desejo ficaram mais desesperados.

Com uma última carícia bruta, a mão de Rome deixou meu peito e foi parar embaixo de meu vestido curto, na borda de minha calcinha preta de algodão. Eu estava quase louca de desejo, e ele abriu um sorriso satisfeito ao recuar e analisar meus olhos dourados repletos de luxúria.

— Romeo… — Gemi e fechei os olhos com frustração. Eu o desejava tanto.

— Mol… eu… eu…

Abri os olhos e olhei bem dentro dos olhos dele.

— Por favor… — implorei, desesperada para sentir ele me tocar, tocar *de verdade*.

— Mol… minha nossa… você está me deixando louco, porra… — Dava para ver que ele estava tentando se controlar.

— Rome… *agora*! — praticamente gritei.

Seus dedos afastaram o tecido de minha calcinha, correram sobre meu sexo, e, enquanto ele voltava a me beijar, imediatamente enfiou seu longo dedo médio em mim, acariciando com delicadeza. Eu perdia o fôlego a cada avanço.

— Nunca me diga o que fazer. — Romeo inclinou os dedos, indo mais fundo, me fazendo estremecer. — Está me ouvindo?

— Sim. Sim — respondi rapidamente. Eu adorava a forma como ele me controlava, e meu corpo tremia de satisfação a cada ordem.

Romeo se movimentou para ficar em uma posição melhor, e joguei a cabeça para trás com as sensações indescritíveis que estavam destruindo todas as minhas defesas. Pendurei o braço esquerdo em volta de seu pescoço enquanto ele me marcava com sua mão ávida e pulsante. Eu também precisava satisfazê-lo. Eu *queria* fazer isso, então abaixei a mão e abri o botão de sua calça jeans, descendo o zíper e mordendo o lábio de maneira sugestiva.

Romeo ficou paralisado.

— Mol, não, você não...

— Me deixe cuidar de você. Me deixe te dar o que você precisa. Por favor...

Os olhos cor de chocolate de Rome se fecharam quando peguei sua grande ereção e acariciei seu pênis com suavidade. Ele soltou gemidos vigorosos a cada toque. Nossos movimentos se intensificaram, uma vez que ambos buscávamos a satisfação, e me desloquei em seu colo conforme a deliciosa tensão começou a surgir dentro de mim. Incapaz de me concentrar, encostei a testa na dele e gemi quando ele acrescentou mais um dedo.

— Ah, Romeo... eu... — Eu não tinha palavras.

Rome empurrou o quadril com força contra a minha mão.

— Goze, Mol... Goze, porra — ele grunhiu, e, com um último toque, eu me desintegrei, com a boca dele na minha, consumindo meus gemidos. Sua mão continuou no mesmo ritmo e exauriu cada gota de prazer de meu corpo aturdido, que se contorcia sobre o dele.

Continuei a acariciá-lo, e com um gemido gutural ele virou o quadril de lado e gozou em erupções longas e fortes, derramando-se sobre a grama.

Fomos diminuindo os movimentos gradualmente, até parar. Envolvi seu pescoço com as mãos, e nossa respiração combinada se unificou no pequeno espaço. A mão de Rome ainda estava intimamente pressionada contra meu corpo.

Os dedos de Romeo acariciavam meu sexo sem pressa, e gemi junto a seu rosto quando ele mordiscou a pele de meu pescoço. Levantei a cabeça e me inclinei para trás, de modo a poder olhar em seus olhos castanhos.

— Ei, Mol — ele disse com a voz rouca, o peito ainda ofegante.

Enrubesci.

— Ei, você.

— Você está bem? — ele perguntou, analisando meus olhos em busca de alguma coisa. Eu não sabia o quê.

Baixei a cabeça e disse que sim.

— Mais do que bem.

— Olhe para mim – ele instruiu com firmeza.

Obedeci com prazer.

— Você gostou daquilo? Gostou de como falei com você, de como te dei ordens? — Ele parecia nervoso, aborrecido, como se esperasse que eu estivesse zangada.

Eu havia gostado. Tinha pouca experiência com sexo, mas o modo com que ele me controlou movimentou algo dentro de mim. Aquilo fez com que eu me sentisse livre em um nível que desconhecia.

— Mol, você gostou... não gostou? — A vulnerabilidade afetou a rispidez usual de sua voz.

— Gostei, Romeo. Eu-eu não sabia que ia gostar... dessas coisas... mas... acho que nós dois sabemos que eu gostei.

Um pequeno sorriso transformou seus traços normalmente duros, e ele pegou em minha mão e passou sobre suas costelas.

— Estão todas aqui?

Franzi a testa.

— O quê?

— Minhas costelas. Está faltando alguma?

Passei as mãos pelas laterais de seu corpo.

— Acho que você ficou maluco. Está achando que perdeu uma costela?

Ele soltou uma gargalhada.

— Só achei que Deus tivesse tirado uma costela minha quando fez você.

Embora ele estivesse brincando, suas palavras me fizeram derreter por dentro.

— Romeo, às vezes você é muito fofo, sabia?

Ele piscou.

— Só com você.

Beijei a palma de sua mão, refletindo sobre o que tinha acabado de acontecer. Fiquei confusa com o modo como tudo aquilo parecia tão certo – suas ordens, exigências, instruções –, mas não queria mais do que aquilo. Eu podia ceder ao controle a Romeo, mas não me aprofundar em territórios mais obscuros.

— Em que está pensando? — Romeo segurou meu rosto entre as mãos.

Roí a unha do polegar.

— Quando você diz que gosta de dar ordens, até onde vai esse desejo de dominar?

Ele riu.

— Não sou sádico, então pode tirar essa expressão de seu rostinho lindo. Só gosto de ficar no controle... eu não sei... Eu sou assim. Minha vida é cheia de merdas sobre as quais não tenho poder, então preciso controlar as coisas nas quais sou bom. Só preciso ter segurança de que estou no comando. Sou um bom *quarterback* porque gosto de liderar, comandar o espetáculo. É a mesma coisa com sexo.

Fazia sentido; ele precisava controlar. Não de um modo sórdido, mas como uma necessidade, para manter a sanidade.

— Gostei de como você assumiu o controle. Estou tão acostumada a ter que ser independente e autossuficiente, sempre tomando as decisões, e odeio isso. Foi... libertador me entregar a você, entregar as rédeas.

Uma expressão estranha surgiu no seu rosto, e a ferocidade dela me atingiu a ponto de me fazer perder o equilíbrio. Romeo me segurou nos braços.

— Você é minha agora, Mol. Sabe disso, não sabe? Nunca tive ninguém que reagisse a mim como você... a cada movimento, beijo e toque... entregando-se completamente. — Os dedos dele, ainda sobre meu sexo, começaram a acelerar.

Soltei um grito e mordi a unha do polegar para conter os gemidos.

— Sim, sou sua.

Rome segurou meu polegar.

— Você vai me deixar louco com esse movimento, Mol. Prefiro colocar um objeto mais agradável aí, se você precisa brincar com alguma coisa.

Soltei um pequeno suspiro.

— Eu… eu…

— Depois. Ainda não — ele garantiu, achando graça.

Revirei os olhos.

— Romeo… sua mão…

— Vai te satisfazer novamente. E vou ver você gozar. Vou ver você se desfazer em meus braços e vou adorar, Mol. Você está entendendo? Vou controlar todos os seus desejos — ele disse entre dentes, enquanto seus dedos mergulhavam mais profundamente em mim.

— Sim… sim…

E foi o que ele fez. Acertou todas as notas com perfeição.

Estremeci ao soltar um grito estridente e desmoronei sobre seu peito. Ficamos naquela posição por um bom tempo, até que ele tirou a mão de dentro de mim, fechou o zíper da calça e me puxou para deitar em seu colo. Fechei os olhos e, desfrutando da sensação de suas leves carícias em meu rosto, adormeci sobre seu peito quente, completamente exausta.

Acordei devagar quando Rome me girou com cuidado entre suas pernas, colocando minhas costas contra seu peito.

— O sol está se pondo. Achei que gostaria de ver junto comigo.

Uma onda de felicidade explodiu em meu coração.

— Eu gostaria muito.

O céu estava vermelho, com um tom rosado lançado pelo calor do sol, e a grande esfera amarela desceu até formar um semicírculo, conferindo ao grande riacho um brilho dourado ardente.

A respiração de Rome espalhou o ar junto à minha orelha.

— Me fale sobre sua família, Mol.

Eu me contraí, cacos de pânico apunhalando meu peito, e fiquei tensa, tentando encontrar algum tipo de alívio. Romeo, sentindo minha reação, pegou minha mão e me envolveu em seu abraço. Seu abraço quente e seguro.

— Conte, Mol. Me fale sobre sua família. Por que está tão repleta de dor?

Respirei fundo para me fortalecer e observei os últimos raios rebeldes do sol alaranjado serem arrastados pelo horizonte.

— Na verdade, não sei por onde começar.

— Pelo início. Quero te conhecer por inteiro, por dentro e por fora. — A veneração em sua voz me fez tremer.

— Está bem.

Fiquei em uma posição mais confortável, com a cabeça em seu peito, ouvindo as reconfortantes batidas de seu coração.

— Minha mãe morreu quando nasci. Fui sua única filha. Ela morreu devido a complicações. — Fechei bem os olhos, concentrando-me no abraço de Rome, abri novamente e fiquei olhando as águas calmas do riacho, deixando a quietude da superfície me tranquilizar. — Tenho uma foto dela. Somos bem parecidas.

— Então ela também era linda? — ele disse, e beijou meu ombro descoberto. Fiquei radiante com suas palavras e me aconcheguei mais em seu corpo.

— Meu pai não tinha família nenhuma além da minha avó. Ela morava com a gente. Quando eu tinha seis anos, meu pai morreu também. — Peguei uma folha comprida de grama, passando-a entre meus dedos. — Eu me lembro como se fosse ontem. Voltei da escola e minha avó estava triste e sentada na sala de estar. Ela me disse que meu pai tinha sido levado para o céu. — Sacudi a cabeça, rindo sem achar graça. — Na época, achei que estava sendo castigada por ser uma criança levada. Logo ficou claro que ele não tinha morrido de nenhuma doença, nem porque Deus estava me castigando. Ele acordou como de costume, acompanhou sua filhinha – eu – até a porta para ir à escola, entrou na banheira e cortou os pulsos com uma lâmina de barbear.

Rome suspirou baixo atrás de mim. Sua respiração quente fez os pelos de minha nuca se arrepiarem.

— Que merda, gata. Não pensei... Sinto muito.

A força de sua compaixão me permitiu falar – em profundidade – sobre aquele dia pela primeira vez.

— Nunca vou saber como lidar com o que meu pai fez. Entendo que ele não podia viver sem minha mãe, mas ele tinha uma filha. *Eu* precisava *dele*. Por que ele não pôde ser forte por mim? Por minha avó? Ele disse na carta de suicídio que um dia eu entenderia, mas não sei como um pai é capaz de deixar a filha sozinha.

Senti que estava ficando cada vez mais irritada, destilando amargura a cada lembrança. Rome permaneceu sendo um apoio forte e silencioso.

— A salvação de toda essa situação de merda, eu acho, é que sempre fui inteligente. Quando estava com sete anos, minha professora me levou para fazer um teste de QI. Fiquei sabendo que meu QI era muito acima da média, e foi assim que lidei com as coisas – estudando e adquirindo conhecimento. Fiquei obcecada com religião e filosofia, tentando encontrar uma razão para a morte do meu pai, o porquê de coisas ruins acontecerem com pessoas boas. Nunca conseguia a resposta que procurava. Então, quando estava começando a compreender a vida, minha avó foi diagnosticada com câncer. Durante três longos meses, cuidei dela, que ficava mais fraca a cada dia, até um dia morrer em meus braços, em nossa pequena casa, onde nós duas estávamos sozinhas, sem ninguém a quem recorrer.

Respirei fundo e observei vários pássaros retornando ao ninho perto do riacho.

— E depois? — Romeo insistiu.

— Fui para um lar temporário. Por sorte, fiquei com uma boa família, perto da minha casa. Eles não eram muito amorosos, e era visível que estavam fazendo aquilo pelo dinheiro, mas era um lugar seguro, e acho que isso é tudo que alguém pode desejar. Eu achava difícil encarar a vida e me distanciei de todos para evitar me magoar ainda mais. Era solitária, mas simplesmente... segui em frente. Mais uma vez, meus estudos me mantiveram focada, e eu soube que eles eram minha forma de ir para longe daquele lar temporário e de todas as lembranças que me assombravam em minha cidade natal. Eu simplesmente precisava ir embora.

Romeo deu um beijo suave em meu ombro nu.

— Quando fiz dezessete anos, um ano mais cedo do que de costume, entrei na faculdade, e me ofereceram uma vaga em uma turma avançada em Oxford. Eu me formei e vim para cá. Vou me mudar para algum outro lugar para fazer meu doutorado.

Romeo soltou um suspiro.

— Então você foge.

Fiquei tensa e tentei me virar, distanciando-me da censura à minha estratégia de vida. Romeo me abraçou com mais força.

— Não reaja. Responda à pergunta.

— Você não tem ideia de como minha vida tem sido! Não tem o direito de julgar!

Ele disse com voz grave e assertiva:

— Não estou julgando. Mas você foge dos seus problemas, não foge?

— E daí? Não tenho família de verdade, nem casa. Por que não?

— Isso podia ser verdade antes, mas agora existem pessoas que gostam de você, que gostam de verdade de você. Não vou deixar você fugir de mim.

Lágrimas embaçaram minha visão. As palavras de Romeo eram tão reconfortantes, e eu queria tanto acreditar nele.

— Eu *não* vou deixar você fugir de mim — ele reiterou com seriedade.

Algo se rompeu dentro de mim e chorei, chorei pela primeira vez em anos, apoiando a cabeça nas mãos. Rome acariciou meus cabelos, recusando-se a me libertar da segurança de seus braços. Porque era isso que ele era – meu porto seguro... minha paz.

Depois que todas as lágrimas foram derramadas, ele perguntou:

— Por que você fugiu de Oxford para cá?

Suspirei, vencida, e resolvi simplesmente ser sincera.

— O Oliver queria mais de mim. Ele ficou para fazer o doutorado e queria que as coisas fossem mais sérias entre nós. Eu não queria – ele não sabia nada sobre mim. Eu nunca contei a ele. Depois que dormimos juntos, eu sabia que não podia continuar. Achei que essa intimidade ia me ajudar a ficar mais próxima dele, que ia derrubar as barreiras que eu tinha. Mas só senti uma decepção sufocante. Achei que nunca mais ia conseguir me aproximar de outra pessoa. No fim, entrei em pânico. Fugi. Simples. Ele acordou e eu não estava mais lá. Não nos falamos desde então.

Os grilos cricrilavam mais alto conforme a noite caía, e o manto de estrelas começava a cintilar no céu cristalino.

— Até eu conhecer você... Fiquei próxima de você. Deixei você entrar. Talvez não seja tão perturbada quanto eu pensava.

Ouvi Rome engolir em seco.

— Você não é a única que tem vontade de sair fora quando as coisas apertam, linda, mas de agora em diante não vou te deixar fugir para lugar nenhum se eu não estiver junto.

Virei a cabeça na direção dos lábios dele, e ele roçou a boca na minha. Quando nos afastamos, segurei o rosto dele e pedi:

— Me conte sobre você.

Os olhos de Rome ficaram gelados, e ele deu de ombros e desviou o olhar – havia apenas uma recusa silenciosa em seu corpo tenso.

Uma brisa fria tomou de repente o ar da noite, e minhas pernas e meus braços nus ficaram arrepiados. Romeo notou.

— É melhor a gente ir.

Abracei-o com força.

— Não quero ir ainda. Quero saber sobre você.

Ele inclinou a cabeça, atordoado.

— Também não queria ir. Mas está ficando tarde e você está ficando com frio. Vamos, gata. É hora de encerrar a noite.

Rome ajudou a me levantar e pegou minha mão no caminho para a picape, sem dizer uma palavra sobre seu passado.

Quando entramos e pegamos a estrada, notei que Romeo estava perdido em seus pensamentos. Estiquei o braço e peguei sua mão.

— Você está bem? Parece estar a quilômetros de distância.

Ele parecia nervoso. Nunca o tinha visto tão aborrecido antes.

— Estou.

Não fiquei convencida disso.

— Tem certeza? Não parece.

Ele apertou meus dedos e olhou para mim com incerteza.

— Rome, o que foi? — pressionei.

Ele pigarreou e logo confessou.

— Antes de hoje, eu nunca soube como era ser desejado… apenas por ser eu.

Suas palavras me atingiram com mais força do que uma pedra de granito lançada contra o peito, e quase chorei por ele.

— Por que você me quer, Mol? Estou tentando entender.

Cheguei mais perto e beijei sua mão, envolvida na minha.

— Eu simplesmente te quero.

— É isso que eu não entendo. Por que você me desejaria *apenas* por ser eu? Isso nunca aconteceu antes. Estou irritado vinte e quatro horas por dia. Sou possessivo e não sou bom com afetos – onde está a atração?

— Então sou a primeira porque te quero sem esperar nada em troca. Por que qualquer ser humano deseja alguém? Meu corpo te reconhece como algo bom para mim. Minha mente te reconhece como alguém certo para mim, e minha alma te reconhece como alguém feito para mim.

Um sorriso acanhado passou por seus lábios, e seus ombros tensos relaxaram.

— Nosso lance está sério pra cacete, não está, Shakespeare? — ele disse em voz baixa, irradiando uma felicidade tranquila por todo o corpo.

Um sentimento de contentamento tomou conta de nós dois.

— Acho que é mais do que isso.

— Vem cá. — Ele colocou o braço em volta do meu ombro, me dando um beijo suave, enquanto as luzes da cidade ficavam para trás.

* * *

Rome me deixou na porta da casa da irmandade, e eu subi as escadas correndo, feliz ao ver que estava tudo calmo e a porta da sala de TV estava fechada.

Tomei um longo banho quente e joguei a cabeça para trás, deixando a água bater em meus cabelos e em minha pele. Eu me sentia diferente. Não sabia descrever como. Apenas... *mudada* em nível molecular. Levei a mão à barriga ao me lembrar da sensação do toque dele dentro de mim e reprimi um gemido. Ele tinha sido tão austero e forte, conduzindo a música de nossos movimentos, criando uma sinfonia com nossos gritos e gemidos. Eu nunca tinha sentido nada parecido.

Saí do boxe antes que minhas pernas cedessem à lembrança. Vesti uma camisola roxa e me acomodei na cama.

Em poucos minutos, ouvi um barulho.

Afastei as cobertas e corri para a varanda, olhando para baixo. Romeo abriu um sorriso largo e escalou a treliça, quase pulando em meus braços. Deu um sorrisinho sacana ao ver a camisola que eu estava usando.

— Voltei para a fraternidade e imediatamente fiquei imaginando o que você estava fazendo. Resolvi parar de imaginar e vir descobrir de uma vez.

— Você só quer dormir aqui de novo, não é? Pretende transformar isso em algo rotineiro?

— Ah, pode contar com isso, gata. Depois de hoje, tenho direito a certos privilégios.

— Sério? E quais são eles?

— Você vai descobrir no momento certo, Shakespeare. Agora mexa essa bundinha linda, vá para a cama e para os meus braços.

Entrei no quarto e olhei para trás com timidez.

— Não me lembro de Romeu ser tão controlador com Julieta!

Ele arqueou as sobrancelhas de maneira expressiva.

— E veja como eles terminaram. Meu jeito é melhor: menos mortes e mais orgasmos. — Tentei fingir espanto, mas só consegui gargalhar. — Você. Cama. Agora. — Ele apontou enquanto se livrava de suas roupas, deixando apenas a cueca preta de cintura baixa em seu corpo musculoso.

Eu ainda estava rindo, seguindo suas instruções, quando ele pulou ao meu lado. Imediatamente troquei o riso por pequenos gemidos quando seus dedos foram diretamente para baixo de minha camisola e acariciaram meu sexo.

— Agora, a respeito daqueles privilégios…

11

Acordei, esticando as mãos sobre a cabeça, espreguiçando bem as costas. Estendi o braço em busca de Romeo. Nada. Ele tinha ido embora. Por hábito, tentei alcançar meus óculos na mesa de cabeceira, esquecendo que não precisava mais deles.

Eu me sentei e franzi o cenho diante da ausência de Romeo – ele nunca ia embora sem se despedir. Os lençóis na parte da cama em que ele havia dormido estavam frios e desarrumados, mas havia um bilhete sobre o travesseiro. Peguei-o e comecei a ler.

Tive treino bem cedo.
Não quis te acordar - você estava tão linda.
Seu Romeo

Afundei a cabeça no travesseiro, sorrindo, quando ouvi alguém bater na porta. Abri e era Ally, que estava com os braços cruzados e uma expressão que dizia "não minta para mim", com uma das sobrancelhas bem arqueada.

Ela passou por mim, fechou a porta e se sentou na beirada da minha cama desfeita.

— Então... pode me dizer por que vi Rome saindo pela sua varanda hoje cedo? — Sua voz estava enganosamente calma.

Fui na direção dela com as mãos agitadas e, quando cheguei na cama, sentei ao lado dela, olhando fixamente para as paredes brancas.

— Ele passou a noite comigo.

— Deduzi isso. E há quanto tempo está rolando?

— O quê? Ele passar a noite aqui ou estarmos juntos?

Ela sacudiu a cabeça, surpresa.

— Bem, as coisas certamente progrediram mais do que eu havia imaginado. Deduzi que alguma coisa estava acontecendo, porque ele estava sempre te olhando e você sempre ficava vermelha, além, é claro, dos beijos. É sério?

Fiz que sim, roendo a unha do polegar de nervosismo.

— Então vocês estão oficialmente juntos?

— Estamos.

Ela abriu um grande sorriso, com brilho nos olhos castanhos, e cutucou meu ombro.

— Meu primo em um relacionamento genuíno! Nunca pensei que veria esse dia chegar, mas estou *muito* feliz. — Ally deu um tapinha em meu joelho, depois levantou a cabeça e olhou para mim. — Onde estão seus óculos, amore?

Ajeitei o cabelo atrás da orelha.

— Estou usando lentes de contato agora.

Seu rosto se iluminou.

— Ideia do Rome? Para a Shelly não pegar no seu pé de novo?

— É.

— Nunca imaginei. Rome demonstrando afeição e compaixão por uma garota! — Ela riu, descrente.

Baixei a cabeça, constrangida.

— Ele está sendo muito atencioso comigo.

Quando ouviu essas palavras, ela arregalou os olhos.

— Meu primo e a palavra *atencioso* não pertencem à mesma frase. Mas ele está agindo totalmente diferente com você desde o primeiro dia. Fiquei assustada no início, mas agora estou amando! Você faz bem para ele, menina.

Ally se levantou e foi até a porta, mas pouco antes de sair virou e me olhou com cara séria.

— Molls, você precisa entender que o Rome pode ser um cara bem complexo. Ele teve que suportar muita coisa de seus pais no decorrer dos anos, e isso deixou muitas marcas. Você precisa dar tempo a ele e perdoá-lo se ele ficar muito controlador. Já vi como ele fica perto de você e posso dizer uma coisa: para ele, você é diferente. Acho que, se vocês continuarem com esse relacionamento, você é exatamente o tipo de pessoa que pode acabar com ele se as coisas derem errado. Tenha paciência com ele, cuide dele, valorize-o... Rome merece.

Ela saiu sem dizer mais nada.

* * *

O dia acabou sendo bem quente, então na hora do almoço Cass, Lexi, Ally, Jimmy-Don e eu resolvemos nos sentar na grama do vasto pátio. Parece que todo mundo tivera a mesma ideia; o lugar estava lotado.

— Ei, Jimmy-Don, fale sobre você — pedi, enquanto passávamos o tempo em um círculo improvisado sobre o gramado recém-aparado. Eu amava o cheiro de grama cortada. Trazia lembranças das manhãs do início do verão de minha infância, quando acordava com o barulho de meu pai cortando a grama de nosso pequeno jardim. Sorri comigo mesma. Era uma das poucas lembranças felizes que eu tinha da infância.

— Bem, sou texano de Houston e sou bloqueador ofensivo do Tide. Tenho vinte e um anos e, quando me formar em ciências ambientais, vou voltar para Houston e trabalhar na fazenda de gado do meu pai.

— Não quer jogar futebol profissionalmente também?

— Eu adoraria, mas não vou ser escalado pela NFL, e isso não é um problema. Posso voltar para casa, arrumar umas cabeças de gado... e espero que esta potranquinha esteja por perto também — ele disse enquanto abraçava Cass, beijando seu rosto.

Ally deu um tapinha em meu braço, e, assim que levantei os olhos Rome estava vindo em nossa direção, vestindo calça jeans, botas marrons, uma camiseta vermelha sem mangas e óculos estilo aviador espelhados. À sua esquerda, um cara alto, moreno e todo tatuado, com roupas pretas e largas e correntes penduradas em um cinto com tachas – bonito, apesar de ter uma aparência um pouco assustadora. À sua direita, o extremo oposto: um garoto americano típico, com cabelos loiros platinados, olhos azuis, pele bronzeada – todo certinho. Dei uma olhada ao redor e vi as meninas olhando descaradamente para Rome. Ele chamava mesmo a atenção.

— Ei, Canhão, Austin, Reece. O que estão fazendo aqui? — Jimmy-Don perguntou, olhando para Rome e cumprimentando todos os garotos.

Romeo olhou fixamente para mim e sorriu.

— Só vim ver minha garota.

Todos ficaram paralisados.

Rome se aproximou de mim e se sentou, puxando-me para o seu colo e me dando um beijo – não só um beijinho, mas um beijo que dizia ao mundo todo que eu era dele. Virei propriedade dele com aquele beijo, e me submeti a isso de bom grado.

Depois daquele beijo insensato, Romeo se afastou, acariciando meu lábio inferior com o polegar.

— Como você está hoje, linda?

Eu me esforcei para recuperar o fôlego.

— Estou bem. Ótima, na verdade.

— Bem, acho que agora não restam dúvidas sobre se ele gosta ou não de você — Cass disse, tirando-me de meu atordoamento induzido por Rome. — Ontem, no refeitório, achei que havia algo estranho. Todos sabemos que Rome não é dado a relacionamentos sérios, então pensei que ele só estava sendo bizarramente legal. Mas pensando agora nas lentes de contato, no sumiço da Molls por horas... tudo faz sentido!

Romeo deu um beijo em minha testa e respondeu:

— Isso é diferente. Estamos juntos, somos um casal. Não é, Shakespeare? — Ele deu um sorrisinho para mim. Acho que manter nosso lance em segredo já não era mais opção, de acordo com meu namorado, e ele não parecia nem um pouco arrependido por ter "assumido nosso relacionamento" daquela maneira improvisada.

— É. Estamos juntos — anunciei em voz baixa. Movimentei-me em seu colo, sentando entre suas pernas, e ele abraçou minha cintura.

Olhei para nosso pequeno grupo de amigos, todos nos encarando fixamente, sem saber se estavam vendo coisas.

Rome apontou para seus dois amigos.

— Pessoal, esses são Austin e Reece.

— Austin Carrilo, recebedor titular, e Reece Todd, *quarterback* reserva... nem precisam se apresentar, rapazes. A reputação dos jogadores do Tide é bem conhecida — disse Cass, radiante, ficando empolgada com os novos membros de nosso grupo.

Lexi, que estava de queixo caído com Austin, levantou a mão.

— Hum... Não que eu não esteja feliz, mas quando isso aconteceu e por que raios vocês não disseram nada? — Ela olhou feio para mim, zangada.

Fiz uma careta para sua expressão irritada.

— Foi nas últimas semanas. Quis manter em segredo por um tempo.

— Não acredito que estão juntos! Não que haja algo errado nisso, mas simplesmente não consigo acreditar. Molly, a menina tímida superinteligente, e o *quarterback* titular do Tide – coisas estranhas aconteceram, eu suponho!

— Bem, pode acreditar. Ela é minha, incluindo seu grande cérebro — Romeo declarou com orgulho, arqueando as sobrancelhas de felicidade e dando um tapinha em minha cabeça, deixando seus colegas de time chocados com seu estranho comportamento.

— Que maravilha! Acho muito incrível, querida! — Cass comemorou.

— Obrigada, Cass.

Nosso pequeno círculo feliz ficou conversando por quase uma hora, e nossos amigos foram se acostumando a ver Rome e eu como um casal genuíno.

Rome e eu tentamos ignorar os olhares e comentários dos outros alunos por estarmos abraçados – os olhares ameaçadores e a reputação de Rome mantinham a maioria dos comentários nocivos longe de nossos ouvidos.

Tínhamos conseguido ignorar os sussurros incessantes das pessoas que passavam; ou pelo menos *estávamos* conseguindo, até um membro do time de basquete passar com seus amigos, rindo de nós. Rome ficou imediatamente tenso, preparando-se para o confronto.

O jogador de basquete alto, magro e de cabelos castanhos parou na nossa frente com a mão sobre a boca para conter as risadas.

— Porra, Canhão, não acredito no que estou vendo! Você vai deixar de comer todas as minas da faculdade por ela? Diga, pelo menos ela chupa seu pau direitinho?

Antes que eu tivesse tempo de me sentir ofendida, Romeo se levantou e derrubou o cara no chão. Nossos amigos correram rapidamente em sua direção. Estudantes se dirigiram para onde eles estavam rolando no chão, formando um amplo círculo em volta de Romeo e do jogador de basquete, para ver a confusão de perto.

Jimmy-Don, ao ver que eu havia me levantado, segurou meu braço com firmeza quando tentei correr até Rome.

— Deixe os dois, menina. Ele precisa botar para fora.

Puxei meu braço.

— Não! Não quero que ele brigue. Faça alguma coisa. — Eu me virei para Austin e Reece. — Façam alguma coisa!

— Você quer ficar com o Rome, menina? Então se acostume com isso. — Jimmy-Don apontou para os dois se engalfinhando. — Isso acontece o tempo todo.

Fiquei olhando para Jimmy-Don e Reece, espantada. Austin havia se juntado à multidão.

— Ele é amigo de vocês. *Façam alguma coisa* antes que ele se machuque!

Reece colocou a mão no meu ombro.

— Não vai ser o Canhão que vai se machucar, Molly. Ele já brigou várias vezes. E, sem ofensa, eu não chego perto do Canhão quando ele está assim. Quero que minha cabeça continue sobre o pescoço!

— Argh! Tudo bem! Eu mesma faço! — Atravessei o círculo e fui até a frente. Rome estava sentado sobre o jogador de basquete, visivelmente intacto, segurando a gola da camisa do cara e prensando-o contra o chão.

— Nem pense em falar da Mol daquele jeito de novo. Entendeu, seu cretino?

O cara que estava sob ele sorriu, com sangue escorrendo do lábio e um hematoma se formando no rosto. Ele estava gostando de provocar Rome.

— A nerd não é tão bonita, mas com certeza é uma boa trepada, se te fez sossegar o rabo. Não é mesmo? Ela trepa como uma puta experiente?

Rome soltou um resmungo ameaçador e ficou vermelho, tomado pela fúria, enquanto posicionava o punho. O amigo do jogador de basquete tentou interferir e derrubar Rome, mas Austin entrou no meio, puxando-o de volta, segurando seus braços com firmeza atrás das costas. Pelo menos um de seus amigos estava tentando ajudá-lo.

Quando o punho de Rome parou, suspenso no ar, segurei seu pulso, e ele virou a cabeça para mim, com olhos escuros e ferozes.

— Romeo, não — pedi.

Ele tentou me afastar.

— Mol, porra, sai daqui.

— Molly! Você tá louca?! — Cass estava atrás de mim, tentando me tirar do meio da confusão. Lexi e Ally estavam perto com uma expressão de súplica.

Olhei novamente nos olhos de Rome, soltando meu braço de Cass.

— Romeo, pare. *Agora*. Você não precisa disso!

— É, *Romeo*, pare. Ouça sua garota.

Suspirei diante da imbecilidade do cara que estava no chão; ele certamente queria morrer.

Rangendo os dentes, Romeo se aproximou do ouvido dele e sussurrou:

— Você tem sorte de eu não afundar seu crânio de merda, mas não vou fazer isso na frente da minha namorada.

Romeo se levantou abruptamente e me abraçou. Seu coração parecia um tambor dentro do peito. Agarrei em sua camiseta com uma das mãos e acariciei suas costas com a outra, tentando aliviar a tensão.

Senti Rome se virar e gritar:

— Cai fora, Michaels. E some da minha frente antes que eu mude de ideia e acabe com você!

Os amigos de Michaels o levantaram do chão, arrastando-o para longe, e o círculo de espectadores se desfez com rostos decepcionados ao verem que o espetáculo havia terminado em um anticlímax.

Rome deu um beijo no alto de minha cabeça, suspirando.

— Eu devia ter acabado com a raça dele depois do que ele disse.

Eu o segurei pelo bíceps pulsante.

— Não, não devia. Para quê? Nós dois já sabíamos que o fato de você estar em um relacionamento "oficial" ia gerar comentários.

— É, mas ele está me provocando há um bom tempo, gata. Ele merece uma boa surra.

— Por que ele foi tão hostil com você, para começo de conversa?

Romeo ficou imóvel, e levantei a cabeça para olhar em seus olhos apreensivos. Sua expressão preocupada me fez franzir o cenho.

— O que foi?

— Eu... eu...

— O que você fez? — insisti, enquanto Romeo me olhava com ansiedade, obviamente debatendo consigo mesmo se seria ou não sincero. — Fale de uma vez, Rome.

— Eu peguei a mina dele uns meses atrás.

Meu estômago revirou, e me desvencilhei de seu abraço.

— Agora você está brava comigo. Eu vou acabar com a raça dele! — Ele se virou para correr atrás de Michaels, que estava indo embora.

Continuei segurando firme sua mão.

— Deixa pra lá.

Ele me olhou com atenção.

— Você está zangada, não está?

Bati com as mãos nos quadris.

— Bem, você não está me vendo dar piruetas de alegria depois de ouvir que transou com a namorada dele, não é?

Romeo inclinou a cabeça em advertência diante de meu tom de voz.

— Eu vou deixar passar, já que está claro que você está irritada, e até acho que é justificável. — Seu mau humor me fez dar um sorriso sarcástico, e balancei a cabeça. Costumava achar seu comportamento intimidante, mas então estava vendo graça nessa teimosia temperamental... e achando isso meio bonitinho, até.

— Você ouviu o que ele falou de você? — Rome continuou, ignorando meu divertimento.

— Ouvi, mas não me importo. Nunca me importei com o que os outros acham de mim. — Ele abaixou a cabeça, tentando realmente se acalmar. — Venha, sente comigo mais um pouco — eu disse, puxando a mão dele.

Romeo passou a mão no rosto.

— Mol. Me deixe acabar com aquele puto de uma vez por todas. Vai servir de aviso para todo mundo deixar a gente em paz. Vários cretinos estão irritados comigo e vão gostar de ficar zoando com o fato de estarmos juntos.

Sacudi a cabeça, mostrando a ele que não me importava.

Esboçando um sorriso, ele passou o braço em volta do meu pescoço e me deu um beijo na cabeça.

— Porra, Mol, assim vou ficar conhecido como Rome Prince, o mais novo pau-mandado da namorada!

Nossos amigos tinham voltado ao mesmo lugar no gramado, mas Rome e eu nos sentamos sob uma árvore alguns metros à esquerda, protegidos da atenção do restante dos alunos. Ficamos conversando sobre coisas fúteis, e depois de um tempo Rome se acalmou e me deu um abraço apertado.

Levantamos para ir à aula de filosofia quando surgiu uma sombra sobre nosso espaço tranquilo embaixo das árvores, como uma tempestade estragando um lindo dia de sol. A vaca-mor Shelly havia passado para fazer seus comentários, vindo para cima de nós cheia de fúria.

— Que merda é essa?

Rome resmungou e me puxou para mais perto, em um abraço protetor.

— Ah, cai fora, Shel. Já cansei de lidar com cretinos por hoje!

— Você está com *ela* pra valer? — Ela olhou para mim como se tivesse engolido algo nojento.

— Sim, pra valer. — Ele abaixou a cabeça e deu um beijo ardente em meus lábios para provar. Coloquei a mão em seu pescoço para estimulá-lo ainda mais.

— Você sabe que ele não vai ficar com você, não é, queridinha? — Ela cuspiu em minha direção, fazendo Rome e eu nos afastarmos.

— E por que você acha isso?

— Porque mamãe e papai Prince não vão aceitar uma puta interesseira com o filho deles, e ambos são capazes de ser *muito* persuasivos. Eles me querem e vão me ter, pode contar com isso. — Ela sorriu como se tivesse Romeo na palma da mão.

— Engraçado... uma puta interesseira... Foi exatamente o que Rome disse sobre você — respondi.

— Você não é ninguém! É um pedaço de...

— Cale essa sua boca maldita e saia daqui antes que eu faça algo de que me arrependa — Romeo alertou em um tom de voz muito sério.

Ela riu com arrogância.

— Dou um mês, e então vamos ver o que seus pais vão fazer. Você vai voltar logo logo para os meus braços. Sua mãe vai pirar!

— Eu nunca mais encostaria um dedo em você, nem se fosse a última pessoa na face da Terra. Você é uma vadia amarga e vingativa. Quanto a meus pais, estou aprendendo rápido a não dar mais a mínima para o que eles dizem. Eu quero a Mol e ela me quer. Fim da discussão. Nada que você ou meus pais façam vai fazer qualquer diferença para mudar isso. Agora, deixe a gente em paz, porra. — Ele virou o corpo e se dirigiu ao restante das pessoas no pátio. — Isso se aplica a todos vocês. Deixem a gente em paz, ou vão ter que se ver comigo! Não vou ser tão tolerante com a próxima pessoa que interferir ou até mesmo respirar errado em nossa direção!

Respirei e fechei os olhos. Eu abominava violência.

Shelly ajeitou o cabelo e, vendo centenas de olhos observando a cena com nervosismo, foi embora. Eu a vi pegar o iPhone com capinha rosa – não era preciso ser gênio para adivinhar para quem ela estava ligando.

Romeo aproximou a cabeça do meu ouvido.

— Não ligue para o que ela falou, certo? São apenas palavras; não pense que é verdade.

Fui me sentar do outro lado da árvore, desmoronando, arrasada, no chão. Era impossível não me sentir desconfortável com o que Shelly havia dito poucas horas após o anúncio de que estávamos juntos e com o tanto de confusão que já havíamos tido que enfrentar. Não consegui deixar de imaginar se os pais de Romeo realmente *achariam* que eu estava com ele por dinheiro. Será que o obrigariam a me deixar para ficar com a Shelly?

Romeo agachou em silêncio ao meu lado e encostou a testa na minha, colocando as mãos de leve sobre os meus ombros.

— Você ficou quieta de repente, Shakespeare. Não gosto disso.

Forcei um sorriso.

— Está tudo bem, lindo. Não se preocupe.

Minhas amigas se aproximaram, observando-nos com ansiedade, visivelmente preocupadas conosco. Sorri, garantindo que estava tudo bem.

Romeo olhou para mim com ceticismo uma última vez e anunciou:

— Vou te levar para sair no sábado depois do jogo. Um encontro de verdade. Não vamos mais nos esconder. Já é hora de mostrar para a cidade toda que você é minha.

Nossos amigos sorriram de felicidade diante da demonstração nítida de afeição dele comigo, mas recusei.

— O quê? — Rome disse, ficando com os ombros tensos. Ele pensou que eu o estava rejeitando.

Coloquei a mão sobre seu braço e apertei de leve.

— Eu já combinei de ir dançar com o pessoal. — Apontei para o grupo.

Vi seus ombros relaxarem.

— Então vou te levar para dançar com seus amigos. Vamos todos — ele declarou, encerrando a conversa de uma vez por todas.

— Certo, vai ser divertido — eu disse, um pouco mais calma, mas logo desfiz o sorriso. — Ah, mas eu ainda tenho vinte anos. Não vão me deixar entrar, vão?

Jimmy-Don abaixou o chapéu.

— Arrume uma foto três por quatro até hoje à noite e consigo uma identidade falsa, certo, docinho? Conheço umas pessoas por estas bandas.

— Tudo bem.

Rome pegou minha mão e me puxou para levantar, entrelaçando os dedos nos meus.

— Vai dar tudo certo. Por sinal, você sabe dançar música *country*?

— Hum… *não* — respondi, sem a mínima ideia de quais seriam os passos.

Todos gargalharam à minha volta, e Cass anunciou:

— Sábado vai ser *muuuito* divertido!

12

— Este?

— Esse tem franjas nos mamilos, pelo amor de Deus!

Cass deu de ombros, devolvendo o ridículo *body* de renda para a arara e indo para a próxima peça de lingerie.

— Que tal este, então?

Olhei para minha boa amiga texana e fiquei boquiaberta. Ally e Lexi estavam tendo um ataque de riso atrás de mim.

— Calcinha com abertura? *Afe*, Cass! Eu quero ficar bonita, e *não* parecida com uma prostituta!

Ela devolveu a calcinha para a prateleira, resmungando baixinho:

— Eu tenho esse modelo em rosa *e* verde neon, e não sou nenhuma prostituta! Jimmy-Don ama essas calcinhas – fácil acesso a qualquer hora, em qualquer lugar! É uma coisa prática!

Eu me joguei sobre o sofá de veludo vermelho da loja de lingerie com decoração extravagante e segurei a cabeça entre as mãos. Lexi sentou ao meu lado e me empurrou com o ombro.

— Você está bem, Molls?

Passando as mãos pelo rosto, eu me virei para ela.

— O que tem de errado com minhas roupas íntimas de sempre? Tenho certeza de que, quando finalmente dormir com Romeo, ele não vai ligar para o que eu estiver usando.

— É provável. Mas se dê um presente assim mesmo, garota. Escolha algo com que se sinta confortável. Talvez um robe ou alguma coisa para usar depois? — Ela sorriu com brilho nos olhos. — Você quer se sentir sexy, não quer?

Suspirei.

— Sim, é claro.

— O que acha disto, amore? — Ally mostrou um robe de seda preto, de comprimento médio. — Tem uma camisolinha combinando. É sexy sem ser… bem… — Ela apontou para Cass, que segurava um corpete que deixava os seios de fora, balançando a cabeça em aprovação. — Bem, francamente… pornográfico!

Levantei e Ally ergueu a peça para eu analisar. Era linda – suave, discreta – e, já que era para eu escolher algo um pouco mais sexy, ela serviria muito bem.

Assenti e sorri.

— Gostei. Vou levar.

— Isto também — Lexi disse ao me entregar três conjuntos de lingerie preta para combinar – um de renda, um de seda e outro de cetim. Peguei os itens e fui para o caixa.

Cass passou por mim, pulando na minha frente, balançando algemas de pelúcia, um frasco grande de lubrificante e um tubo de tinta comestível sabor chocolate.

— Eu vou levar isto. Diferentemente da mocinha recatada aqui, gosto de sexo selvagem e apimentado.

Dez minutos depois, estávamos todas carregadas de compras, rindo e nos divertindo pela rua, quando Cass parou de repente no meio da calçada e me fez trombar em suas costas.

Ela se virou para mim, parecendo estar em pânico.

— Ei, eu-eu preciso voltar por ali. Esqueci uma coisa.

— O quê, garota? O que você esqueceu? — Lexi resmungou. Tínhamos combinado de parar para comer.

Cass arregalou os olhos, alarmada.

— Eu preciso… eu preciso… — Ela estalou os dedos, triunfante. — Camisinha. Eu preciso ir até a farmácia comprar camisinha. Preciso delas para usar com estas outras coisas. — Ela mostrou as algemas e a tinta, e em seguida secou a testa. — As nossas acabaram ontem à noite. Nós aproveitamos muito!

Alternei o olhar entre Lexi e Ally, que também estavam boquiabertas e confusas. Quando voltei a olhar para Cass, ela estava apontando repetidamente com a cabeça para trás, fazendo uma careta para Ally, querendo que visse algo atrás dela. Virei para Ally, que estava paralisada, mordendo o lábio.

Cass pegou meu braço com um enorme sorriso falso no rosto.

— Vamos. Vocês sabem como eu gosto de minhas trepadas diárias. Prevenção em primeiro lugar, migas!

Puxei a mão de volta e larguei as sacolas de compras no chão.

— Qual é o problema de vocês?

Ally e Cass tentaram fingir que estavam confusas com minha pergunta. Lexi estava de queixo caído, olhando para trás de mim, consternada. Ally a cutucou e Lexi olhou para mim, abrindo um grande sorriso.

Algo estava errado.

Fui me virar, e Cass segurou meu braço com firmeza.

— *Molly!*

— O que foi?! — gritei, frustrada.

O rosto redondo de Cass ficou mais suave depois de minha explosão.

— Vamos para casa. Por favor, vamos embora.

Meu estômago revirou de nervoso. Minhas amigas estavam escondendo alguma coisa, algo que eu precisava ver.

Eu me virei devagar, e meu coração se partiu quando finalmente vi o que as havia deixado tão agitadas.

Romeo estava sentando em um restaurante chique, em um luxuoso pátio aberto, com Shelly e outras duas mulheres.

Todo o ar desapareceu de meus pulmões em um rápido sopro.

Ally colocou a mão em meu ombro, apertando-o como forma de demonstrar apoio.

— Molly, a mulher loira é a mãe do Rome e a ruiva é a sra. Blair, mãe da Shelly. Elas formam uma bela dupla de peruas megeras.

Gesticulei lentamente com a cabeça, captando a cena. Shelly estava sentada ao lado de Rome, *bem* ao lado de Rome, com o braço colado no dele e a mão em seu peito. As duas mulheres mais velhas sorriam satisfeitas e tomavam vinho, enquanto eu tentava conter a náusea.

— Ele estava mentindo para mim — eu disse, e a desolação tomou conta de todos os meus sentidos.

— Vamos embora. Você fala com ele depois — Cass pediu mais uma vez.

— Não! Eu quero ver. Quero ter certeza de que compreendi toda a situação.

— Molly, por quê? Não faça isso consigo mesma. — Lexi ficou na minha frente, tentando bloquear minha linha de visão. Eu a empurrei gentilmente para o lado.

— Porque quero me lembrar desta sensação, só para o caso de eu ser idiota e deixar alguém se aproximar de mim de novo.

Ally estreitou os olhos.

— Acho que não é o que está parecendo! Ele não trairia você, Mol. Principalmente com *ela*. Ele só tem olhos para você!

— Pelo visto, não.

Todas ficamos paradas no mesmo lugar, vendo a história se desenrolar como se fosse um lançamento no cinema. Shelly se aproximou e deu um beijo no rosto de Romeo em reação a algo que ele havia acabado de dizer. Se considerarmos os gestos alegres dela, tinha sido algo muito engraçado.

Cass cruzou os braços grandes diante do peito igualmente grande.

— A Shelly está se jogando para cima dele, mas ele não está prestando a mínima atenção nela. Na verdade, ele parece muito infeliz. Talvez a Ally tenha razão.

Ele realmente parecia desconfortável, até mesmo irritado, mas naquele momento eu só enxergava uma névoa vermelha e pulsante diante de meus olhos e um alvo brilhante bem no meio da cabeça da Shelly.

Eu me virei para ir embora, e meus olhos começaram a arder quando vieram as lágrimas.

— Vou para casa. Não consigo ver isso.

Duas coisas aconteceram ao mesmo tempo: Cass e Lexi ficaram na minha frente, bloqueando meu caminho como guarda-costas, e Ally saiu correndo e atravessou a rua, indo na direção do restaurante.

— O que ela está fazendo? — perguntei com voz estridente e o coração acelerando cada vez mais conforme ela se aproximava do local.

A sra. Prince viu Ally primeiro, parada na calçada, em frente à mesa deles, os braços cruzados e batendo o pé no chão. A sra. Prince pareceu extremamente insatisfeita e também cruzou os braços, ignorando descaradamente a sobrinha.

Não dava para ouvir o que elas estavam dizendo, mas o fato de todos terem virado para a direção em que eu estava indicava que Ally havia revelado minha presença. As expressões eram variadas. A sra. Prince estreitou os olhos e fez cara feia quando me viu. A sra. Blair parecia simplesmente confusa. Shelly pegou no braço de Romeo com um sorriso presunçoso nos lábios vermelhos, e Romeo ficou pálido, soltando-se do braço de Shelly com agressividade e pulando da cadeira.

Nossos olhares se cruzaram. Não consegui desviar os olhos, e Romeo começou a gritar perguntas para Ally. Suas feições se contorceram, e ele segurou a cabeça entre as mãos. Parecia arrasado, mas eu não iria até ele. Por mim, ele poderia ficar com ela.

— Cass, vou chamar um táxi.

Cass e Lexi suspiraram, e Cass deu um chute na parede de tijolos, arranhando as botas pretas, e depois colocou as mãos nos meus ombros.

— Certo, querida. Faça o que achar melhor. Nós nos vemos em casa. É melhor esperarmos a Ally, e imagino que você queira ficar sozinha.

Fiz que sim com a cabeça, peguei minhas sacolas e me preparei para fazer sinal para um táxi.

— *Molly*! — A voz tensa de Romeo pregou minhas botas de caubói no chão. Olhei rapidamente para trás e Romeo, vestindo uma camiseta preta justa e jeans, ficou me olhando em pânico lá do restaurante, com o corpo colado na cerca branca.

A sra. Prince soltou uma gargalhada ameaçadora, aproximando-se e sussurrando algo no ouvido de Romeo. Ele ficou pálido e abaixou os ombros em uma postura de derrota. Testemunhei, em primeira mão, o poder que a mãe tinha sobre o filho, assim como presenciara o ataque do pai semanas antes – eles controlavam o marionete Romeo, mexendo suas cordinhas manipuladoras.

Rome rangeu os dentes, e a sra. Prince balançou os dedos, acenando de maneira esnobe em minha direção pelas costas dele. Só faltava a gargalhada de bruxa.

Ally jogou os braços para cima em frustração, e considerei aquilo o meu sinal para ir embora e pegar um táxi.

Corri pela rua, fazendo sinal para um carro que se aproximava, e agradeci a Deus quando ele começou a desacelerar.

— Rome, não ouse! — gritou a sra. Prince, e ouvi o som de pneus e uma buzina atrás de mim. Antes que o táxi conseguisse parar, abri a porta de trás e entrei.

O motorista, alarmado, franziu o cenho para mim pelo retrovisor.

— Para onde?

— Universidade do Alabama.

Ele deu a seta para sair. Eu me recostei no assento, fechando os olhos, quando de repente ouvi alguém bater no vidro.

— Molly, minha linda, escute... — Romeo estava na porta, correndo ao lado do carro, puxando a maçaneta sem parar e batendo no teto. Virei a cara para não ver seu rosto preocupado e fechei bem os olhos. — Linda, eu posso explicar. Cacete, Mol, *pare*!

Cruzei os braços, tremendo de raiva.

O motorista se virou para mim, extremamente confuso.

— Você quer que eu pare?

Suspirei quando Romeo desapareceu de minha vista e me agarrei no cinto de segurança.

— Não, quero que me leve para casa. Quero que me leve para longe desse cara... o mais rápido possível.

* * *

Quando entrei no quarto, minhas novas roupas ficaram espalhadas pelo chão – resultado de eu ter jogado as sacolas com raiva –, e fui para a cama.

Então era essa a sensação de ter o coração partido. Isso que é... sentir. Fazia tanto tempo que eu não dava abertura a minhas emoções que mal me lembrava.

Meu telefone tocou de novo. Estava tocando sem parar. Eu sabia que era o Rome. Ele devia estar correndo para o meu quarto para explicar. *Explicar* que mentiu que iria para a academia à tarde e, em vez disso, levou sua "noiva" arranjada para almoçar, enquanto ela tocava alegremente em seu peito para alegria de sua mãe autoritária e a fiel escudeira dela. Não conseguia entender como ele pudera permitir que ela fizesse aquilo. Depois de tudo o que havia dito sobre Shelly.

Fiquei olhando fixamente para as cortinas brancas que ondulavam com a brisa e me sentei. Ele ia tentar escalar até minha varanda.

Saí da cama e tranquei as portas. Eu sempre as deixava abertas para ele, mas hoje não. Ele que ficasse bem longe. Voltei para a cama e fechei os olhos.

Vinte minutos depois, ouvi o farfalhar da treliça. Dez segundos depois disso, passos pesados sobre o piso de ladrilhos, e cinco segundos depois disso, o barulho das portas da varanda negando a entrada a Rome.

— Mol! Abra esta merda. Sei que está aí!

Cobri a cabeça com o travesseiro enquanto as batidas nas portas de madeira de dois metros de altura continuavam, até que pararam abruptamente.

Eu me sentei devagar, engatinhando até a beirada da cama para espiar pelas portas – nenhum movimento... nada.

Voltei para os travesseiros e enterrei a cabeça,

— *O que é isso??? Você não pode simplesmente entrar aqui... espere!*

— *Saia da frente!*

— *Molly! Molly! Cuidado...*

A porta do meu quarto se abriu com um barulho alto e Rome invadiu. Cait, minha colega da irmandade, entrou correndo atrás, ofegante, com os cabelos castanhos cobrindo o rosto.

— Tentei impedir, mas ele não queria ir embora. Quer que eu chame a segurança?

Encarei Rome, que tinha uma expressão selvagem no rosto.

— Nem. Pense. Nisso. — Ele ameaçou, enfatizando cada palavra.

Eu me virei para Cait e fiz que não com a cabeça.

Cait se aproximou, olhando para Rome.

— Tem certeza?

Suspirei.

— Tenho. Obrigada, Cait.

Ela fez uma careta de desgosto para Romeo; não era chegada ao sexo oposto.

— Grite se precisar de mim — ela disse, e fechou a porta. Romeo girou a chave, aprisionando-me do lado de dentro.

— Vá embora, Romeo. Não tenho nada para te dizer.

Ele foi em direção à cama e espalmou as mãos no colchão, ao meu lado.

— Bem, mas eu tenho algo para te dizer.

— O quê? Que você estava mentindo e me traindo todo esse tempo e que, quando diz que está treinando na academia, na verdade está se encontrando com a Mamãezinha Querida e com aquela piranha?

Ele endireitou o corpo, os punhos cerrados.

— Não foi nada disso o que aconteceu!

— Dane-se. Não me importa. *Saia.* — Voltei a deitar, olhando fixamente para a parede branca.

Mãos agarraram meu braço, e Romeo me puxou junto ao seu peito, ficando quase nariz com nariz.

— Minha mãe me pediu para encontrá-la hoje. Alguma instituição beneficente para crianças pediu uma camisa autografada do Tide para um leilão. Fui deixar com ela e, quando cheguei lá, Shelly e a sra. Blair também estavam esperando no restaurante.

Engoli em seco quando ele me soltou, ajoelhando sobre o colchão e agarrando minhas coxas com força.

— Elas me bombardearam. Shelly contou sobre você, e elas começaram a dizer que eu estava sendo irresponsável e mais um monte de merdas. Minha mãe chegou para mim e disse que, se eu não terminasse tudo, *ela* mesma ia fazer isso. Eu não podia deixar isso acontecer com você.

Ele olhou rapidamente para mim e depois ficou fitando o chão.

— Meus pais... eles... veja só, gata. Eles me tratam muito mal. Não quero entrar em detalhes, mas eles fazem isso, e sou filho deles, porra! Eu não poderia deixar ela te chatear da mesma maneira, então inventei qualquer merda e falei que você era só um lance, uma amiga. Shelly é idiota demais até para perceber que eu estava mentindo. Fiquei no restaurante para agradar a minha mãe. Não vou deixar nada acontecer com você. Elas vão ter que passar por cima de mim primeiro.

A mãe dele tinha planejado tudo aquilo? Armado para cima dele e o convencido a terminar nosso relacionamento? Milhares de perguntas quase escaparam de meus lábios: *Por que o tratam tão mal? O que tinham feito com ele em todos esses anos?* Mas fiquei quieta. Ele estava latejando de raiva, e não tive coragem de pressioná-lo ainda mais.

— Por que você mentiu e disse que ia para a academia? Por que simplesmente não foi sincero comigo?

Ele falou entre dentes.

— Eu *fui* sincero, juro. Ela me ligou quando eu estava terminando o treino. O plano era só deixar a camisa e ir embora.

— Mas a Shelly estava tocando em você. Ela te beijou e você permitiu! Como pôde fazer isso?

Rome jogou a cabeça para trás e resmungou:

— Porque não quero que meus pais fiquem atrás de você! Eu tive que fingir... para te proteger. Você não entende como eles são! Tratores, Mol. Por aqui eles são como tratores.

Chegando mais perto, Romeo segurou meu rosto entre as mãos.

— Nossa, linda. Eu nunca faria nada para te perder. Acredite em mim quando digo que sentei lá e aturei elas planejando coisas infernais só para te proteger. Foda-se a Shelly, não suporto aquela vadia! — Ele se levantou e ficou andando de um lado para o outro na minha frente, emanando sinceridade em cada ato. — Agora não importa mais, é claro.

Franzi a testa.

— E por que não?

Ele parou e soltou uma risada sem graça.

— Porque eu falei para a minha mãe engolir toda essa merda de casamento e fusão da empresa Blair/Prince quando vim correndo atrás de você.

Uma centelha de esperança surgiu em meu peito.

— Você fez isso?

Ele se aproximou mais, subindo na cama, obrigando-me a deitar.

— Huuuum. Eu falei para ela que nunca vou me casar com a Shelly porque estou com você. Que cansei de toda essa merda porque estou com você. Além disso, corri pela rua atrás do seu táxi, gritando e batendo no carro. Com certeza isso enfatizou o que eu disse.

Esticando o braço, agarrei nos cabelos dele e puxei-o na direção de meus lábios, interrompendo o contato apenas para dizer:

— Você precisa me contar quando tiver problemas com seus pais. Conte, assim não fico duvidando de você. Tenho dificuldade para confiar nas pessoas, mas estou aprendendo a confiar em você. Por favor... confie em mim também.

Rome roçou o queixo em meu pescoço, respirando meu perfume.

— Gata... você está em segurança comigo, e eu teria te contado tudo o que aconteceu quando chegasse em casa. Não esperava te ver lá. Nossa, fiquei quase destruído quando vi sua reação do outro lado da rua... E aí você fugiu, depois de ter prometido que nunca ia fugir de mim.

Ele virou o quadril e pressionou o membro rígido entre minhas pernas. Tive que morder a língua para não gemer alto.

— Eu confio em você. É que... o que vi foi muito ruim. Ela te beijou. Eu... eu não gostei. Precisava sair dali.

Rome continuou se esfregando em mim, e revirei os olhos de prazer.

— Nunca vou te trair, Shakespeare. Você é importante demais para mim. Eu disse que nunca brincaria com você e não gosto que duvidem de mim.

Uma empolgação nervosa surgiu dentro de mim diante de seu tom brusco de sempre.

— Tudo bem.

Torci o lençol quando ele pressionou sua ereção contra mim com mais força e senti aquela sensação deliciosa se formando na base da coluna.

Olhei nos olhos de Rome e vi que estavam brilhando.

— Romeo — murmurei, enquanto ele se mexia e começava a ir para os pés da cama. — O que você...

— Shhh...

As mãos de Rome subiram por minhas coxas descobertas e foram parar sob meu vestido. Perdi o fôlego quando dois dedos seguraram a beirada de minha calcinha e lentamente a puxaram para baixo.

Afundei a cabeça no travesseiro enquanto Romeo jogava minha calcinha no chão e levantava meu vestido até a cintura. Certifiquei-me de que minha tatuagem estivesse bem coberta.

— Vou sentir seu gosto, linda. Você vai gozar na minha boca.

— Ah... Deus — sussurrei, e de repente arqueei as costas com um gemido quando Rome encostou a boca em mim.

— Eu só quero você, Mol. Está entendendo? — ele disse, movimentando a língua.

— *Sim! Estou entendendo!* — gritei sem conseguir me concentrar, com a boca frouxa.

— Caralho, você é tão linda.

Ele não parou até eu explodir, ofegando com ardor e agarrando com força seus cabelos loiro-escuros, afastando-o apenas quando não consegui mais aguentar.

Romeo ficou de joelhos, ajeitando meu vestido, observando-me deitada de costas, e rastejou para o meu lado, envolvendo-me com os braços. Eu sabia que ele estava aliviado por ter retomado algum controle pela calma que despontou em seu rosto corado.

Assim que recuperei o fôlego, virei e passei o dorso da mão no rosto dele.

— Nossa, Rome. Você me deixou tão confusa. Nunca sei o que pensar com você.

— Só coisas maravilhosas, eu espero — ele disse com malícia, franzindo os lábios. Dei um soquinho de brincadeira em suas costelas e vi seu sorriso se desfazer aos poucos. — Não sei se você tem noção do significado do que eu fiz hoje ao vir atrás de você, deixando minha mãe daquele jeito. — Eu não tinha, mas entendi pelo comportamento abalado dele que fora algo importantíssimo.

Romeo agarrou as laterais do meu vestido. Era visível a dor em seus grandes olhos. Tirei os cabelos do rosto dele.

— O que foi, lindo?

Ele engoliu em seco e olhou para as portas da varanda. Depois voltou a atenção para mim e sussurrou um doloroso:

— Nunca me deixe.

Senti meu coração parar por um segundo em resposta à sua súplica desesperada.

— Ei, o que foi?

Romeo encostou a testa em minha barriga quente, envolvendo minha cintura com os braços.

— Simplesmente não consigo acreditar que tenho você em minha vida. Você torna tudo melhor, e não quero te perder.

Passei os dedos nos cabelos dele, preocupada com seu comportamento estranho.

— Eu não vou te deixar.

— Você quase fez isso hoje. Você *me* falou para *te* deixar.

— Foi um mal-entendido. — Engoli em seco com nervosismo. — Falando sério, Rome, quantos problemas seus pais vão nos causar?

Estremeci ao me lembrar da expressão de aversão da mãe dele e do aceno traiçoeiro. Só pelo que já havia visto dava para saber que ela não deixaria nosso relacionamento em paz, e as emoções erráticas de Rome não saíam da minha cabeça.

— Não sei. E não vou deixar você chegar perto deles para correr o risco de descobrir. Vou proteger o que nós temos a todo custo. Expliquei para suas amigas o que aconteceu. Elas entenderam, mas a Cass me deu um soco e me chamou de idiota por te magoar. Jimmy-Don vai ter trabalho com ela. É uma garota de dar medo!

Ri e conduzi sua boca da minha barriga para meus lábios antes de deitar a cabeça ao lado da dele no travesseiro macio.

— O que sua mãe sussurrou em seu ouvido quando você me viu? Você ficou pálido.

Rome imediatamente me beijou e falou junto aos meus lábios:

— Fique quieta, Shakespeare. Já cansei de falar e preciso te mostrar de novo o quanto estou chateado por ter te magoado.

O mestre das evasivas atacava novamente.

13

Sábado chegou, e, assim que abri os olhos, em vez de Rome ao meu lado havia em seu travesseiro uma camisa feminina do Crimson Tide. Nas costas, o número sete com o nome "Prince" logo acima, escrito em grandes letras brancas. Passei as mãos sobre a palavra e virei para ver a parte da frente. O número dele estava lá novamente e, no canto superior esquerdo, um trevo de quatro folhas costurado ao material. Havia um bilhete preso na gola:

> Minha camisa para minha garota usar no jogo.
> Sente-se com a Ally e vou pegar meu beijo doce de boa sorte.
> Seu Romeo

* * *

O estádio estava lotado. Era um mar extenso de camisetas vermelhas e brancas. Grupos de alunos tinham pintado o peito com letras brancas dizendo "a-v-a-n-t-e-t-i-d-e" marcando a pele. Do lado do outro time, camisetas azul-marinho e brancas dominavam as arquibancadas.

Cass, Ally e eu compramos uma Coca e salgadinhos e caminhamos para nossos lugares. Conforme passávamos pelas arquibancadas, as pessoas começavam a vibrar, e quando nós três olhamos para a tela, confusas, lá estava eu, sendo seguida pela câmera, com trevos de quatro folhas digitais espalhados em volta do meu rosto, criando uma moldura. Hesitei ao ver aquilo, e Cass e Ally gritaram.

— Minha nossa, Molly, você é famosa! — Cass berrou, estupefata, enquanto acenava para a câmera e mandava um beijo. Ela usava o chapéu e os jeans de sempre, além da camiseta com o número de Jimmy-Don, e adorou toda aquela atenção.

Corri para os assentos, cobrindo o rosto com o copo grande, sentindo-me completamente humilhada e entoando baixinho: "Ai meu Deus, ai meu Deus, ai meu Deus!".

Tentei ignorar os assobios e as vaias direcionados a mim. Ally e Cass sentaram do meu lado, rindo e aplaudindo junto com os outros. Fiquei feliz por ter resolvido usar mais maquiagem do que de costume e garanti que meus volumosos cabelos castanhos estivessem presos em um coque bagunçado, porém estiloso.

Depois de alguns minutos daquele inferno tortuoso, que também incluía a equipe de torcida me encarando e sacudindo os pompons – à exceção de Shelly, que fazia cara feia e se recusava a reconhecer minha presença –, a apresentação do time titular começou no telão. Cass gritou e fez eu me levantar para dançar ao som da música que saía pelo alto-falante. Quando apareceu uma imagem exibindo os destaques de Romeo e começou a tocar uma música em sua homenagem, não consegui deixar de pular e rir com minha amiga texana louca, e o clima contagiante pré-jogo tomou conta de tudo.

A música mudava conforme as fotos dos jogadores iam aparecendo no telão. A foto de Rome era a última, e suas estatísticas surgiram acompanhadas da vibração ensurdecedora da multidão.

O locutor pegou o microfone e as líderes de torcida acompanharam a música da banda do túnel até o campo.

— *Alabama, levante-se para receber o seu Crimmmssssooonnnn Tiiiddddddeeeeeeee...*

O time entrou correndo no campo, e o estádio quase foi ao chão com tanta energia. Austin e Jimmy-Don lideravam o time, acenando para estimular a multidão.

Procurei freneticamente por Romeo, e bem no fundo, um pouco atrás de todos os outros, ele apareceu, acenando com o capacete nas mãos, tendo cada movimento acompanhado pela câmera.

Quando ele chegou ao campo, foi como se todos os torcedores começassem a entoar "Beijo, beijo, beijo" repetidas vezes, até garantirem que podiam ser ouvidos no estado vizinho. Ally pegou na minha mão enquanto o rosto empolgado de Romeo dominava os dois telões, e, com um aceno, ele se virou na direção de nossos assentos e deu uma corridinha.

Quando chegou à beirada do campo, nossos olhares se cruzaram, e ele fez sinal para que eu fosse até lá. O volume da multidão só parecia aumentar com seu ato abusado e divertido.

Meus pés ficaram colados no chão e o medo tomou conta de mim. Sabia que meus olhos estavam arregalados quando os passei pela multidão vibrante.

Senti uma mão em minhas costas, e Cass me empurrou para a frente, obrigando-me a me mover.

— Vamos, garota. Não o deixe esperando na frente de toda essa gente!

Olhei feio para ela, que ignorou minha careta. Encarei o campo mais uma vez, e Rome estava a poucos metros de distância, com o rosto ávido e as mãos na cintura, esperando para ver o que eu ia fazer.

— Você consegue, você consegue — repeti em voz baixa conforme minhas botas me empurravam para a frente.

Quando cheguei à beirada do campo, Romeo agarrou minha mão e me puxou para junto de seu peito, usando a outra para segurar minha nuca.

A multidão perdeu o controle.

Ele encostou a testa na minha, me deixando sem opção a não ser me concentrar apenas nele, fazendo o barulho ensurdecedor do estádio desaparecer ao fundo.

— Ei, Mol.

— Ei, você.

— Você vai me dar aquele beijo doce?

— Se é isso que você quer.

Suas narinas se dilataram.

— Com certeza é. — Ele inclinou minha cabeça e colou a boca na minha – apaixonado e intenso –, antes de se afastar e voltar para o campo, deixando-me ali parada como uma idiota apaixonada.

Por um instante, achei que não conseguiria andar, mas me virei e, sem levantar a cabeça e encarar os gritos, praticamente voltei correndo para o meu lugar. Ally e Cass estavam rindo de meu constrangimento, e permanecemos em pé quando o jogo começou.

Rome estava jogando incrivelmente bem. Pelo menos parecia que estava. Pelas comemorações de Ally e Cass, eu tinha quase certeza de que eu estava correta. Na metade do jogo, eles estavam ganhando por doze pontos, e todos estavam confiantes de que a vitória estava garantida.

Eu estava sentada no meu lugar, apenas desfrutando do clima eletrizante, quando vi Ally olhando para mim.

— O que foi?

Ela inclinou a cabeça e me analisou. Fiquei inquieta.

— Sabe, em todo esse tempo, nunca vi seu cabelo solto. É comprido?

— Sim, deve chegar quase no fim das minhas costas. Por quê?

Os olhos dela brilhavam enquanto planejava.

— Vamos direto para casa depois do jogo.

— *Tu-tudo bem...*

— Você, srta. Molly, vai ficar uma gata hoje à noite — ela exclamou.

— Acho que eu nunca poderia ser considerada gata, Ally. — Eu tinha certeza de que ela tinha tomado sol demais.

— Só porque nunca te mostraram como. Vou mudar isso hoje à noite. Usamos mais ou menos o mesmo tamanho de roupa, então você pode usar um vestido meu. Um que vai fazer o Rome ficar louco.

— Vai fundo, Molls. Por que não deixar o Canhão desesperado para te comer? — Cass acrescentou, esforçando-se para me incentivar.

Jogando a cabeça para trás, soltei um resmungo alto.

— De jeito nenhum. O que vocês estão pensando? Que estamos em um filme adolescente de mau gosto ou algo assim?

Os olhos castanhos de Ally ficaram cheios de raiva.

— Minhas técnicas para transformar alguém são inigualáveis. Você vai fazer isso, sim.

Encarei Ally e abaixei a cabeça.

— Ah, que se dane! Na verdade, estou bem curiosa para ver o que você vai conseguir fazer com isso — eu disse, apontando para minha montanha de cabelo.

Ela desfez a carranca e deu uma dançadinha.

— Pode duvidar o quanto quiser, mas Rome vai ficar louco

quando te vir. Vamos pedir para ele encontrar a gente às nove, e nem um minuto antes.

— Como quiser. Só não faça eu me arrepender disso.

A segunda parte do jogo começou e, no final, eles venceram. Rome deu as entrevistas de sempre depois da partida, e Austin foi considerado o melhor jogador, o que fez Lexi dar pulinhos de alegria.

Permaneci em meu lugar, esperando a multidão se acalmar antes de dizer a ele que estávamos indo para casa. Depois de dar um tapa nas costas dos companheiros de time, Rome veio correndo em minha direção e, ao me encontrar, me pegou no colo e me girou, fazendo os homens zombarem dele e as mulheres ficarem encantadas.

Enrolei os braços em seu pescoço e sussurrei:

— Muito bem, meu lindo. Estou muito orgulhosa de você.

— Obrigado — ele respondeu com a voz rouca cheia de emoção e depois beijou meus lábios de leve. Quando me colocou no chão, Ally se aproximou e o abraçou, dando os parabéns.

Romeo pegou minha mão.

— Fique aqui, está bem? Eu volto logo e vou te levar para jantar antes de sairmos para dançar.

— Não vai dar. Vou levar ela para casa pra gente se arrumar — informou Ally com um sorriso exagerado. — O olhar que Romeo lançou para ela era capaz de incitar medo, mas ela simplesmente deu um tapa no braço dele e disse: — Não perca seu tempo tentando me assustar, Rome. Você pode muito bem ficar sem ela por algumas horas.

Ele estreitou os olhos de forma ameaçadora.

— Mas eu não quero. Eu vou levar ela para jantar, e acabou a discussão.

Coloquei as mãos sobre o rosto dele.

— Vá comer com os caras e passe na nossa casa às nove. Por favor… por mim.

— Tudo bem. Por você. Mas vou chegar lá às nove em ponto, e é melhor você estar pronta — ele resmungou e me marcou com um beijo ardente, depois deu um tapa na minha bunda, um pouco mais forte do que se fosse de brincadeira, e voltou para o campo mal-humorado.

Suspirei.

— Que ótimo, agora ele está irritado comigo.

Ally deu de ombros.

— Daqui a pouco ele esquece.

— É bom que você esteja certa.

* * *

— O que você acha? — Ally perguntou ao descobrir meus olhos na frente do espelho de corpo inteiro.

— Cacete! — sussurrei quando vi a menina no reflexo, pegando as garotas rindo ao fundo.

— Com essa aparência, Molls, eu poderia muito bem te pegar! — Cass brincou, agitando a língua de maneira sugestiva.

— Eu te disse que eu era boa — Ally disse, convencida.

— Disse mesmo — respondi, ainda abalada com o que estava vendo.

Ally cumpriu o que prometeu. Eu mal reconhecia a menina que me olhava do espelho. Ela tinha cabelos longos e macios, lisos na raiz, com ondas soltas nas pontas. Mechas caramelo davam vida à cor de café, passando uma sensação de queimado de sol, e a pele tinha um brilho bronzeado. A sombra esfumada destacava seus olhos castanho--dourados, e sua forma de ampulheta era valorizada pelo vestido preto curto e justo, tomara que caia com decote coração. Botas de caubói de cano alto finalizavam o *look*.

Minha apreciação diante do espelho foi interrompida por batidas fervorosas na porta, e Cait entrou no quarto.

— Ei, Ally, Rome e os caras estão esperando vocês lá embaixo. — Cait piscou os olhos, surpresa. — Molly… quase não te reconheci. Você está linda de morrer, amore.

— Obrigada, Cait — respondi, ficando vermelha.

Descemos as escadas, e vi Romeo lá embaixo, vestindo uma camisa xadrez vermelha com as mangas dobradas e jeans escuros de cintura baixa – ele estava maravilhoso.

Austin, todo vestido de preto, viu a gente primeiro. Vi seus olhos se arregalarem quando percebeu que a menina no fundo era eu.

Rome estava contando uma piada para Jimmy-Don, casualmente encostado na porta, e Reece começou a bater em seu braço. Romeo virou a cabeça para ele, irritado, fazendo cara feia, mas Reece ignorou a carranca e apontou em minha direção, sem palavras.

Quando Rome levantou os olhos, quase ri de sua reação. Ele deu um salto da parede até a base da escada. Conforme eu descia cada degrau, ganhava confiança, e, se a expressão de admiração no rosto de Rome servisse de parâmetro, eu diria que o plano da Ally havia funcionado.

Quando cheguei ao último degrau, estávamos quase da mesma altura. Eu estava roendo a unha do polegar e me contorcendo diante da atenção silenciosa de todos.

Furtivamente, as mãos de Romeo se esticaram, segurando na lateral de minhas costas, e ele me puxou para perto de seu corpo. Faíscas de desejo saltavam de seus olhos castanhos. Soube naquele instante que a noite seria um teste para nosso autocontrole. Minhas entranhas se contraíam de maneira quase dolorosa de desejo; um calor arrebatador havia tomado conta de meu corpo. E pelo toque das mãos ásperas e errantes de Romeo e de seus jeans junto à minha pélvis, ele também estava se esforçando para manter a compostura.

Romeo se aproximou e colou os lábios suaves nos meus. Brinquei com os fios de cabelo de sua nuca e ele sussurrou:

— Porra, Mol. Você está me provocando com toda essa beleza. Como vou conseguir chegar ao fim da noite? Vou ter que afastar os outros caras com uma vara. Eles vão ter problemas até mesmo se olharem para você por um segundo.

— Eu só quero você, lindo. Você sabe disso — garanti a ele, e vi uma onda de tranquilidade tomar seu rosto. Estendi o braço, entrelaçando minha mão na dele. — Vamos. Estou empolgada para aprender a dançar música *country*.

Ele gargalhou e colocou o braço em volta do meu pescoço.

— Foda-se a música *country*. Quero você colada em mim. Vamos dançar música lenta a noite toda.

14

A Club Flux estava lotada de parede a parede com torcedores do Tide bêbados que haviam estado no jogo, e assim que chegamos Romeo foi recebido com elogios e apertos de mão. Ele me agarrou com força, colocou o braço em volta do meu ombro, e minha cabeça ficou encaixada no espaço de seu pescoço.

Nosso grupo ficou em uma mesa com sofá, no canto da casa noturna – benefício de estar com *Romeo Prince*.

Estávamos indo para a área reservada quando um estudante bêbado, vestindo a camisa do Tide, segurou no meu braço e me puxou para perto de seu peito suado.

— O amuleto da sorte do Canhão! Você está salvando a temporada, gata! Merece um grande beijo de agradecimento!

O cara foi imediatamente afastado de mim, e Romeo o segurou pela gola da camisa.

— Que porra é essa?

O torcedor do Tide empalideceu de imediato e levantou as mãos em submissão.

— Canhão... Eu-eu só estava demonstrando meu apreço.

— Então demonstre de longe. Toque nela de novo e vai apreciar do chão, entendeu?

— Sim, sim, entendi, cara. Eu vou embora. Desculpe... — Romeo o soltou no chão e o torcedor traumatizado saiu correndo no meio da multidão. Quando Romeo se virou para mim, eu olhava feio para ele, de braços cruzados e uma careta irritada.

— Linda... — Ele tentou me apaziguar, chegando mais perto.

Fiz um gesto com a mão no ar, indicando que ele ficasse quieto e parasse.

— Foi desnecessário, Romeo! O que acabou de fazer foi completamente desnecessário. Você não precisava ter sido tão agressivo com o pobre coitado!

Romeo fez bico com os lábios carnudos.

— Mas ele tocou em você.

— E você o ameaçou?

— Você é minha e ele tocou em você. Eu não gostei.

— *Afe*, Rome, foi um exagero imenso.

Ele suspirou.

— Fiz merda de novo, não é? — Ele parecia tão perdido.

Fui na direção dele e passei os braços em volta de seu pescoço.

— É, fez.

Ele abriu um sorrisinho, e suas mãos correram pela lateral das minhas costas.

— Estou perdoado?

Perdi o fôlego e encostei a testa na dele.

— Eu sou sua. Fique calmo.

Uma onda de paz tomou conta de suas feições, e ele assentiu rapidamente antes de colar os lábios nos meus, roubando um beijo.

Fomos para a mesa privada e nos juntamos a nossos amigos. Em minutos, uma garçonete loira chegou para anotar nossos pedidos de bebida. Do momento em que chegou, não tirou os olhos verdes de Rome. Eu já esperava. Ele atraía as pessoas – fosse por sua beleza ou pelo fato de ser jogador do Tide. Mas ela estava agindo diferente; olhava para ele como se o conhecesse... intimamente.

Depois que pedimos várias garrafas de cerveja e Rome ignorou a atenção constante da garçonete, relaxei e finalmente consegui examinar o recinto. Era uma confusão de corpos espremidos e de homens girando com entusiasmo suas parceiras na pista de dança – imaginei que aqueles fossem os famosos passos de dança *country*. Era tudo muito divertido.

Nossas bebidas chegaram, e mais uma vez a garçonete parou na frente de Rome, e assim eu soube que minhas suspeitas eram justificadas. Ele a ignorou, obrigando-a a bloquear nossa linha de visão com seus atrevidos peitos de silicone e perguntar:

— Ei, Canhão, como você está?

Franzi a testa de imediato e me virei para Rome, que tinha ficado completamente paralisado.

— Já terminamos de fazer o pedido — ele respondeu com frieza.

A loira peituda, usando um vestido preto obscenamente curto, debruçou-se sobre a mesa, aproximando os peitos no decote com os braços dobrados, ignorando o fora dele.

— Você não me ligou depois da noite que passamos juntos.

Fiquei tensa, e Romeo me puxou para mais perto de seu peito, antecipando corretamente que eu estava prestes a fugir daquela cena desconfortável. Era fugir ou agir de acordo com a raiva intensa que crescia em meu corpo.

— Nunca pensei em ligar. Vou dizer mais uma vez… Já terminamos de fazer o pedido. — Ele se inclinou um pouco para a frente. — Ou, se precisar de uma resposta simples… *cai fora*.

A menina ficou decepcionada e soltou:

— Bem que eu ouvi falar por aí que você tinha virado um pau-mandado da namorada... que desperdício de uma boa transa. — Ela olhou para mim com arrogância e riu. — E ainda por cima por *isso*. Ela deve trepar melhor do que fica nesse vestido horroroso. — Ela se levantou abruptamente, balançando as curvas, e atravessou a multidão. Eu estava com os punhos cerrados, e a ponta de minhas unhas entrava na carne.

Ally olhou para Rome e balançou a cabeça em reprovação. Não ousei olhar para mais ninguém. Soltei-me dos braços dele. Romeo tentou me segurar com mais força, mas consegui me movimentar até a beirada do assento.

— Preciso usar o banheiro — eu disse.

Romeo se aproximou com uma expressão dura e ordenou:

— *Não pense em fugir, não depois de tudo o que você disse*.

Mandei que ele falasse baixo, o que ele recebeu franzindo a boca. Ele não estava acostumado a receber ordens, e eu sabia que isso o irritava.

— Eu *vou* ao banheiro! — afirmei, e vi o rosto dele virar gelo. Ele estreitou os olhos em reação a meu tom de voz firme e joguei os cabelos, ignorando-o, sem me preocupar, e me afastei.

Ouvi Ally gritar:

— Espere, Molly! — Mas não parei.

Estava quase chegando ao banheiro quando alguém segurou minha mão com força e me puxou. Teimosamente, fiquei parada, trazendo o braço de volta, e Romeo deu a volta e me encarou com seu olhar furioso.

Soltando um resmungo zangado e voltando a segurar minha mão com força, ele me arrastou para um corredor vazio, empurrando várias portas para ver se estavam destrancadas. Quando uma se abriu – uma espécie de depósito –, ele me puxou para dentro, acendendo a luz. Trancou a porta e ficou de frente para mim com as mãos na cintura.

— Transei com ela uma vez. No ano passado. Não passou disso. Você não precisa ficar chateada com isso e com certeza não precisa fugir.

Olhei feio para ele.

— Ah, me desculpe se não aprecio que suas peguetes fiquem exibindo o corpo de piranha bem na minha cara!

As narinas de Romeo se dilataram e ele chegou mais perto.

— Você quer saber sobre meu passado sexual, todos os detalhes sórdidos? *Tudo bem!* Eu fodi várias garotas, de muitas maneiras diferentes e em muitos lugares diferentes. Elas se jogaram em cima de mim e dei o que elas queriam, e todas elas amaram.

Antes que eu tivesse noção do que estava fazendo, acertei a cara dele com um tapa, cujo som se amplificou pela acústica do pequeno cômodo.

O sangue queimava minhas veias e meu coração estava acelerado. Rome ficou em um tom escuro de roxo.

— Você se sentiu bem com isso? Conseguiu expulsar a raiva? — ele perguntou, passando a mão no rosto.

Lágrimas se formaram em meus olhos. Eu não queria acertá-lo, mas ninguém havia provocado essa reação em mim antes. Eu estava tremendo com a repentina onda de adrenalina.

Romeo se encostou na parede oposta e abaixou a cabeça.

— Elas transaram com o Canhão. Elas *sempre* transaram apenas com o Canhão!

Perdi o fôlego, de tanta mágoa.

— Ótimo, Rome. Muito legal mesmo. É isso que vai fazer comigo? Vai me deixar foder com o grande *Canhão Prince*, vai me dar o que eu quero e partir para outra?!

Ele avançou, obrigando-me a recuar até encostar nas frias prateleiras de aço. Seus braços me cercavam dos dois lados.

— Nada disso, Shakespeare, mas ouça uma coisa. Eu vou te comer, mas também vou fazer amor com você. Vou ser dono de cada parte de sua alma, e nunca vou te deixar ir embora. Você vai gritar meu nome várias vezes, até ele ficar permanentemente alojado em sua maldita garganta. Você não vai ser apenas uma transa para mim, Mol – você vai ser minha salvação, porra!

Engoli em seco quando Rome colocou a mão em meu queixo, incitando-me a olhar para ele, a *enxergá-lo*.

— Você vai fazer amor *comigo* – Romeo – e não com meu maldito *alter ego* do futebol. Vai me ter de verdade, por completo, para todo o sempre. Ficou claro o suficiente para você? — Ele fechou os olhos, encostando a testa na minha. — Nossa, Mol! Eu nunca fiz isso antes. Se eu soubesse que você estava por aí esperando por mim, nunca teria transado com todas aquelas minas. Mas não posso voltar no tempo.

Encostei no metal rígido.

— É muita coisa, não é? Sua família obviamente me odeia, Shelly não quer largar o osso, você se irrita com qualquer um que olhe para mim, e essas... *garotas* do seu passado parecem não conseguir te esquecer. Tenho meus próprios problemas, Rome, você sabe disso, e somados aos seus... é demais. Como vamos dar certo com todo esse estresse?

Ele ficou em pânico.

— Não. Não faça isso!

— O quê?

— Não desista de nós. Não fuja quando as coisas ficam difíceis. — Ele segurou meu queixo. — Você cuida dos seus problemas do passado. Eu vou aprender a controlar minha raiva. *Nós* enfrentamos a minha família. Ignoramos todos os outros. *Nós* vamos passar por isso! Não ouse me largar agora, Shakespeare. Não faça isso, porra!

— Rome...

Seus olhos escuros buscavam os meus.

— *Não!* Eu não vou deixar você ir. Sei que não pareço ser a pessoa certa para você, mas você me mudou. Você me mudou pra caralho! Não consegue enxergar isso?! Você vai enfrentar tudo isso comigo. Diga que vai. *Por favor*, linda, diga!

Sacudi a cabeça, pronta para argumentar, e ele avançou um pouco até me aprisionar com seu corpo alto e largo.

— Diga que me entende, Mol?

— Rome, eu… — resmunguei.

Um punho fechado acertou as prateleiras, fazendo uma pilha de caixas cair no chão.

— Você não vai fugir. Entendeu???

— Sim! Sim! Eu entendi, porra! — gritei, empurrando o peito dele. Mesmo com a dureza de suas palavras, dava para sentir o medo pulsando em seu corpo só de pensar em me perder.

Ele voltou a segurar em meu pescoço.

— Você ainda está dentro? — ele sussurrou, buscando a resposta em meus olhos.

Suspirei, e ele segurou minha perna sobre seu quadril, tentando chegar ainda mais perto de mim.

— Ainda estou dentro.

As pupilas de Rome se dilataram, e uma onda de excitação se espalhou sobre seu rosto rude.

— Caralho, eu te quero tanto. Você fazendo tudo o que eu mando me deixa excitado demais.

Inclinei-me para a frente e beijei-o bem abaixo da orelha. Recuei lentamente e, pegando na mão dele, levantei o vestido e coloquei-a sobre meu sexo.

— *Mol… Nossa* — ele gemeu, acariciando-me com os dedos. — Você está me matando.

Passei a língua em volta de sua orelha.

— Eu gosto quando você comanda, quando declara sua autoridade. Isso me deixa excitada.

— *Porra…* eu notei isso, e gosto quando você se submete. Isso… me acalma. Você é o que eu preciso. Nossa, você é perfeita para mim. Linda, sensual demais, com um corpo que tira qualquer um do sério.

Os dedos de Rome iniciaram sua exploração, e perdi toda a aparência de sanidade. Ele enrolou a mão em meus longos cabelos e me segurou firme enquanto seus dedos me penetravam, impedindo meus movimentos. Gemi, e seu olhar obscureceu.

— Não vai ter mais ninguém. Pela primeira vez, você está me dando o que eu quero, o que eu *preciso*. Você me dá controle total, e adoro isso. Você também, não é? Você não adora…?

Aquela familiar e destruidora onda de desejo começou a subir por minhas pernas, e minha respiração ofegante preencheu todos os cantos do cômodo.

Agarrei nos ombros dele e respondi:

— Sim. Eu adoro. *Eu adoro!*

Seu sorriso sacana ao mesmo tempo me excitava e me enfurecia, e seus dedos pulsavam em um ritmo enlouquecedor.

Estiquei a mão até alcançar sua calça, e ele rosnou:

— Não! Tire a mão daí. *Agora*. O foco não é em mim. Você não vai me tocar a menos que eu mande.

Fiz o que ele ordenou e, assim que um terceiro dedo me penetrou, joguei a cabeça para trás e gritei de prazer. Meu peito se ergueu com a sensação e agarrei nos cabelos de Romeo, colando seus lábios nos meus, transmitindo minha completa aceitação de quem ele era, de quem eu era, do que éramos juntos.

A batida da música na pista de dança invadiu o silêncio de nossa salinha; dava para sentir a bateria e o baixo penetrarem através do peito de Romeo contra o meu. Romeo tirou a mão de minha calcinha e me deu um beijo suave, lento e carinhoso, em oposição direta ao que estava acontecendo minutos antes.

— Você está bem? — ele sussurrou junto à minha boca, com um olhar ponderado, até um pouco assustado.

Beijei a testa dele e sorri, iluminando seu rosto.

— Eu te quero, Romeo. Você me dá algo de que eu nem sabia que precisava.

— Mesmo depois de ter passado o rodo por aí durante anos? De ter tornado sua vida ainda mais difícil? Mesmo sendo uma pessoa com sérios problemas?

Passei as mãos em seus braços.

— Não posso fingir que estou bem com isso, mas se eu, somente eu, for sua, vou aprender a lidar com isso.

— Você *é*. Nem enxergo mais as outras garotas desde nosso primeiro beijo. — Parecia quase doloroso para ele admitir aquelas palavras.

— Romeo?

Ele acariciava meu rosto com a ponta dos dedos e observava cada movimento meu.

— Hum?

— Estamos errados? A maneira como buscamos... prazer é completamente fodida? Você me dando ordens como um sargento e eu me submetendo às suas exigências.

Ele abriu um sorriso obscuro diante de minha apreensão.

— Vou responder com um retumbante *sim*.

Assenti, virando o rosto devagar. Ele me fez voltar a olhar para seu rosto entretido.

— Você gosta, Mol? Você sente prazer quando estou no controle?

Revirei os olhos, e o calor ardente ameaçou tomar conta de mim com o mero pensamento.

— Sim... todas as vezes.

— Então não estamos errados. Na verdade, não existem duas pessoas que combinariam melhor. Preenchemos um vazio emocional que ambos temos.

Soltei uma gargalhada.

— Amantes desditosos?

Ele sorriu novamente. Foi quase um sorriso completo, que eu nunca tinha visto nele antes, tão despreocupado e livre.

— Acho que temos que parar de citar essa maldita peça, Shakespeare. Sinto que somos uma versão deturpada e para maiores de *Romeu e Julieta*.

Não consegui conter o riso, nem Rome. Ajeitei o vestido e peguei a mão dele.

— Agora, vamos dançar.

— Eu já estou superexcitado. Você vai me fazer explodir só de te ver dançar. Suas curvas são perigosas, gata.

Eu me esfreguei em seu corpo, sentindo a protuberância rígida em sua calça.

— Nossa noite está longe de terminar, Romeo. Quero que fique pensando nisso até sairmos deste lugar. Mas viemos aqui para dançar, e eu quero dançar. Mostrar para todas as suas conquistas do passado que agora você é meu e que elas têm que ficar bem longe do meu homem.

Fui me virar e ele me puxou de volta, me levantando do chão, envolvendo minhas pernas em sua cintura.

— Diga isso de novo — ele ordenou com firmeza, deixando o Rome brincalhão de lado e dando lugar ao Rome obscuro.

— Dizer o quê?

— O que acabou de falar.

— Que você é meu?

— Sim — ele afirmou com a voz rouca, enquanto se esfregava entre minhas pernas.

— Você *é* meu agora. Sem condicionais. Apenas você por você.

Ele gemeu e me encostou de novo contra a parede. Eu não ia impedir que ele tivesse o que desejava e, pela expressão em seu rosto, ele também não. Eu me entregaria a meu namorado em um depósito e, sinceramente, aquilo pouco me importava.

Romeo chegou mais perto, abrindo o zíper, e alguém começou a mexer na maldita maçaneta.

— Ei, quem está aí dentro? Abra — uma voz masculina gritou do corredor.

— *Não*! — ele urrou entre dentes, apertando minha cintura um pouco demais.

— Abra, ou vou chamar o segurança!

Romeo encostou a cabeça em meu ombro e abafei a risada em seus cabelos longos. Estiquei o braço, fechando o zíper dele, e me soltei de seu abraço, pegando sua mão.

— Vamos, lindo. Vamos dançar, como pretendíamos.

Com um aceno de cabeça, ele segurou meu rosto.

— Você vai sair daqui e mostrar para todo mundo que estamos juntos. É hora de ousar, gata. Vamos mostrar a que viemos.

Um sorriso se formou lentamente em meu rosto e uma sensação agradável surgiu em meu peito. Ele tinha me mostrado que éramos indestrutíveis. Era hora de colocar aquela crença em prática.

Romeo abriu a porta, e o jovem gerente do bar que estava do outro lado recuou ao ver sua cara brava.

Atravessamos a multidão e voltamos para a mesa. Nossos amigos estavam na pista de dança, então pegamos a cerveja e acalmamos os hormônios com álcool.

Avistei a garçonete peituda que havia nos atendido antes e fiz um sinal para chamá-la. Romeo me observou com atenção quando ela se aproximou, preparando cada músculo de seu corpo para intervir. Sentei em seu joelho e o deixei me abraçar com orgulho.

Ela franziu os olhos pequenos e brilhantes quando nos viu e murmurou algo baixinho antes de colocar um sorriso falso no rosto:

— Posso ajudar?

Olhei com alegria para Rome, e ele abriu um sorriso confuso diante de minha autoconfiança recém-adquirida. Nosso encontro no depósito havia apaziguado meu ciúme – se um casal era capaz de suscitar aquele tipo de sensualidade um no outro, eu realmente não tinha rivais nem ameaças.

— Vamos querer doses de tequila, duas rodadas, e... — Passei o dedo pelo abdômen de Rome até o cós da calça, fazendo seu quadril se erguer contra minha bunda em reação. — O que você vai querer, gato?

Os olhos de Romeo brilhavam com desejo incondicional e ele falou apenas para mim.

— Devíamos pedir cerveja para o resto do pessoal, linda.

Virei para a garçonete.

— Você pode trazer? — Ela apenas confirmou e, ao voltar-se para ir embora, revirou os olhos.

Vi tudo ficar vermelho.

— Ah, mais uma coisa — gritei, enquanto ela se afastava. Ela voltou, sem tentar disfarçar a irritação naquele olhar mal-intencionado. Abri um sorriso radiante e continuei: — Ele agora é meu. Espalhe para todas as outras piranhas que quiserem uma segunda rodada com meu namorado a notícia de que ele está *totalmente* indisponível. — Ela olhou para Rome, furiosa, depois correu para o meio da multidão. Meu coração estava acelerado.

Rome me girou, mordendo meu pescoço com entusiasmo.

— Preciso de você naquele depósito de novo… agora. *Caralho*, aquilo foi tão sexy, minha linda — ele murmurou.

— Foi *ousado* o bastante para você? — perguntei.

Ele se encostou em mim de novo, sorrindo.

— Ousado pra cacete! Estou amando essa sua nova fase.

— Não é nova. Só estava adormecida.

— Então deixe acordar, linda! De. Uma. Vez. Por. Todas!

Cass foi chegando com Jimmy-Don, aplaudindo alto.

— Molly Shakespeare! Nunca te ouvi falar assim com ninguém. Achei o máximo! Acho que vou me masturbar pensando em você, garota! Da próxima vez, no entanto, fale isso para a Shelly. Aquela vadia precisa ouvir poucas e boas da nova Molly durona! — Ela se abaixou e beijou minha cabeça, como uma mãe orgulhosa.

Cinco minutos depois, todos já tínhamos tomado doses de tequila e fomos para a pista de dança mais próxima da nossa mesa. Assim que nos levantamos, começou a tocar "Save a horse (Ride a cowboy)", de Big & Rich, e os olhos de Romeo dançavam alegremente enquanto eu me esfregava nele, girando de acordo com o ritmo. Cass e Jimmy-Don dançavam como ninguém, e a multidão até abria espaço para eles. Austin fez Lexi subir em suas costas, como se montasse um cavalo, no momento em que o refrão começou.

A cada dose de tequila eu ficava menos inibida, e Romeo aproveitou para tirar vantagem, passando a mão em mim, tocando com a língua minha pele exposta e sussurrando indecências em meu ouvido.

Não paramos durante duas horas, e havíamos conseguido ficar em um canto da casa noturna, isolados da constante atenção das pessoas.

Romeo estava encostado na parede, e eu dançava em volta dele, junto dele, sobre ele. Senti sua ereção pressionada contra minhas coxas descobertas e, naquele momento, tomei uma decisão.

Eu o abracei quando "How country feels", de Randy Houser, começou a tocar. Coloquei os braços em volta de seu pescoço e vi um sorriso surgir em seu rosto enquanto ele reproduzia os movimentos ao redor de minha cintura.

— Você está bem?

Neguei com a cabeça e fiz biquinho.

Ele franziu a testa, mostrando sua adorável careta.

— Por quê? O que foi?

Passei os dedos pelos longos cabelos dele, levei a boca a seu ouvido e respondi:

— Quero ir para casa.

— Você está passando mal? Tem algo errado?

Suspirei e fiz que sim.

— O que foi? Me diga — ele insistiu, deixando vir à tona seu comportamento protetor. Era exatamente o que eu queria que acontecesse.

— Quero que você me leve para casa e me coloque na cama.

Ele passou a língua sobre o lábio inferior, extremamente confuso.

— Tudo bem. Você está cansada? Ainda é cedo.

Sacudi a cabeça e continuei:

— Quero que você me coloque na cama... deite ao meu lado... e faça amor comigo.

Ao ouvir aquelas palavras, Rome jogou a cabeça para trás e seus olhos cor de chocolate se iluminaram com o estímulo instantâneo. Sua pélvis dura se chocou contra a minha quando ele me pressionou contra a parede melada de suor.

— Está falando sério?

— Muito sério.

Suavizando o tom, ele murmurou:

— Não quero que faça nada que não se sinta preparada para fazer. Você bebeu. Não quero que se arrependa amanhã de manhã.

— Não estou tão bêbada a ponto de não saber o que sinto. Eu quero você, Romeo, sem arrependimentos.

— Então suplique.

Notando minha reação de surpresa, ele sussurrou em um timbre grave.

— Eu avisei que ia te possuir *apenas* quando você suplicasse, quando me desejasse como nunca desejou ninguém. Se estiver nesse ponto, Mol, vai ter que me provar. Vai ter que suplicar.

Eu me lembrei das palavras dele, e tremores correram por minha pele. Ele me deixava excitada. Essas preliminares verbais me deixavam mais atraída por ele.

— Romeo Prince, quero que você me leve para a cama, quero que tire minha roupa devagar e quero que me possua completamente. Por favor, Romeo, faça amor comigo... *esta noite!*

Por um breve instante, achei que ele ia me possuir bem ali, contra a parede, quando ele ordenou:

— Vá pegar sua bolsa. Eu te espero lá fora. E *não* demore. — Ele desapareceu na multidão, e pude ver seus punhos cerrados enquanto abria caminho com agressividade até a saída.

Fui até a mesa em um estado quase onírico, peguei nossas coisas, inventei um desculpa para nossos amigos e fui me encontrar com ele do lado de fora.

Assim que saí, olhos cheios de desejo encararam imediatamente meu rosto excitado, e Romeo me cercou como um predador cerca sua presa. Ele ergueu o queixo, pedindo, sem palavras, para eu me aproximar.

Movimentei-me com passos pesados e parei diante dele. Chegando mais perto, ele deu um beijo suave na lateral do meu pescoço, pegou minha mão sem dizer nada e fez sinal para um táxi.

Entramos no banco de trás, nossas coxas se tocavam, e a tensão entre nós era palpável. Até mesmo o motorista grisalho de meia-idade estava inquieto no assento e ficava olhando para nós toda hora pelo retrovisor, provavelmente preocupado que perdêssemos o controle sobre os estofados de couro.

Eu não conseguia ficar parada de tanta expectativa, e Rome segurou meu joelho agitado.

— Pare.

Arrisquei espiar de canto de olho e vi um volume grande perto do zíper de sua calça. Tentei me aproximar, roubar um beijo, um toque, qualquer coisa para acalmar por mais um tempo meu corpo ávido.

Romeo notou meu movimento e disse perto do meu ouvido:

— Decida agora se quer ser presa por atentado ao pudor, porque, se chegar um milímetro mais perto, vou te comer aqui e agora, sem brincadeira. Você escolhe, Shakespeare.

Eu me encolhi perto da porta, abrindo o vidro para deixar entrar um pouco de ar, e tentei acalmar a mente, imaginando onde eu estava me metendo.

Quando finalmente paramos na frente da casa da irmandade, depois do que pareceu uma eternidade, saímos na rua silenciosa e Romeo disse:

— Entre primeiro, sozinha. Eu vou pela varanda. E seja rápida, linda. Estou falando sério. Não me teste numa hora dessas.

15

Assim que entrei no quarto, Romeo se aproximou de mim, e senti seu hálito – uma mistura de hortelã e cerveja – em minha pele, refrescando meu corpo ruborizado.

— Vá até a cama e tire as botas. — A voz dele era firme e séria.

Minhas pernas seguiram adiante, como se estivessem em perfeita sintonia com seus comandos. Cheguei até a cama e me livrei das botas.

— Vire para mim.

Fiz o que ele disse, tremendo com uma mistura estonteante de apreensão e empolgação. Romeo ficou encostado na parede, com o belo rosto destacado pelo brilho do luar, observando minha silhueta enquanto eu seguia com avidez suas instruções.

— Tire o vestido... devagar.

Passei a barra pela cabeça e deixei o tecido cair no chão, ficando apenas com o sutiã tomara que caia e a calcinha de seda. Rome chegou com determinação perto de mim e começou a dar voltas ao redor de minha figura pouco vestida, absorvendo a visão de meu corpo quase nu com um sorriso sacana. Interrompeu a análise na parte superior do meu quadril e passou a mão pelas linhas de minha pequena tatuagem.

Ele olhou nos meus olhos com espanto.

— Uma tatuagem, Shakespeare? Você me surpreendeu. Nunca me deixou ver isso antes. — Ele ficou de joelhos e estudou a escrita, com o rosto na altura da minha barriga e a respiração morna batendo entre minhas pernas, incitando um gemido abafado no fundo de minha garganta.

Romeo acariciou a tatuagem com o dedo, e comecei a ficar ansiosa ao lembrar da origem dela. Minhas pernas perderam a firmeza, e respirei fundo.

Romeo, sem olhar para cima, levantou a mão e pegou a minha. O pânico imediatamente cessou, curado por seu toque.

— *És para meus pensamentos como alimento para a vida, ou como as chuvas brandas para o solo em época de seca* — ele murmurou ao ler a citação em voz alta, dando um beijo no osso protuberante de meu quadril. Ele levantou os olhos e perguntou: — O que é isso, linda? Por que essas palavras têm lugar de destaque em seu belo corpo? — Dedos leves como penas continuaram contornando os altos e baixos da escrita.

Passei as mãos por seus cabelos. Ele segurava meu traseiro com firmeza com o braço livre, mantendo-me perto.

— É William Shakespeare, de um dos sonetos de amor. O número setenta e cinco — confessei, esforçando-me para suprimir um gemido quando seus dedos mergulharam entre minhas coxas.

Ele arregalou os olhos.

— Mas por que esse trecho é importante a ponto de você se marcar com ele para sempre?

Meus olhos se encheram de lágrimas, e mordi o lábio para não desmoronar.

Ele apertou meu quadril como um alerta e passou a língua na parte de baixo de minha barriga.

— Diga, Mol. Não vou perguntar duas vezes. Estou com você; não vou te deixar desabar.

— É... é só uma citação que me agrada. Só isso — respondi de maneira evasiva.

Os olhos escuros de Romeo se estreitaram.

— Sei que não é só isso, linda, mas você pode me contar depois. — Soltei o ar que nem havia me dado conta de que estava segurando.

Romeo se levantou. Engoli em seco quando suas mãos recaíram devagar sobre meus ombros e foram descendo por minhas costas. Meu coração acelerou quando ele parou no fecho do sutiã. Instintivamente, estendi o braço e segurei em sua camisa xadrez para me equilibrar.

Senti meu sutiã se soltar e cair do meu peito, revelando meus seios redondos aos seus olhos examinadores. Olhei para a cintura dele, incapaz de lidar com a pressão da exposição. Rome comprimiu as mãos sobre a pele nua de minhas costas e subiu até agarrar meus cabelos, puxando e erguendo meu queixo.

Meus olhos estavam fechados, mas eu ainda podia sentir seu olhar penetrante atravessar minhas pálpebras finas como papel.

— Abra.

Fiz que não, sem saber se conseguiria lidar com a intensidade da tensão que irradiava entre nós – o ar quase crepitava com a estática sexual.

Ele cerrou os punhos, e a pressão em meu couro cabeludo aumentou.

— Abra. Não vou pedir de novo.

Respirei fundo para me acalmar e abri as pálpebras pesadas. Romeo se aproximou, dando um beijo intenso em meus lábios e passando os dedos sobre minha clavícula, cobrindo meu seio esquerdo com a mão. Soltei um gemido dentro de sua boca, e sua língua deslizou contra a minha em movimentos sinuosos enquanto ele esfregava a palma da mão em meu mamilo repetidas vezes, enviando um impulso de desejo para o meu sexo.

Romeo, ofegante, afastou-se de meus lábios inchados e, num ímpeto, ergueu-me nos braços e me soltou no centro da cama.

Montado em minhas coxas, Romeo beliscou meus mamilos, e quase explodi com a sensação, arqueando as costas. O corpo largo e musculoso dele se agigantou sobre mim e ele se livrou da camisa, abrindo os botões, ficando apenas com a calça jeans desbotada de cintura baixa.

— Você é linda. Aqui exposta para mim, toda minha.

Eu me contorci quando ele se debruçou sobre mim, tomando minha boca em uma saudação destruidora. Sua língua mergulhou, recolhendo-se apenas para lamber meu pescoço e chupar o centro de meus peitos. Eu esfregava instintivamente o quadril no colchão, procurando algum alívio.

Ele colocou a mão dentro da minha calcinha, e os dedos começaram a trabalhar furiosamente. Agarrei nos cabelos dele, puxando as mechas douradas para ancorar meu desejo. Urrando com meu tratamento brusco, ele se levantou abruptamente, agarrando minhas pernas, arrastando-me ao encontro de sua ereção.

Romeo tirou minha calcinha em segundos, e fiquei tremendo de anseio. Nunca havia estado tão descoberta, tão aberta, e ele notou isso em meu rosto.

Aproximando-se, ele tirou meus cabelos da testa.

— Vou te possuir agora. Vou te mostrar o que você significa para mim, o quanto te quero, e declarar que você é minha. Entendeu, linda?

— Entendi, Romeo.

A pele dele ficou arrepiada com minhas palavras, e me levantei, enchendo seu peito e os sulcos de seus músculos abdominais com beijos ardentes. Ele soltou um gemido gutural e me empurrou de volta, soltando fogo pelos olhos.

Romeo foi até a beirada da cama, abrindo a calça, e vi o tecido pesado cair no chão. Ele pendurou as mãos na cueca preta, e mordi o lábio quando elas acompanharam a calça. Desfrutei da visão de seu corpo delicioso em toda a sua perfeição nua. Minhas coxas se contraíram com a vista.

Subindo de quatro na cama, Romeo deitou diretamente sobre meu corpo, com a enorme ereção sobre minha coxa, de maneira provocativa. Com uma das mãos enganchada em minha cabeça, ele usou a outra para dobrar meu joelho, levando os dedos até meu sexo para ter certeza de que eu estava preparada. Eu nunca havia estado tão preparada para alguma coisa em toda a minha vida.

O corpo de Romeo se afastou de mim, e ele tentou alcançar a calça jeans.

— Romeo, o que...

— Camisinha — ele disse, olhando para mim.

Toquei no braço dele, interrompendo seu movimento.

— Eu tomo pílula.

— Gata... — ele murmurou.

— *Por favor...* Eu quero só você, sem nada no meio.

Em um segundo, ele estava sobre mim, selvagem e brutal. Ele agarrou meu quadril com ardor, e perdi o fôlego quando o senti cercar minha entrada. Em um momento de ternura, ele se inclinou e me beijou com uma carícia delicada. Encostando a testa na minha, rangeu os dentes e avançou em um rápido impulso.

Eu me movimentei sob ele com a sensação repentina de plenitude, mas o corpo grande de Romeo me prensou para baixo, garantindo que eu não escapasse. Seus braços fortes estavam presos sob os meus, apoiados no colchão, impulsionando-o cada vez mais para dentro de mim. Cravei as unhas nas costas dele e os dentes em sua pele exposta, para não gritar de prazer.

— Romeo... *Nossa*... Não vou aguentar... É demais.

Levantando a cabeça, ele deu um beijo na ponta do meu nariz.

— Aguenta sim, linda. Você vai amar. Isso somos nós; é como sempre devemos ser.

Ele tirou completamente e ficou parado.

— Agora vou te fazer gritar meu nome.

Arregalei os olhos de tanta expectativa, e Romeo meteu em mim – duro, direto e bruto.

— Porra, você é incrível.

Fechei bem os olhos e cravei as unhas com mais força na pele de suas costas.

— *Romeo*!

Seu quadril se movimentava para a frente e para trás, e os braços se moviam sob os meus enquanto minhas pernas envolviam sua cintura. Minhas mãos seguravam seu pescoço. Ele esticou o braço e entrelaçou nossas mãos, usando a posição para aumentar a velocidade e a força, me penetrando, roubando meu coração. Gemidos escaparam involuntariamente de meus lábios, e uma pressão insuportável se formou na base de minhas costas.

Romeo afastou o peito do meu, abrindo mais suas pernas para aumentar a tração, indo mais fundo.

— Segure nos meus braços.

Soltando minhas mãos, Romeo se segurou na cabeceira de madeira, e eu o obedeci, envolvendo seus bíceps largos com meus dedos enquanto ele usava toda a sua força para me penetrar forte várias vezes.

— Você gosta, linda? Gosta assim, forte? — ele murmurou.

Meus dedos do pé se retorceram.

— Sim. Sim... — Chamas de desejo lambiam minha pele, e minhas coxas se contraíam.

— Goze, Mol. Goze, *agora* — Romeo ordenou com os dedos ficando brancos pela força com que segurava na cabeceira, causando rachaduras na pintura da parede.

Fechei os olhos enquanto meu corpo sussurrava em êxtase, e, com um grito, eu gozei.

Os gemidos altos de Rome aumentaram, e contraí os músculos em volta dele, abrindo os olhos para ver sua boca se abrir, os olhos se apertarem e ele soltar um grito exagerado e prolongado. O calor de Romeo se espalhou dentro de mim, e seu torso cedeu sobre meu peito, quase me machucando.

Nossa respiração era rápida, e me agarrei com força a seus ombros. Quando ele finalmente levantou, a serenidade silenciosa em seu rosto me deixou sem fôlego. Passei a mão sobre sua testa suada e sorri.

— Ei, Mol.

— Ei, você.

Ele me recompensou com um sorriso, um sorriso completo – fiquei impressionada com sua beleza. Fiquei imaginando como alguém tão atraente podia existir... e me desejar.

Deitando a cabeça em meu pescoço, ele começou a mordiscar a pele suada.

— Você é tudo que eu pensei que nunca teria. Fazer amor com você foi... você sabe... além... — Ele enterrou a cabeça, sem conseguir terminar a frase.

Arqueei o pescoço, dando acesso total a ele, e acariciei seus cabelos.

— Romeo... foi... lindo.

Ele arrastou os lábios úmidos em meu pescoço, chegando até minha boca, mordiscando de leve meus lábios e chupando a ponta da minha língua enquanto saía cuidadosamente de dentro de mim. Eu me contorci e prendi a respiração.

Rome levantou a cabeça para observar meu rosto.

— Está com dor?

Fechei as pernas e hesitei.

— Sim. Eu falei que não tinha muita experiência com isso. Era praticamente virgem. Você com certeza deixou sua marca!

Sorrindo, ele deitou a cabeça em minha barriga, surpreendendo--me com sua afeição, e passou os dedos devagar sobre a junção de minhas coxas.

— Sinto muito por ter te machucado, linda, mas não vou mentir. Gosto do fato de você ter se sentido fodida por completo.

Revirei os olhos.

— Fico feliz por você estar satisfeito consigo mesmo.

Ele levantou a cabeça, estreitando os olhos com um sarcasmo óbvio.

— Ah, você não faz ideia, Shakespeare. Só espere até ver o que mais tenho guardado para você.

Estremeci ao ouvir aquelas palavras, e o brilho visível em sua expressão me mostrou que ele estava satisfeito com minha avidez recíproca.

Acomodando-se ao meu lado, ele me puxou para um abraço e ficou brincando com meus cabelos.

— Me conte alguma coisa que você nunca contou para ninguém.

Fiquei tensa, e ele entrelaçou a mão livre na minha, implorando que eu falasse.

— Tipo o quê?

Ele deu de ombros.

— Qualquer coisa. Apenas algo que mais ninguém saiba. Algum grande segredo ou medo que você tenha.

Olhei dentro de seus olhos esperançosos e decidi arriscar fazer o que ele pedia. Eu compartilharia aquilo que mais me magoava.

— Eu me sinto muito sozinha às vezes e chego a achar que isso pode me matar.

A desolação tomou conta de suas feições, e ele rolou para cima de mim, pressionando insistentemente os lábios nos meus, em meu rosto, em minha testa.

— Molly, linda, você está partindo meu coração.

Sequei uma lágrima desgarrada.

— É verdade. E nunca havia contado isso a ninguém, até agora... até *você*. Para mim, tem sido a coisa mais difícil. É incrível como o som do silêncio pode gritar alto e de maneira incessante, lembrando que você está completamente sozinha no mundo.

Romeo passou a língua sobre o lábio inferior, demonstrando ansiedade, e seus olhos começaram a ficar molhados.

— Posso te contar uma coisa?

Assenti com timidez. Ele passou o dedo em meu rosto, mas quase como se fazer isso lhe desse força em vez de me consolar.

— Eu também sou extremamente solitário.

Não consegui me conter. Lágrimas correram de meus olhos como uma torrente, e Rome encaixou o rosto em meu pescoço, respirando nossas dores misturadas. Ficamos agarrados como se fôssemos o salva-vidas um do outro.

Senti o gosto salgado pingando em meus lábios, e, depois de vários minutos de uma proximidade extremamente necessária, Romeo levantou a cabeça, e a tranquilidade se acomodou em seus olhos cobertos.

— Não precisamos mais nos sentir solitários, linda. Eu tenho você e você tem a mim.

— Isso é loucura, Romeo. Nós nos conhecemos há pouquíssimo tempo, e sinto como se te conhecesse a vida toda.

Ele abriu um sorriso afetado.

— Somos predestinados, Shakespeare. Amantes desditosos predestinados. Temos toda uma vida para nos conhecermos, diferente dos nossos quase xarás. Vou garantir que sejamos felizes para sempre.

Puxei-o para junto da minha boca e coloquei as mãos sobre suas bochechas coradas. Ele me deixou conduzir por um tempo antes de se afastar e balançar os dedos diante de meu rosto, brincando que eu não deveria extrapolar os limites de seu controle.

Rolando de repente, Romeo deitou de costas e colocou meu braço sobre sua barriga. Apoiei a cabeça confortavelmente sobre seu peito.

— Huum... — murmurei.

— O que foi, linda? — ele perguntou, acariciando meus cabelos.

— É incrível ouvir outro batimento cardíaco além do meu.

— *Mol...*

— Shhh... apenas... me deixei ouvir. Isso me faz sentir incrivelmente... completa.

Mãos seguras pressionaram minha cabeça junto ao peito dele, e relaxei ouvindo o hipnotizante ritmo de seu coração.

Depois de vários minutos de silêncio, Romeo perguntou:

— A citação em seu quadril... fale sobre ela. — Fiquei tensa, e Rome me abraçou com mais força. — Estou do seu lado, linda.

— Meu... — Pigarrei, ficando emotiva. — Meu pai citou esse verso em sua carta de suicídio. Ele costumava dizê-lo para mim todas as noites, na hora de dormir, e eu queria algo que remetesse a ele, para eu nunca mais esquecê-lo.

Ouvi Romeo soltar um suspiro baixo de empatia, e depois perguntou:

— Você se lembra de cor?

Confirmei com a cabeça, encostada em sua pele quente e descoberta.

— Sim. Está tatuado, mas eu ainda tenho a carta.

Ele se mexeu um pouco.

— Tem?

Ergui as sobrancelhas, contemplando o nervosismo dele. Dava para ver que ele não tinha ideia do que responder.

— Você gostaria de ler?

Ele pareceu surpreendentemente assustado.

— Por quê?

— Porque ninguém além de mim e da minha avó jamais a leu. Gostaria de compartilhar com você. Eu me pego querendo deixar você entrar cada vez mais a cada dia. Pode te ajudar a entender algumas coisas... sobre mim.

— Está bem — ele concordou com os olhos arregalados.

Levantei da cama devagar e fui até o armário. Peguei uma caixa de carvalho antiga que estava guardada na prateleira de cima e me virei para Rome, que admirava meu corpo nu sem nenhum constrangimento.

Sacudi a cabeça e ri.

— Você é incorrigível.

— Só para você saber, vou te possuir de novo hoje à noite. Estou viciado, Shakespeare.

Os tremores de sempre assolaram minhas entranhas, e voltei na direção dele. Ele me abraçou junto a seu corpo quente e abri a caixa, tirando o papel gasto e amarelado, protegido por plástico laminado. Entreguei com mãos trêmulas a Rome, que começou a ler com atenção.

O silêncio reinou, e decidi abrir um pouco de espaço. Vesti meu recém-adquirido robe de seda preto e fui para a varanda, respirando o ar revigorante e vendo as árvores balançarem de leve com a brisa da noite. Independentemente da frequência com que eu lesse a carta, ela me magoava todas as vezes, e eu não consegui deixar de recitar cada palavra em minha cabeça:

Minha pequena Maria-Molly, esta é a carta mais difícil que já tive de escrever.

Em primeiro lugar, quero que saiba que te amei mais do que qualquer pai jamais amou uma filha desde o início dos tempos. Você é a menina de meus olhos e a melhor coisa que já fiz na vida.

Sei que é demais para você compreender agora, mas isso vai acontecer com o tempo. Quero explicar por que te deixei e quero que saiba que você não fez nada errado.

Amei muitas pessoas na vida, mas o modo como amei sua mãe está além de qualquer coisa que eu consiga explicar. O dia de seu nascimento foi ao mesmo tempo o mais triste e o mais feliz de toda a minha vida. O mais feliz porque ganhei você, mas o mais triste porque perdi a outra metade de minha alma.

Fiquei destruído, Molly, e ninguém além de Deus poderia me consertar.

Um dia, minha doce menina, um jovem de sorte vai chegar e te ajudar a entender o significado do amor. Ele vai te conquistar e mostrar como é deixar seu coração aos cuidados de outra pessoa e oferecer a ela de bom grado sua alma – e ele será dono dela. Certifique-se de que ele será digno de receber seu coração e faça tudo o que estiver em seu alcance para proteger o que vocês terão juntos.

No futuro, quando você for mais velha e mais sábia, poderá olhar para trás, para a minha partida, e ter dúvidas, inseguranças, e me culpar por ter te abandonado com tão pouca idade – e para isso não posso oferecer nada que te traga paz. As pessoas poderão te dizer que fui egoísta por te deixar, mas acredito que seria mais egoísta te deixar viver com um pai pela metade.

Desde a morte de sua mãe, tenho vivido uma vida triste e solitária, sendo sua avó a única luz em minha escuridão. Quero que saiba que agora estou em paz e no lugar mais feliz que consigo imaginar – nos braços de sua mãe para toda a eternidade.

Viva sua vida com plenitude, minha querida menina. E um dia, quando Deus desejar, estarei esperando para te ver de novo nos portões do paraíso, para te ter mais uma vez pulando em meus braços abertos e te girar, dizendo como você é linda, e para te apresentar à sua mãe... que é igualzinha a você.

"És para meus pensamentos como alimento para a vida, ou como as chuvas brandas para o solo em época de seca." – William Shakespeare

Eu te amo.
Papai

Soube que Romeo tinha terminado a carta quando o senti em minhas costas, o calor de seu corpo atravessando a fina barreira da seda. Dando um beijo suave em minha nuca, ele me virou com cuidado em seus braços e me levantou em silêncio. Sua expressão era indecifrável, e envolvi seu pescoço com os braços, apegando-me à nossa nova e profunda intimidade.

Sem dizer nada, Rome me levou até minha escrivaninha no canto da varanda e me deitou sobre o tampo branco, abrindo a amarração de meu robe e deixando o tecido pender nas laterais. Ele começou a dar beijinhos em meus tornozelos, subiu até a coxa e depois os espalhou em volta de minha cintura. Debruçando-se sobre mim, Rome deslizou para a frente, dolorosamente devagar, e fez amor comigo. Movimentou-se dentro de mim com muito cuidado, pegando em minhas mãos, e chegamos ao orgasmo em uníssono, suspirando em silêncio na quietude da noite.

O toque leve do dedo de Rome correu por meu rosto com afeição.

— Obrigado por me mostrar a carta, minha linda. Obrigado por confiar seu passado a mim.

Beijei minhas três sardas favoritas em seu nariz e a pequena cicatriz branca em seu queixo.

— Me leve para a cama, Romeo.

Fazendo o que eu pedi, Rome me colocou sob as cobertas como se eu não pesasse mais do que uma pena, puxando-me para junto de seu peito, e dormi um sono feliz e satisfeito.

Eu estava completamente apaixonada.

16

Aceitei as últimas alterações no documento do Word com um clique empolgado no botão esquerdo do mouse. Havia finalmente terminado a última parte da pesquisa para o artigo da professora Ross e tive uma merecida sensação de realização com o feito. Agora eu poderia passar meu tempo livre com Romeo, e não acorrentada à mesa da biblioteca.

Recostei na cadeira da varanda, fazendo um intervalo necessário, respirando o ar morno de Tuscaloosa, quando ouvi o som da treliça sendo escalada.

Romeo saltou sobre a beirada da varanda com uma expressão taciturna, e meu coração doeu. Ele foi diretamente até mim e, segurando meu rosto entre as mãos, roubou um beijo longo e sensual. Quando se afastou, seus olhos estavam queimando e ele estava sem fôlego, mas simplesmente se sentou ao meu lado na outra cadeira.

— Ainda trabalhando duro, pelo que estou vendo. — Ele sorriu, mas estava tenso.

— É. A professora Ross ficou sabendo hoje de manhã que temos um prazo para apresentar o trabalho em Oxford – viajaremos em alguns meses. Agora é uma corrida contra o tempo para terminar, mas pelo menos já completei minha parte.

Romeo se inclinou para a frente na cadeira, franzindo os lábios.

— Você vai para a Inglaterra em alguns meses? Desde quando?

Girei a caneta entre os dedos, sem tirar os olhos dos dele.

— Desde sempre. Eu vou auxiliá-la na apresentação. Vai me ajudar muito na escolha de onde fazer o doutorado. Se o trabalho for bem recebido, vou poder escolher a faculdade que quiser. — Inclinei a cabeça e perguntei: — Por quê?

Romeo voltou a encostar, de mau humor.

— Não quero que você me deixe, vou sentir tanta saudade. Além disso, o jogo do campeonato é mais ou menos na mesma época. Preciso de você na arquibancada. Você tem que estar lá para eu jogar bem – é meu amuleto da sorte, lembra? Não quer que milhares de torcedores do Tide fiquem irritados com você.

Sacudi a cabeça, exasperada. Sentei em seu colo e ele me abraçou pela cintura, passando o nariz em meu rosto.

— Eu volto a tempo. Nunca perderia o jogo do campeonato, se o Tide se classificar – não posso ficar entre o povo do Alabama e seu futebol, não é?

Ele beliscou meu traseiro.

— Ah, nós vamos nos classificar, linda. Não há dúvida. E você *vai* estar sentada na arquibancada, torcendo por mim, gritando meu nome – antes, durante e depois do jogo.

Eu me aproximei e beijei seus lábios macios, rindo. Quando me afastei, a mesma expressão taciturna voltou a tomar conta de suas feições.

Acariciei seu rosto com barba por fazer.

— O que foi?

Respirando fundo, ele disse:

— Adivinha?

— Seus pais?

— Acertou.

— O que foi dessa vez? — perguntei, temendo a resposta.

— Eles querem te conhecer. Convidaram a gente para jantar amanhã à noite. Estão aperfeiçoando suas táticas.

Recuei, em choque.

— Sério? Achei que eles não iam querer me conhecer… nunca.

— Eu também.

Fiquei ofendida. Romeo pegou no meu braço.

— Ei. Eu não quis te magoar, mas eles não estão felizes com nosso relacionamento, Mol. Não fizeram questão de disfarçar.

Voltei a me aninhar em seu peito.

— Eu sei. Que saco.

— Vou falar que não vamos.

Eu me levantei.

— Não. Que se dane. Vamos, sim. Vamos mostrar a eles como somos bons juntos. Ver isso com os próprios olhos pode ajudá-los a entender.

Romeo ficou descrente.

— Eles não vão entender e *eu* não vou deixar que te ataquem. Já aguento isso há anos; não vou ficar vendo você receber o mesmo tratamento. Você viu meu pai em ação. Ele não tolera desobediência. Minha mãe é vingativa e cruel. Por que você quer conhecer esse tipo de gente pessoalmente?

— Quero me aproximar deles pelo seu bem. — A expressão de Romeo ficou mais suave, e ele beijou o dorso da minha mão. Tirei seus cabelos longos do rosto. — Algum dia você vai me contar sua verdadeira história com seus pais? Incluindo toda a parte ruim?

Romeo virou a cara como se eu o estivesse censurando.

— Não vamos falar sobre isso. Eu simplesmente sou uma grande decepção para eles. Os pequenos detalhes não importam.

— Você sabe tudo sobre mim: meu pai, minha vida. Deixe eu me aproximar — protestei.

Ele acariciou meu braço.

— Eu sei disso. Mas… não insista. Por favor. — Parei de insistir quando seus olhos ficaram nebulosos e me excluíram.

Romeo respirou fundo e contou:

— Eles estão piores ultimamente. Aconteceu alguma coisa, mas não tenho ideia do que possa ser. Eles sempre me pressionaram para ficar com a Shelly de todas as maneiras possíveis, mas agora parece que estão mais desesperados do que nunca para eu me casar com ela. Meu pai nunca foi tão insistente como tem sido nos últimos tempos. Algo certamente aconteceu; só não consigo descobrir o quê. Eles ficam me ligando quase vinte e quatro horas por dia. — Ele franziu a testa, mergulhado em pensamentos.

— Eu quero ir — eu disse.

Romeo soltou um resmungo dramático.

— Vai ser um inferno, você não percebe? Não posso te colocar nessa posição intencionalmente. Sei que não falo muito sobre o meu passado, mas eles não são boas pessoas, Mol. Eu sei disso. Afinal, eu vim deles.

— Nunca mais fale assim sobre você! Você não é cruel ou violento; é gentil e incrivelmente carinhoso, principalmente comigo. Telefone para eles e diga que aceitamos o convite.

Ele levantou comigo em seus braços e me carregou até a cama, colocando-me bem no centro, e tirou a camisa cinza sem mangas.

— Tudo bem, nós vamos, mas você precisa ficar nua agora e me convencer dos motivos que tenho para, conscientemente, deixar você entrar na cova dos leões.

— Eu tiro a roupa para você o tempo todo. Só está querendo uma desculpa.

Sua calça caiu, e suspirei alto ao olhar para seu delicioso corpo nu.

— Você não está nua, Shakespeare. Tire a roupa ou vai se arrepender — ele ameaçou.

Segui as instruções. Tirei o vestido e imediatamente senti a boca dele em meu seio.

— Nós vamos, mas cancele todos os outros compromissos de hoje. Vou precisar ser muito bem convencido de que isso tudo não é um grande desastre prestes a acontecer… *muito bem*.

* * *

Algumas horas mais tarde, depois de Romeo ter ido para o treino, bati na porta da Ally.

— Quem é?

— Ally, sou eu. Posso entrar?

A porta abriu, revelando o lindo rosto de Ally. Em cima da cama estavam Cass e Lexi. Acenei para elas ao entrar.

— Ei, o que é isso? Por que não fui convidada? — perguntei, brincando, mas ao mesmo tempo falando sério. Nosso quarteto era praticamente inseparável, e eu amava saber que agora tinha amigas tão legais. Amigas de verdade. Mas fiquei um pouco irritada por ter sido excluída daquela pequena reunião.

Cass se ajoelhou sobre a cama e "montou" no edredom, jogou a cabeça para trás e começou a balançar o quadril.

— Ah... Romeo... *aahh*... merda... eu vou... *eu vou*... *ROMEO!*

Lexi entrou atrás dela, dando um tapa em seu traseiro e se movimentando para a frente, imitando a posição de cachorrinho.

— Você gosta, assim, Mol? Diga que gosta! Caralho... assim! — ela gritou.

Coloquei as mãos sobre o rosto para esconder a humilhação, e todas tiveram um ataque de riso.

Cass foi a primeira a falar:

— Nós batemos na sua porta, amore, mas depois dos sons selvagens que escutamos vindo de dentro achamos melhor deixar quieto. Parecia estar rolando um sexo bem ardente!

Ally colocou o braço em volta do meu pescoço e deu um beijo no alto da minha cabeça.

— Ignore essas duas. Mas, só para você saber, as paredes desta casa são bem finas. Apesar de você ser minha amiga, Rome é meu primo, e não quero ouvi-lo fazendo essas coisas!

Lexi caiu na gargalhada, rolando na cama com a mão na barriga.

Pensei em sair correndo. Quando virei na direção da porta, Cass desceu da cama, jogou-me sobre o ombro e me colocou entre o mar de almofadas, balançando a cabeça.

— Estamos brincando com você, Molls. Todo mundo aqui está transando... Só que parece que você está transando mais do que todas. — Ela piscou e colocou os dedos na boca em um gesto... fálico.

— Por favor, podemos mudar de assunto? — sussurrei, e depois mordi o lábio até sentir gosto de sangue.

— Deixem ela em paz, meninas. — Ally se sentou na beirada da cama. Cass e Lexi se esticaram ao meu lado.

— O que foi, ninfomaníaca? — Cass perguntou, batendo a língua nos dentes de maneira sugestiva. Não consegui conter um sorriso.

Dei um tapa no braço dela e me virei para Ally.

— Os pais do Rome convidaram a gente para jantar amanhã. Eles querem me conhecer... oficialmente.

Ally coçou a testa, completamente desolada.

— Merda!

Não era a reação que eu gostaria de ver.

— Romeo não queria que eu fosse, mas achei que seria bom ir. Não acha? Você sabe... Para tentar melhorar a relação entre nós.

— Não vai adiantar — Ally enfatizou. — Mol, eles não são boas pessoas. Você não viu nada do que eles são capazes de fazer. Faça um favor a si mesma e fique longe deles. Não vá. Seja feliz com Rome sem a interferência dos dois.

— Jimmy-Don me contou que eles são pessoas muito difíceis. Você e Rome estão bem. Não estrague isso — Cass disse com seriedade, pegando minha mão.

— Algum dia vou ter que conhecê-los. Por que não agora?

Ally se levantou num pulo e começou a andar de um lado para o outro.

— Porque você os deixa entrar e eles dão um jeito de te expulsar! — Ela se aproximou e se apertou ao meu lado. — Isso não sai deste quarto, certo? — Ela olhou fixamente para Cass e Lexi, que concordaram.

Ally levou as mãos às laterais da cabeça e assumiu uma expressão de profunda angústia.

— Nunca quis que você ouvisse tal coisa da minha boca. Não acho que cabe a mim dizer isso, mas sinto que vai te ajudar a decidir a melhor coisa para vocês dois no que diz respeito ao encontro com os renomados magnatas Prince! — Engoli em seco, apreensiva. Ally continuou: — Nunca achei que pais pudessem odiar os filhos, sabe? Os pais deveriam adorar os filhos, mas *eles* não. Eles o odeiam com todas as forças. Ele nunca faz a coisa certa aos olhos deles. Quando Rome era criança, qualquer errinho bobo que cometesse, como sujar as roupas ou desagradá-los por alguma coisa qualquer, o pai dele ficava completamente louco, batia nele com o cinto e o colocava de castigo no quarto. Eles batiam nele. Muito. Ele ficava de castigo por várias semanas, sozinho por várias semanas – uma criança pequena isolada e ciente do quanto não era amada, até que ele simplesmente pareceu ficar entorpecido, voltado para dentro de si mesmo. Meu pai nunca se perdoou pelo que Rome teve que passar, e nenhum de nós sabia a real dimensão das coisas... Meus pais e eu mudamos para Birmingham quando eu era bem pequena, então eu só encontrava com ele de vez em quando, mas a cada visita ele parecia pior. De todo modo, aquele tratamento durou até ele entrar na faculdade, mas as garras deles ainda estão firmes. Ele não consegue se libertar. A vida dele tem sido dura, e, se ele não se casar com a maldita Shelly Blair, bem… — Ela não terminou a frase, tinha os olhos marejados.

Recompondo-se, ela segurou minha mão:

— Você, Molly Shakespeare, é uma grande pedra no caminho deles. Esse jantar, posso garantir, não é para te conhecer melhor. Se eu estiver certa, é uma chance de tirar você da vida dele… para sempre. Eles são pessoas muito, muito ruins. Não vá. Prometa para mim. Não faça Rome passar por isso. Ele precisa de você mais do que acho que você imagina.

Tive um mau pressentimento. Lembranças do soco que o pai acertara no rosto de Rome dançavam em minha mente, e as palavras de alerta de Ally rodavam em minha cabeça. *Eles não são boas pessoas*.

Mas coloquei tudo de lado. Se os pais de Rome pudessem compreender que queríamos ficar juntos, a vida dele seria bem mais fácil. Eu tinha que tentar. Por ele.

Eu ia enfrentar a situação.

— Eles não vão me assustar.

Cass deu um tapa nas minhas costas, mostrando seu apoio.

— É isso aí, garota! Mostre quem você é para os malditos ricaços de merda!

Ally me olhou com seriedade, ignorando Cass.

— Espero mesmo que eles não te assustem, porque te perder mataria Rome.

— Ele não vai me perder, ele significa muito para mim.

Ally disse com os lábios trêmulos:

— Molly, por favor… não vá. Estou realmente suplicando agora.

— Não! Eu tenho que ir, tenho que tentar… por ele. Para que eles possam finalmente deixar para lá essa história de merda com a Shelly e permitir que a gente fique junto. É como se houvesse constantemente uma nuvem negra sobre nossa cabeça, esperando que eles ataquem. Sei que Romeo não para de pensar nisso... e isso precisa acabar! — gritei.

Ela assentiu passivamente. Então abriu o armário e começou a vasculhar uma montanha de roupas de marca.

— Bem, se você insiste em ir nessa porra de jantar, é melhor pelo menos se vestir para a ocasião. Queremos dar a eles o mínimo de munição possível contra você.

17

Romeo ainda não tinha falado nada. Ele ficou assustadoramente quieto durante todo o caminho até a casa dos pais. Eu me mexi no assento, pendurando a perna sobre a dele e apoiando a cabeça em seu ombro, olhando fixamente para seu rosto melancólico. Ele abriu um sorriso perturbado e deu um beijo em meus cabelos, agarrando com força minha coxa descoberta.

Ally e as meninas tinham me ajudado a me arrumar. Eu estava usando um vestido Valentino justo de mangas três-quartos, com comprimento acima dos joelhos, e escarpim preto de salto alto e fino. Meus cachos escuros estavam soltos, presos apenas nas laterais com fivelas enfeitadas. Nas orelhas, pequenos brincos de diamante. Romeo vestia calça preta e camisa social branca. Eu nunca o tinha visto com roupas tão formais, e ele parecia tão desconfortável quanto eu me sentia.

— Quero que você me escute, está bem? — ele anunciou de maneira enfática.

Concordei e concentrei nele toda a minha atenção.

— Eles vão criticar tudo o que puderem hoje à noite, com crueldade. Não importa o que disserem, não se deixe afetar. Eu vou te proteger. Se quiser sair a qualquer momento, por qualquer motivo, nós vamos... sem explicações. Mas me prometa que não vai deixar eles te magoarem. — A voz dele carregava uma nota de desespero, e seus olhos estavam encobertos por uma emoção desconhecida e indescritível.

— Prometo.

— Então por que estou com a sensação de que estou prestes a te perder?

Não consegui aguentar a aflição no rosto dele.

— Pare o carro.

Romeo não hesitou, e as rodas derraparam sobre o cascalho quando ele parou de repente no acostamento. Montei em seu colo, passando os dedos por seus fios de cabelo loiro.

— Você *não* vai me perder.

Ele não parecia convencido.

— Não posso, Mol. Você significa muito para mim. Tem noção do que sinto por você? Do quanto preciso de você? Porque eu preciso. Sei que não falo muito de meus sentimentos, mas... mas... eu... eu...

— Shhhh... Você não precisa fazer isso. — O amor me atingiu como um meteorito caindo na superfície da Terra, e tive que morder o lábio para não desabar em seus braços. Ele abaixou os olhos, e uma tristeza sufocante tomou conta da cabine da picape.

— Romeo, você me deu um motivo para ser feliz. Não estive bem por muito tempo. *Você* me trouxe de volta à vida. *Você* sabia disso?

— Eles não são boas pessoas, linda. Sei que você não acredita em mim, mas não tem como esse jantar ser outra coisa além de uma maneira de eles afirmarem seu poder sobre mim. É sempre assim. — Ele apoiou a cabeça em meu peito. — Eles nunca vão me deixar em paz, nunca vão me deixar simplesmente ser feliz com você. Vão fazer alguma coisa; eles sempre fazem alguma coisa para estragar minha vida. — Ele sacudiu o corpo e tentou me tirar de cima de seu joelho. — Vamos voltar para casa. Não vamos mais nesse jantar de merda.

Coloquei as mãos sobre seus ombros e os empurrei para baixo com toda a minha força.

— Sim, nós vamos.

Romeo travou os braços em volta de minha cintura, e ficamos parados, juntos, acalmando nossos nervos agitados. Depois de um tempo, ele levantou a cabeça esgotada. Sua fachada dura e arrogante quase conseguia esconder o garotinho perdido que fervilhava sob a superfície.

Quase.

Inclinei-me para a frente, dando um beijo doce nele, e me deleitei com o perfume que era só dele. Com um último abraço, voltei para o meu lugar, e, suspirando, Romeo deu a partida no carro. Voltamos para a estrada calma do interior e dei uma risada sem graça.

— O que foi? — ele perguntou.

— Sou a ingênua Julieta Capuleto, arriscando tudo para jantar com os Montéquio. — Ele revirou os olhos e disse:

— Julieta não foi insensata o bastante para correr esse risco. Eles simplesmente fugiram juntos e se casaram – um bom plano. Mas *minha* versão da Julieta resolveu que conhecer seus inimigos mortais vai ajudar nossa causa. Logo veremos se é verdade, mas quero deixar registrado que acho que é uma ideia bem idiota.

Eu odiava vê-lo tão apreensivo.

Ele pigarreou.

— Mas uma coisa certamente é igual.

— O quê? — perguntei.

— Que eu sinto por você o que Romeu Montéquio sentia por Julieta. — Ele entrelaçou os dedos nos meus. — Eu também abriria mão de tudo por você.

Encostei a cabeça em seu ombro, vendo pelo para-brisa o sol cansado baixando no céu. Respirei fundo e sorri comigo mesma. Nada que seus pais pudessem dizer ou fazer me afastaria dele.

Nada.

* * *

Romeo e eu subimos a escadaria íngreme da enorme casa de fazenda, cheia de colunas brancas, ainda de mãos dadas. As minhas estavam tremendo, mas Rome não disse nada. Apenas continuou segurando firme.

Chegamos à porta e ele virou para mim:

— Em primeiro lugar, você está linda.

— Obrigada.

— Em segundo, lembre-se do que eu disse. Não deixe eles te magoarem. Custe o que custar.

Prometi que não deixaria, e, justamente quando íamos bater, a porta se abriu, revelando a ultraglamourosa mãe de Rome, com seus cinquenta e poucos anos, os cabelos loiros com corte chanel, vestindo um terninho vermelho e colar de pérola. Ela tinha na mão um copo grande de uísque, e o cheiro forte de álcool quase me fez vomitar.

Seus lábios vermelhos proferiram um resmungo cruel quando ela olhou para Rome, ignorando completamente minha presença:

— Você está atrasado.

Romeo ficou tenso.

— Mãe. É sempre um prazer.

A sra. Prince fez cara feia.

— É uma pena eu não poder dizer o mesmo sobre você. — Ela se virou, visivelmente embriagada, e passou cambaleando por uma passagem em forma de arco à esquerda.

Romeo inspirou lentamente, meditando com os olhos fechados. Deu para notar que aquele tipo de tratamento não era nada novo. A reação dele já dizia tudo. Quando ele olhou para mim, sorri para tranquilizá-lo, mas tive que parar de ranger os dentes. Estava furiosa.

Seguimos pelo mesmo caminho que sua mãe e, depois que viramos e chegamos a uma majestosa sala decorada de preto e branco, encontramos o sr. Prince ao lado de uma grande lareira, esperando nossa chegada. Ele vestia um terno cinza de corte impecável. Senti-me imediatamente desconfortável em sua companhia.

A sra. Prince se juntou ao marido, e o pai de Rome endireitou o corpo, colocando as mãos no bolso quase em tom de brincadeira. Não houve cumprimentos nem abraços calorosos, apenas frieza suficiente para me fazer tremer da cabeça aos pés.

O sr. Prince levantou o queixo na direção de Romeo.

— Nós te convidamos para jantar e você nos deixou esperando sua resposta, moleque. Isso *não* é aceitável.

Romeo ficou agitado.

— Achei que teria treino, mas acabei não tendo. Avisei assim que pude.

O sr. Prince pareceu se sentir ofendido.

— Ah, sorte nossa – ele respondeu com sarcasmo. — Não sei por que você ainda perde seu tempo com essa bobagem de futebol. Ambos sabemos que você não vai para o *draft*.

Olhei fixamente para Rome, surpresa, mas a tensão em seu maxilar e a falta de resposta foram os únicos indícios de que as palavras de seu pai haviam tido algum tipo de impacto.

Antes que Romeo pudesse reagir, a sra. Prince balançou um sino e apontou para o luxuoso sofá cor de bronze.

— Por que vocês não se sentam? — ela disse, arrastando as palavras.

Rome e eu fomos para o sofá. Ele apertava minha mão com força, recusando-se a soltar.

Em minutos, uma empregada usando o tradicional uniforme preto e branco entrou na sala.

— Quatro taças de champanhe — ordenou a sra. Prince com aspereza. A empregada idosa abaixou a cabeça e saiu da sala.

O sr. e a sra. Prince sentaram-se de frente para nós, em um sofá idêntico.

— Então, *Molly*, não é? — a sra. Prince perguntou sem rodeios.

Confirmei.

— Sim.

Ela curvou o lábio superior no que pareceu uma expressão de desprezo.

— Ouvi dizer que foi transferida para a universidade?

— Sim, eu vim para terminar meu mestrado antecipadamente.

— E como conheceu o Rome?

Virei para Romeo e sorri. Ele me olhou de canto de olho e apertou minha mão.

— Nós nos conhecemos no primeiro dia de aula.

Romeo sorriu, aproximou-se de mim e me deu um beijo na cabeça.

— Foi o melhor dia da minha vida.

— Ah, mas não é uma... *gracinha*? — disse a sra. Prince, cobrindo cada palavra de falsidade.

Romeo e eu voltamos nossa atenção aos pais dele, cujas carrancas demonstravam não estarem nem um pouco impressionados com nossa pequena demonstração de afeto.

A empregada idosa retornou à sala, interrompendo aquele momento constrangedor, levando as bebidas e entregando uma taça a cada um. Rapidamente tomei um gole quando vi que nenhum brinde seria feito, e a sra. Prince terminou a bebida dela de uma só vez, completando o copo de uísque com a garrafa grande que estava sobre a mesa.

— Então, Molly, suponho que esteja ciente dos planos de Romeo depois da faculdade — a sra. Prince disse.

— Com o futebol? — perguntei, levemente confusa com o tom estranho de sua voz.

Os pais de Romeo riram muito, com condescendência.

— De jeito nenhum! Estamos falando do dever que ele tem de assumir os negócios da família — pronunciou friamente o sr. Prince.

— *Pai* — Romeo alertou.

— Ela precisa saber, Rome — ele respondeu com desdém. Dava para ver que ele estava querendo chegar a algum lugar. — Ela precisa saber que você não vai ter tempo de continuar com esse estilo de vida de jogador.

— *Pare com isso!* — Romeo exclamou, dessa vez com muito mais força. — Não vou discutir isso com vocês esta noite.

O rosto do sr. Prince foi tomado por um tom vivo de vermelho ao ouvir a repreensão de Romeo, e a tensão tornou-se sufocante quando pai e filho ficaram se encarando.

Pigarreei.

— Posso usar o banheiro? — Eu precisava de um pouco de espaço, precisava de um momento para me acalmar e me preparar para o restante da noite.

Romeo me olhou com preocupação, deixando de encarar o pai.

— Eu te mostro onde fica, linda.

Levantamos e saímos da sala sem olhar para trás, deixando os pais dele resmungando no sofá.

Quando entramos no extenso corredor, fiquei paralisada.

— Não acredito! — Romeo disse, cerrando a mão que estava livre.

Shelly estava entrando na casa usando um vestido preto justo e saltos altíssimos e ostentando um sorriso irônico no rosto.

Romeo ficou tenso.

— O que você está fazendo aqui?

Shelly deu um pequeno aceno e parou bem diante de nós.

— Romeo, querido. Sua mãe me convidou para te ver.

Meu estômago revirou, e a decepção tomou conta de mim. Eles haviam armado para nós.

Romeo e eu vimos Shelly caminhar alegremente até a sala, para os braços receptivos dos Prince, e depois os três se viraram para nós.

A mãe de Romeo estava orgulhosa ao lado de Shelly, com um sorriso cruel no rosto com excesso de botox, deixando de lado todos os gracejos falsos.

Romeo deu um passo à frente, contraindo os músculos volumosos sob a camisa.

— Como ousam fazer isso com a gente!

— Fazer o quê? Shelly é da família, e Molly precisa ser informada de algumas coisas que podem afetar seu pequeno... relacionamento — o sr. Prince disse com a voz calma.

Romeo recuou.

— Não comecem com essa merda de novo. E aproveitem para tratar a Molly com um pouco de respeito!

O sr. Prince se curvou em uma reverência exagerada em minha direção, tendo um sorriso sarcástico nos lábios.

— Vossa Majestade, como está a rainha? — Shelly e a mãe de Romeo riram, e meu couro cabeludo começou a formigar diante de tanta humilhação.

— Vocês nos convidaram para jantar, para conhecê-la. Por quê? — Mágoa acompanhava cada nota na voz de Romeo. — Foi tudo bobagem? O plano era pegar no pé dela no instante em que ela passasse por aquela maldita porta?

O sr. Prince resmungou:

— Por que diabos desejaríamos conhecer uma vadia interesseira? E ainda por cima recebê-la para jantar? Ela não deve nem saber usar os talheres direito, de tão pobre. Shel nos contou tudo sobre sua *namorada*.

Não recuei, tentando demonstrar que não havia sido afetada. Não sabia se estava funcionando.

O sr. Prince riu do meu silêncio.

— A noite de hoje foi uma intervenção. Tínhamos que fazer você trazer seu novo brinquedinho até nós. Um convite para jantar pareceu a melhor opção. Então, agora você está aqui e temos sua atenção. Você vai fazer o que mandarmos e acabar com essa palhaçada. *Imediatamente*. Mande sua putinha britânica embora... de preferência para o outro lado do Atlântico.

Romeo cambaleou.

— Vocês nos convidaram para vir aqui para acabar com nosso namoro? Nossa, isso é demais, até mesmo para vocês!

Sua mãe riu, e a bebida âmbar espirrou do copo cheio até a boca.

— A Molly precisa saber que seu plano não vai funcionar. — Ela olhou nos meus olhos. — Deixe-o em paz. Você não tem ideia de quem está enfrentando, não é? Shelly está noiva de Rome, e nenhuma pobretona vai atrapalhar isso. O casamento foi combinado há anos. — Os olhos frios dela eram mais do que assustadores. — Eu sempre consigo o que quero, queridinha. Você só precisa se lembrar disso.

— Eu não estou noivo dela e nunca vou estar! Que se dane a fortuna de vocês; não quero saber de nada disso!

Romeo apertou minha mão e me puxou na direção da porta. Vi a mãe dele se apressar em nossa direção, e, quando Romeo se virou para ver o que havia chamado a minha atenção, ela levantou a mão e acertou o rosto dele. O som do contato pele com pele me fez soltar um grito e cobrir a boca.

— Sua criança insolente! Como se atreve a falar assim conosco depois de tudo o que te demos? Você é a pior coisa que já aconteceu com esta família, seu merdinha ingrato! Você nunca faz nada certo, não é? Está sempre estragando tudo, e trazer *isso* para dentro da nossa casa foi a pior coisa que fez até agora — ela gritou, apontando o dedo bem perto do meu rosto.

— Retire o que disse — Romeo falou entre dentes, enquanto colocava o corpo largo na minha frente para me proteger.

A sra. Prince levou à boca a mão com unhas pintadas de vermelho e riu.

— Ou o quê, *Romeo*? Você vai bater na sua *mamãe*? Vai bater em uma mulher?

— Basta! — o pai de Romeo gritou, silenciando a sala. Ele se aproximou e colocou a mão na gola da camisa de Romeo, arrastando-o para mais perto. Romeo simplesmente deixou, adotando um olhar vazio.

— Se você falar assim com a sua mãe de novo eu acabo com você. Não vamos mais discutir isso. Pare de comer essa menina e assuma a responsabilidade pelo que está acontecendo. Seu único propósito na vida é fazer o que mandamos e cumprir seu dever como um Prince! Então faça isso! E deixe de ser um cretino cabeça-dura! — A voz dele era grave e assustadora, exigindo total obediência de Rome.

O sr. Prince empurrou Romeo de volta em minha direção, e tive que ficar firme para impedir que ele me derrubasse no chão. Rome endireitou o corpo e passou as mãos em meu rosto, verificando se eu estava bem. Eu não estava. Acho que ninguém estaria depois de ser atacado de forma tão abominável. Ele viu minha dor se refletir de volta nele e, com um resmungo, me abraçou.

Seu pior pesadelo havia se tornado verdade.

Rome encarou seus pais.

— Estou farto disso tudo. Eu escolho a Molly. Escolho não fazer mais parte desta vida fodida. *Minha nossa!* O que mais vocês podem fazer comigo?! Vocês são as piores pessoas que eu conheço. Sou seu único filho e vocês não me suportam. — Ele deu um passo à frente, implorando que seus pais o escutassem. — Algum dia já me amaram? Já sentiram *alguma coisa* por mim?

O sr. e a sra. Prince se entreolharam e caíram na risada. Suas gargalhadas ecoaram pela sala. Eu estava convencida de que havia acabado de testemunhar a personificação do mal.

Seu pai deu um passo à frente.

— Como alguém pode te amar? Como alguém pode amar uma pedra no sapato? Você não passa de uma enorme decepção. Mas *vai* cumprir seu dever com esta família, independentemente de qualquer coisa. Vamos encontrar um jeito de fazer você ouvir a voz da razão, escreva minhas palavras.

Shelly se movimentou na *chaise longue*, incapaz de esconder seu desconforto com toda aquela cena. Pelo menos ela não parecia ser tão vingativa quanto os pais dele. Era mais como uma peça desavisada no jogo deles.

Romeo pegou minha mão, e quase soltei um grito com a pressão de seus dedos ao redor dos meus.

— Vamos embora. A maior decepção da vida de vocês está indo embora para sempre.

Romeo me puxou. Arrisquei olhar para trás e vi a raiva estampada no rosto dos pais dele.

— Volte aqui, *moleque!* Isso ainda não acabou! — gritou o sr. Prince. Romeo não parou, e tive a sensação de que havíamos colocado mais lenha na fogueira.

Passamos pela porta e Romeo me puxou até a picape. Ele abriu a porta e praticamente me jogou lá dentro. Eu o vi entrar ao meu lado e pisar fundo até a estrada.

Gotas de água caíam sobre minhas mãos pálidas, cruzadas sobre minhas pernas, e quando levantei a mão, trêmula, vi que lágrimas misturadas com rímel preto vertiam livremente de meus olhos. Romeo irradiava tensão. Ele não olhou para mim nenhuma vez enquanto eu me afundava em desespero no banco de couro preto.

— Romeo... — sussurrei.

— Agora não. *Meu Deus!* Apenas... fique quieta... — ele gritou, com os olhos enrugados de dor.

Eu hesitei e me encolhi junto à janela, afastada de sua raiva.

Ele havia me avisado; Ally havia me avisado. Eu não dei ouvidos a eles, ignorei a verdade. Eu tinha visto o pai atacá-lo, mas nunca imaginei que Romeo havia vivido com *isso*. Suportado anos de crueldade e violência *daquele jeito*.

Meu ombro bateu forte contra a porta de metal do carro quando Romeo fez uma curva fechada para a direita, e notei que estávamos indo para o riacho. Eu só queria ir para casa. Queria esquecer aquela noite por completo e pensar no que fazer em seguida.

O riacho de águas calmas apareceu, quase prateado no crepúsculo, e fiquei surpresa quando ele não parou.

Continuamos na estrada por mais de um quilômetro, em meio aos campos de algodão, quando uma casinha de madeira escura surgiu à nossa frente. A picape parou de repente, e Romeo abriu a porta e foi direto para a casinha, acendendo uma luz fraca. Barulhos de coisas sendo quebradas e amassadas se seguiram.

Fiquei imóvel dentro do carro. Não queria entrar. Pela primeira vez, a explosão de Romeo estava me assustando. Eu não acreditava que ele seria capaz de me machucar, mas também não queria ficar perto dele naquele momento. Ele estava mais imprevisível do que eu jamais havia visto.

Deixei a cabeça cair sobre o vidro frio e fiquei olhando para milhões de estrelas no céu escuro – sempre me sentia pequena e insignificante diante da vastidão do universo. Mas não hoje. Independentemente de eu saber que nossos problemas eram pequenos no grande esquema das coisas, não conseguia deixar de repassar várias vezes na cabeça o que havia acabado de acontecer alguns minutos antes.

Meu Deus, nunca tinha visto nada parecido.

Os Prince odiavam Rome. Os pais dele realmente o detestavam e pareciam quase orgulhosos desse fato. Eles batiam nele, faziam ameaças e o destruíam com palavras.

Como ele conseguira suportar isso a vida toda?

Posso ter passado por tempos difíceis ao perder minha família, mas conhecia o amor. O amor *incondicional*. Nunca fui maltratada. A vida de Romeo deve ter sido um verdadeiro inferno.

A culpa foi tomando conta do meu corpo quando parei para pensar em como ele tinha passado inúmeras semanas me ajudando, dizendo que eu era corajosa e forte e me estimulando a sair da minha concha. Quando, na verdade, a força *dele* é que era inspiradora. *Ele* precisava de apoio.

Conforme o tempo passava, a noite foi ficando assustadoramente silenciosa. Eu sabia que precisava estar ao lado dele, consolá-lo, mostrar que eu não havia desistido e dizer a ele, afinal, o quanto eu o amava.

18

A porta fraca da casinha se abriu, e no cômodo minúsculo viam-se o piso de madeira com faixas desiguais e manchadas, um velho e surrado sofá marrom e uma mesa empoeirada de dois lugares como os únicos itens. Romeo estava do outro lado do cômodo pequeno e empoeirado. Sua cabeça estava encostada na parede e a camisa, para fora da calça, com as mangas dobradas até os cotovelos. A gola ainda estava desajeitada onde seu pai a havia puxado.

Eu sabia que ele tinha ouvido minha aproximação porque contraiu os músculos das costas. Fechei a porta, e, ao me virar, Romeo estava de frente para mim, a animosidade distorcendo seu belo rosto.

— Você não devia ter feito a gente vir aqui! — ele gritou, e fiquei sobressaltada com o volume e a intensidade de suas palavras. — Eu avisei! Falei que eles não estavam contentes com a gente, mas você não quis me ouvir. Você disse que tudo ia dar certo, que eles iam nos ver juntos e perceber que fomos feitos um para o outro. Mas *não*! Você concordou com sua própria execução, porra! Meu Deus, Mol! O jeito como eles te trataram...

Deixei que ele colocasse tudo para fora. Não disse nada, mas mantive a cabeça erguida e deixei que falasse.

Marchando na minha direção, ele parou a poucos metros.

— Eu disse que eles me odiavam, que eles também odiariam você. Nós nos colocamos numa fria, e agora eu te perdi. Você vai me deixar, não vai?

— Rome...

— Eu poderia ter impedido... *deveria* ter impedido! Eu sabia do que eles eram capazes e ainda assim confiei que você saberia lidar com eles. Mas vi sua cara lá dentro, Mol... você me olhando, porra!

Levantei a mão, interrompendo.

— Não me importa o que eles disseram para mim, mas me importo com o que eles estão fazendo com *você*. Por que eles te odeiam tanto, Romeo? Tem que haver um motivo! Foi muito forte. Que pai detesta um filho sem motivo? — Cruzei os braços sobre a cintura, sentindo frio e pesar. — Sua mãe, o modo com que ela te agrediu, como ela pode tratar assim seu único filho?

Romeo passou os dedos rígidos pelos cabelos despenteados. Vi que ele estava com dificuldade para me dizer algo.

Por fim, ele avançou, segurando meus ombros com desespero.

— Porque não sou filho dela! — ele gritou tanto que fiquei com um zunido nos ouvidos.

— O-oi?

— Porque. Não. Sou. Filho. Dela. Você queria tanto saber por que eles me odeiam. Bom, é por isso.

— Não... — sussurrei.

Ele me soltou e passou as mãos no rosto, andando de um lado para o outro sobre o tapete amarelo desgastado.

— Minha mãe era estéril. A vaca era estéril, caralho. A única coisa que precisava fazer como a esposa perfeita era procriar, e ela não podia, não podia dar um herdeiro ao grande magnata da Petrolífera Prince do Alabama.

— Meu Deus... Rome...

— Eles não podiam adotar, porque isso seria uma vergonha, não é? Não podiam arrumar um substituto e correr o risco de Tuscaloosa toda saber que *ela* não podia ter filhos. Pois é, mas o destino decidiu intervir bem a tempo.

Meu coração doía a cada batida, ouvindo Romeo confessar. Não consegui falar nada. Eu me sentia inútil para fazer qualquer coisa além de observá-lo despejar anos de um peso sufocante no peito.

— Uma das muitas prostitutas que meu pai pagava apareceu grávida na casa deles, um filho que ela certamente não queria, mas que estava disposta a entregar ao pai biológico... por um bom dinheiro. — Senti uma pontada no peito. Ele continuou: — Pois é, Mol. Era eu. Meu pai fez um exame de paternidade, e eu era filho dele, o maldito herdeiro de sua fortuna. A prostituta tinha uma condição, no entanto. Eles tinham que manter o nome que ela havia me dado. Ela queria controle, jogar um jogo doentio com seu cliente mais frequente, provavelmente irada por saber que nunca seria nada além de uma puta para ele. Meu nome foi um lembrete, para a vida toda, de onde eu vim. E minha mãe o odiou, e *me odiou* assim que me viu.

— Romeo — falei.

— Romeo. — Ele passou os dedos pelo queixo com a barba escura e rala. — Então é isso. Sou o filho bastardo da puta do meu pai, mas eles precisavam me criar, não é? O ponto principal era que meu pai queria manter seus bens na família. Esperava-se que ele tivesse filhos, um herdeiro. Minha chegada garantia que isso ainda poderia acontecer. Eles pagaram para a puta me parir em segredo. Então, meus pais desapareceram por um ano, sabe, em algum cruzeiro de merda, e voltaram com um bebê – e, claro, todos acreditaram nas mentiras do grande bilionário.

Parecendo bem mais calmo, Romeo se encostou no sofá, abaixando a cabeça.

— Minha mãe me odeia. Sou um lembrete vivo de que meu pai a traía. Mas não é só por isso que eles são assim. Eles queriam um filho doce e obediente que, quando recebesse ordens, as cumprisse sem hesitar. Mas o filho deles foi uma decepção, certo? Eu acabei sendo bom demais nos esportes e tinha minhas próprias opiniões e meus próprios sonhos – *inaceitável para um Prince*! Como eu ousava? Como ousava ter minhas vontades se eles tinham me aceitado de modo tão *altruísta*? Eles me aceitaram e me lembraram todos os minutos de todos os dias que eu era fruto de uma transa paga. E me surraram até eu não conseguir mais segurar uma bola de futebol, muito menos lançá-la. Machucado, um atleta não consegue jogar, certo? Por isso meu papai fez disso algo frequente, uma tradição semanal.

— Ni-ninguém te ajudou? Ninguém descobriu? — perguntei, sentindo um nó na garganta.

Ele riu de modo assustador.

— Quem vai enfrentar um bilionário poderoso e perguntar por que o filho dele se retrai quando alguém encosta nele?

Funguei e tentei acalmar meus pulmões, que ardiam. A pose de forte fingida por Romeo estava se desfazendo diante de meus olhos.

— Então, para deixar as coisas ainda piores, o lixo do filho deles foi chamado para a NFL, duas vezes, e foi forçado a dizer não, a sacrificar seus sonhos para que as pessoas não descobrissem que ele não é o orgulho e a alegria biológicos de Kathryn Prince. Os segredos precisam ficar guardados a sete chaves!

Romeo permaneceu à minha frente, com os braços abertos e a humilhação clara em seu modo de agir.

— Então é isso, Mol. É por isso que meus pais me odeiam e por isso que o fato de eu estar com você só aumentou a decepção gigantesca que eles sentem em relação ao maldito filho querido deles.

Dei um passo à frente com cuidado, ajeitando a gola de sua camisa com as mãos trêmulas.

— É por isso que todo mundo te chama de Rome, e não de Romeo... é por isso que você detesta tanto seu nome. Faz com que se lembre de seu passado.

Ele observou todas as minhas atitudes com olhos tímidos.

— Sim, minha mãe biológica disse que, se eles não mantivessem Romeo, ela procuraria a imprensa, exporia a história, e eles não tolerariam, por isso concordaram... *com relutância*. Fizeram com que ela assinasse um contrato para calar a boca. — Ele riu sem achar graça. — Que porra de nome é *Romeo* para o filho valioso da família mais rica do Alabama? Meus pais sempre me chamam de Rome em público, mas em casa eu sempre fui Romeo. Eles usavam isso como um insulto e como uma maldição. *Romeo*, o filho da prostituta, *Romeo*, o presente ruim que não pode ser devolvido – e nunca, *nunca* me deixaram esquecer.

Dei muitos beijos carinhosos em seu pescoço.

— Para onde sua mãe biológica foi?

— Provavelmente voltou para o buraco de onde tinha saído.

— Romeo, eu...

Observei seu rosto enrugar quando ele me afastou de seus braços.

— Você vai me deixar, não vai? Eu sabia que perderia você. Sabia. Quem vai tolerar as palhaçadas dos meus pais? Eu não valho tudo o que eles vão fazer você passar se ficarmos juntos, não é? — O pesar tomava o seu rosto, e ele se sentou no sofá marrom velho que estava diante de uma lareira suja e apagada. Lágrimas quentes desciam por seu rosto, e os ombros largos tremiam com a força dos soluços. Eu nunca o tinha visto chorar.

Isso quase me matou.

Eu me sentei com ele no sofá e o abracei enquanto ele chorava com a cabeça em meu colo. Chorei com ele. Chorei pelo garotinho que não conheceu o amor. Chorei pelo garotinho que tinha perdido sua infância, e chorei pelo homem que tinha tanto a oferecer ao mundo, mas que tinha sido impedido por amarras implacáveis de seus pais agressivos e manipuladores.

Quando ele se acalmou e passou a chorar em silêncio, segurei seu rosto e o forcei a olhar para mim.

— Romeo...

— Eu te amo... eu te amo — ele sussurrou sem parar, os olhos arregalados e assustados, passando as pontas dos polegares pelas maçãs úmidas de meu rosto.

— O-o quê? — Senti o coração na garganta.

Romeo se ajeitou e ficou de joelhos, puxando-me para perto enquanto ele se deitava e eu me deitava em cima dele.

— Eu te amo. Eu te amo mais do que tudo que pensava ser possível amar.

Eu fui para a frente, sentindo meu peito no dele, nossos corações batendo num ritmo enlouquecido, e confessei:

— Também te amo, lindo. Amo muito, muito.

Seus olhos desesperados se arregalaram.

— Linda, você me ama? Mesmo depois...

— Não vou embora. Vim aqui para dizer isso. Eu estava na picape, ouvindo suas reações por estar magoado, e sabia que tinha que estar com você independentemente do que viesse, dizer que nunca vou te deixar.

— Mas meus pais…

— Sim, seus pais hoje são outra história, mas eles não vão conseguir me afastar de você, não vão me impedir de *amar* você. Nosso amor está predestinado, Romeo. Pais interferindo fazem parte do pacote. — Dei uma piscadinha de modo brincalhão.

Ele esboçou um sorriso com os lábios feridos, e o gesto transformou seu rosto preocupado.

— Eu me sinto totalmente exposto agora… Parece que alguém rasgou meu peito e você está vendo um coração fraco sustentado por cicatrizes.

Abri sua camisa, botão por botão, e fui beijando o caminho até seu coração. Ele gemeu, e pressionei meus lábios contra a pele quente e bronzeada.

— Ninguém sabe como eles são dentro de casa. Nunca contei a ninguém. Você foi como uma pedra nas janelas da fortaleza deles hoje. Vi o pânico nos olhos de meu pai. Você poderia destruir tudo pelo que eles se esforçaram tanto.

Tracei com o dedo o contorno de sua tatuagem sobre as costelas.

— Por pior que tenha sido, fico feliz por ter estado presente, e agora sei como lidar com isso. Não podemos apagar os segredos e as lembranças ruins de nosso passado, mas podemos construir o próximo capítulo de nossa vida *juntos*.

Lágrimas silenciosas correram pelo rosto dele.

— *Mol…*

— Shhh… — Dei beijos em seu peito, passando pelas partes mais tensas e adentrando os vales profundos. Desabotoei a camisa totalmente e abri o primeiro botão de sua calça. Olhei rapidamente para Romeo e seus olhos eram intensos, brilhantes, enquanto observava meu gesto sedutor, as íris escuras e indomadas.

O zíper desceu com facilidade, assim como sua cueca, e eu acariciei a extensão de suas coxas. Precisava dele mais do que precisava respirar.

Fiquei com água na boca ao vê-lo diante de mim. Eu me inclinei para a frente, passando a língua delicadamente por seu pênis, e Romeo jogou a cabeça para trás, gemendo.

Foi o incentivo de que eu precisava.

Eu o tomei em minha boca e ele mexeu o quadril, com as mãos em minha nuca enquanto movimentava a pelve para a frente e para trás. Eu me senti poderosa, no controle, e adorei ver que o fazia perder o controle.

— Porra, Mol. Que boca! — sussurrou ele, e murmurei satisfeita, com as vibrações influenciando o ritmo de seus movimentos. Passei os dedos pelos passadores de sua calça jeans e a desci pelas pernas musculosas, deixando-a no chão, e voltei a me inclinar para continuar dando beijos molhados em suas coxas e panturrilhas musculosas. Mais uma vez, tomei seu pênis em minha boca, passando os dentes na pele, da base à cabeça. Ele gemeu e ficou parado, segurando meus cabelos.

Romeo Prince estava perdendo a linha.

— Fique de pé — disse ele, com esforço.

Eu me levantei no mesmo instante e o observei tirar a camisa e parar na minha frente, nu, excitado, emanando força pura. Segurando meus ombros, Romeo me virou com um movimento rápido, desceu o zíper de meu vestido até o fim das costas, e a peça se soltou e caiu no chão.

Com uma das mãos, ele abriu meu sutiã, enquanto a outra desfazia os laços na lateral de minha calcinha preta. Todo o material sedoso que cobria minha intimidade foi para o chão, juntamente com toda a dor e o sofrimento da noite.

Com um gemido gutural, Romeo me recostou no sofá, com a mão quente pressionando meu peito enquanto se movia entre minhas pernas.

— Não mandei você me chupar, Shakespeare. Você sabe que precisa pedir permissão primeiro. — Ele estreitou os olhos, e eu soube do que ele precisava. Ele precisava retomar o controle depois de seus pais terem acabado com seu orgulho de modo tão brutal.

— Agora é a minha vez — disse ele, e aproximou os lábios famintos de meu sexo, movimentando a língua em círculos sem fim, me chupando. O prazer instantâneo fez com que eu me remexesse descontroladamente no sofá. — Agarre meus cabelos. — Fiz o que ele disse enquanto sentia ondas de êxtase tomando minha pele. — Puxe! Com vontade!

Puxei com força e recebi um gemido de satisfação. Não demorou muito a me fazer gozar, e puxei seus cabelos enquanto perdia o controle contra sua boca.

Mãos quentes subiram por meu corpo ardente até a cintura, e Romeo usou sua força para me virar de barriga para baixo. Virou-me de modo que meu peito ficasse em contato com o encosto do sofá, com o corpo grande de Romeo atrás de mim. Ele puxou meus cabelos e virou meu rosto para que meus lábios encontrassem os dele, que estavam à minha espera, e me beijou forte, para que eu sentisse meu próprio gosto em sua língua.

A coxa de Romeo se movimentou entre minhas pernas, abrindo--as, e com um movimento firme ele me tomou. Eu me deitei sobre o material macio, meu corpo imobilizado enquanto ele se movimentava dentro de mim, e a cada penetração eu gemia alto. Romeo orquestrou nosso sexo desesperado exatamente como achou adequado: com força, intensidade, mas tomado de puro amor.

— Diga que você me ama — ele pediu.

Meus olhos reviravam enquanto eu mordia meu lábio.

— Eu te amo. Eu te amo demais.

Ele gemeu alto e me penetrou com ainda mais força. Eu não aguentaria muito.

— Diga que nunca vai me deixar.

Eu não conseguia falar em meio à febre de meu desejo, e minhas mãos agarravam a manta velha e cor de creme que agora estava ao meu lado.

Ele parou, e tentei me movimentar para sentir o prazer viciante mais uma vez. Romeo me controlou com firmeza.

Senti o hálito de hortelã vindo por trás enquanto Romeo pressionava o encosto do sofá, com o peito apoiado em minhas costas.

— Faça o que estou mandando, ou não darei o que você quer, o que eu sei que você precisa de mim.

— Romeo! Pare! — protestei, desesperada.

Sua risada fez minha pele se arrepiar.

— Vamos! Entendeu? — ele disse entre dentes, puxando meus cabelos.

— Ai! — gritei, totalmente frustrada, meu corpo protestando contra a interrupção. Eu olhei para trás e ele estava com a mandíbula tensa devido ao meu mau comportamento.

Ele não daria trégua.

Encostei a testa na almofada, vencida.

— Sim, entendi!

Sem que eu esperasse, ele me penetrou e murmurou:

— Você entendeu, sim, amor. Você é a única pessoa que entende. É a única pessoa que sabe. — Ele não parou, seu ritmo mais rápido e mais brusco do que antes, a proximidade de sua pele causando fricção ao longo de minhas costas.

— Diga que nunca vai me deixar.

— Nunca vou te deixar!

Emitindo um gemido gutural, ele segurou meus seios e tocou meus mamilos rígidos com os dedos.

— Você nunca vai fugir.

— Nunca vou fugir!

— Prometa.

— Prometo! — gritei quando sua mão desceu entre minhas pernas, massageando meu sexo.

— Romeo... eu... ah! — O orgasmo tomou conta de meu corpo como um raio, intenso, fazendo com que eu me sentisse leve e sem forças.

Romeo sugava a pele de meu ombro, deixando uma marca sua, e então me penetrou mais duas vezes, preenchendo meu corpo com seu calor.

Permaneci deitada na almofada macia enquanto ele subia e descia o nariz lentamente por meu pescoço.

— Amo você, linda — ele sussurrou, e me envolveu com força de modo protetor contra o peito enquanto recuperávamos o fôlego.

Romeo Prince era um caleidoscópio humano. Ele me fodia como se me odiasse, mas sua adoração e seu amor nunca ficavam longe demais da superfície – e eu não conseguia imaginá-lo de nenhuma outra forma.

Permanecemos parados por vários minutos, até eu estremecer de frio por causa do vento que entrava pelas frestas das paredes de madeira envelhecida.

— Está com frio? — ele perguntou delicadamente.

— Um pouco.

Beijando minha cabeça, Romeo se afastou de mim e acendeu a lareira com uma caixa de fósforos que deixou no mantel. Eu me recostei no sofá, totalmente exausta, e observei seu corpo bronzeado e bonito brilhar de suor. Fiquei encantada com seus músculos tensos flexionados a cada movimento que fazia.

Romeo se virou na minha direção e viu que eu o olhava descaradamente. Estendendo as mãos, ele deu um rodopio e sorriu de maneira presunçosa.

— Entre no templo, linda. E me adore.

Ri e joguei uma almofada vermelha na cabeça dele, da qual ele desviou depressa, fingindo estar irritado.

Enquanto caminhava em minha direção, balançou a cabeça.

— Pequena Molly Shakespeare, você não sabe que não deve provocar um animal selvagem?

— Suponho que você seja o animal selvagem nesta situação.

Ele contraiu os lábios, e o tapa forte que sua mãe lhe dera com as costas da mão deixara uma pequena marca em sua pele macia.

— Ah, você não faz ideia... Sou uma fera.

À minha frente, Romeo se movimentou para se deitar em cima de meu corpo relaxado, abrindo seu véu sombrio para deixar entrar a luz.

Eu o aproximei de meus lábios com a mão delicada em sua nuca, e o calor de seu corpo me aqueceu no mesmo instante. Romeo levantou o braço, pegou a manta cor de creme que estava no encosto do sofá e nos cobriu, acomodando-me em seus braços enquanto eu contornava sua tatuagem do Alabama com a unha.

— Você está bem, lindo? — perguntei baixinho.

Os músculos ficaram tensos por um momento e ele disse:

— Vou ficar. Tenho você.

Pousei o queixo no peito dele, olhando em seus olhos escuros, notando a tristeza evidente neles.

— Você me escolheu.

A tristeza se tornou felicidade, um sorriso satisfeito.

— E vou voltar a fazer isso em um instante.

Corei.

— Seus pais já foram gentis com você? — Ele negou com a cabeça e levantou o queixo para olhar para o teto, lutando contra lembranças difíceis, eu tinha certeza. Estendi o braço e peguei a mão dele. Sempre funcionava quando ele fazia isso comigo. Ele virou a cabeça para o lado e me lançou um sorriso torto. — Você já foi feliz?

Negando, ele sussurrou:

— Não.

— É feliz agora?

— Totalmente. Finalmente sei o que é amar e *ser* amado. Mas estou muito assustado pensando em como isso vai acabar. Meus pais não vão desistir tão fácil.

— Estou com você.

— Jura para mim?

— Juro. Eu te amo, sou sua. — Romeo levou minha mão a seus lábios e beijou cada dedo. — E agora? Futebol? Fama? Domínio do mundo?

Ele deu de ombros.

— Acho que sim.

— O que você quer, Romeo? O que mais quer da vida?

— Você.

— Não, lindo, falando sério. Só depende de você.

Ele suspirou, desviando o olhar.

— Só você, linda. Para mim, você é meu lar.

Eu me aconcheguei em seu corpo, acomodando a cabeça em seu pescoço.

— Você já me tem. Sou toda sua por quanto tempo você quiser.

— Sério? Tenho você para sempre? Porque eu basicamente me desvinculei das únicas pessoas que posso chamar de família.

— Romeo, você é minha família. Você é mesmo. Você e minhas amigas malucas são a razão da minha vida. Como pode não saber disso?

— Porque não acredito que seja verdade.

— Somos você e eu, Romeo.

Tenso, ele perguntou:

— Mas o que vai acontecer quando eu for convocado? E se você for para uma faculdade do outro lado do país? Ou até mesmo fora dos

Estados Unidos? Você nunca conversa sobre seu futuro comigo, e me preocupo o tempo todo com isso. Agora que tenho você, não consigo me imaginar sem.

Beijei seus lábios, passando a língua pela pequena abertura para encontrar a dele.

— Vamos descobrir com o tempo.

A verdade é que eu ainda não tinha pensado tão lá na frente.

Romeo ergueu o quadril e senti sua ereção entre minhas pernas.

— Hum... está bem, vamos fazer dar certo de algum jeito.

— *Romeo*.

— Você vai passar a noite aqui comigo, na frente da lareira.

— O que é este lugar, afinal?

— A velha casa dos escravos.

Arregalei os olhos.

— *A o quê?!*

Ele conteve uma risada.

— Relaxa, linda. Foi reformada desde então, ou pelo menos deram uma limpada. Eu passava muito tempo aqui quando as coisas ficavam ruins em casa. Meus pais nunca vinham aqui. É meio como a minha casa de verdade, de certo modo.

Romeo mexeu o quadril com mais intensidade, e senti os músculos de minha barriga ficarem tensos.

— Então, sim, vou passar a noite. — Pressionei os braços dele contra o sofá. — Posso comandar? Só uma vez?

Ele balançou a cabeça devagar, revelando seu lado controlador de novo.

— Não. Mas foi uma boa tentativa, Shakespeare.

De repente, ele rolou para cima de mim. Senti o peso de Romeo sobre meu corpo nu e gritei. Mordiscando minha orelha de modo brincalhão, ele me colocou de joelhos.

— Não se preocupe, linda, vou cuidar de você.

19

Três meses depois...

— Então, partimos para Oxford na sexta, e você tem a opção de ficar lá por uma ou duas semanas. Apresentamos na terça e depois precisamos editar, corrigir e finalizar o trabalho para enviarmos para publicação, se for aprovado... Vamos torcer! Vou passar algumas semanas no Reino Unido, mas você tem seus estudos aqui e... — Um sorriso bem grande se abriu no rosto enrugado de Suzy. — Você tem seu jovem amigo à espera. Fiquei sabendo que ele é um atleta competente, é isso mesmo?

Corei e abaixei a cabeça.

— Pois é, provavelmente vou passar só uma semana lá, tudo bem? O Tide vai participar do SEC Championship em poucas semanas, e, se eles vencerem, tem o BCS em... em...

Eu me levantei da cadeira, corri até o cesto de lixo e vomitei muito. Suzy apareceu atrás de mim, esfregando minhas costas com movimentos circulares suaves. Aceitei o lenço de papel que ela me ofereceu e sequei a boca, virando-me e levando a mão à cabeça.

— Ai, estou me sentindo mal.

Suzy olhou para mim com preocupação.

— Você está bem? Tem andado meio estranha nas últimas duas semanas.

— Acho que não. Vomitei nos últimos dias. Deve ser virose ou alguma coisa que comi. O frango que comi há alguns dias estava com gosto esquisito. Deve ter sido isso.

— Você trabalha demais, Molly. Está se esgotando. Tire o resto do dia para dormir e se recuperar, está bem? Volte se sentindo melhor, e vamos arrematar o que falta dessa droga de trabalho amanhã.

— Farei isso. Obrigada.

Suzy me ajudou a ficar de pé e me senti mal de novo na mesma hora, meio zonza.

— Posso ligar para alguém? Suas colegas de quarto? Talvez seu namorado?

Fiz que não com a cabeça e me encostei na mesa dela para me apoiar.

— Não, eu... — Senti uma onda de náusea me tomar de novo e praticamente mergulhei no chão, agarrando o cesto de lixo bem a tempo.

— Meu Deus, Molly — disse Suzy com a mão no peito.

Enfiei a mão no bolso, peguei o telefone e o levantei sem tirar a cara de dentro do cesto.

— Pode ligar para a Cass? Sei que ela tem aula perto deste prédio. Ela pode vir me buscar.

— Claro que sim. Estou preocupada com você. Você está muito pálida.

Respirei fundo pelo nariz e me recostei na parede fria para me apoiar, fechando os olhos.

Que ótimo.

* * *

— Menina! Você está péssima. — Abri os olhos. — Credo, retiro o que disse. Você está bem pior do que péssima!

Forcei um sorriso.

— Oi, Cass.

Ela se abaixou, me segurando, e me colocou de pé.

— Ainda está enjoada?

Franzi o cenho.

— Vem e passa, toda hora. Acho melhor irmos para casa antes que venha de novo.

— Vamos, menina. Meu carro está ali na frente.

Cass ligou antes de chegarmos, e Lexi e Ally estavam em meu quarto quando entrei, a postos com analgésicos, antiácidos e toalhas para compressas quente e fria. Eu não tive como não sorrir diante do empenho delas.

Lexi se aproximou e me abraçou.

— Você está bem, Molly?

— É só uma virose, gente. Nada sério. — Caminhei até a cama e me deitei, já me sentindo melhor cercada por todos os confortos de casa.

— Deixei uma mensagem no celular de Rome — Ally me informou.

— Não precisava fazer isso. Ele vai passar o dia todo no treino.

— Então vai ler a mensagem quando acabar. — Ela pegou uma toalha, molhou na água fria e colocou-a em minha testa, e as três subiram na cama comigo.

— Então, que filme vamos assistir? — perguntou Lexi.

— Quero dormir — falei, pressionando os dedos sobre as têmporas doloridas e com os olhos fechados.

— Bem, vamos ficar aqui caso precise de nós, então vamos ter que escolher um. — Cass começou a procurar nos DVDs reunidos no cesto aos pés da minha cama.

— Está bem, obrigada, pessoal. — Eu me acomodei nos travesseiros, respirando fundo, e a náusea foi passando.

Ally se apoiou nos cotovelos ao meu lado, com olhos apreensivos. Droga, eu conhecia bem aquele olhar.

— O que foi agora? — resmunguei.

— Shelly anda falando besteira de novo.

Tinha que ser.

— O que ela está falando agora?

— Que tem passado todo o tempo livre com a mãe e o pai de Rome e que vai passar o Natal com eles... e com Rome... sem você.

— Besteira. Ele não fala com nenhum deles desde a intervençãozinha louca deles meses atrás. Vamos passar o Natal juntos, aqui, sem drama de família. Só nós, para o caso de ele precisar ir para o Campeonato Nacional na Califórnia.

Ally pegou minha mão.

— Meus pais perguntaram se vocês gostariam de ir à nossa casa, em Birmingham.

— Sério?

— Ahã. Sim, Natal é uma festa de família e eles amam o Rome como se fosse um filho e têm a sensação de que já te conhecem, por tudo o que eu já contei. Meu pai não gosta dos pais de Rome, e eles querem te mostrar que nem todo Prince de Alabama é esquisito.

Engoli o nó que apertava minha garganta naquele momento.

— Adoraríamos, Ally, obrigada. Faz muito tempo que não passo um Natal em clima familiar.

Ela abriu um sorrisão e comemorou batendo palmas.

— Ótimo. Vou contar para eles agora mesmo.

Afastei o cobertor e me sentei na cama para ir ao banheiro.

— Está se sentindo mal de novo, Molls? — perguntou Cass, preparando-se para levantar do chão e me ajudar.

— Mmm? Não. Na verdade, eu me sinto ótima. Estou com tanta fome que seria capaz de comer um boi!

Eu me virei para ir ao banheiro quando Cass respondeu:

— Se eu não te conhecesse muito bem, diria que está grávida! Vomitando num minuto, morrendo de fome no outro... Minha irmã ficou exatamente assim quando engravidou. — As três riram quando Cass uivou como um lobo ao ver a cena de luta de Tom Hardy sem camisa no filme *Guerreiro*.

Parei, sentindo o pânico tomar meu estômago, e me segurei no batente da porta do banheiro para me manter de pé.

Não. Não podia ser.

Eu me virei lentamente, com as mãos tremendo e subindo em direção ao meu rosto para cobrir minha boca. Lexi foi a primeira a notar meu comportamento estranho e pulou da cama. Ela me abraçou com os braços magros, mas eu não me mexi. Estava paralisada de medo.

— O que foi, querida? Está se sentindo mal? Enjoada?

Minha visão embaçou quando tentei me lembrar de minha última menstruação. Fora na noite do jogo contra o Texas A&M. Romeo ficou contrariado porque não pudemos fazer sexo para comemorar, por isso tivemos que ser criativos.

Cass e Ally se encostaram na beira da cama, os olhos grudados em mim, apreensivas.

— Há quantas semanas foi o jogo contra o Texas A&M? — perguntei, e o pânico tomou conta de minha voz. Elas olhavam para mim como se eu tivesse enlouquecido totalmente. — Quando foi? — gritei desesperada.

Ally pegou seu iPhone e abriu o calendário.

— Cinco semanas. Foi há cinco semanas — disse ela.

Minhas pernas fraquejaram e eu caí no chão, ralando os tornozelos no carpete.

— Ai, meu Deus!

Cass, Lexi e Ally se reuniram ao meu redor, com os olhos arregalados e trocando olhares confusos enquanto eu permanecia no meio delas, tendo um ataque de nervosismo.

— Molly, o que está acontecendo? O que foi? Você está nos assustando! Você está tendo um daqueles ataques de ansiedade que disse que às vezes tem? — Eu não conseguia falar porque estava morrendo de medo. — Como podemos ajudar? Devo sair correndo à procura do Rome?

Olhei para Lexi, sem de fato ver, e sussurrei:

— Estou atrasada.

As três amigas franziram o cenho, e Cass perguntou:

— Atrasada para o quê, amore?

— Não, estou *atrasada*! Minha menstruação está atrasada!

O silêncio tomou o quarto, e as três ficaram boquiabertas.

Eu me levantei, não conseguia ficar sentada. Não podia estar grávida. Eu tomava pílula… que podia falhar… E eu vinha fazendo sexo sem parar nos últimos meses… *Merda!*

Comecei a andar de um lado a outro:

— Estou atrasada uma semana, uma semana! Como pude não notar? A menstruação devia ter descido alguns dias atrás. Eu ando tão estressada com os estudos, com o projeto, com o futebol… *Merda!* Nunca fico atrasada. Sou um reloginho! Nunca deixei de tomar uma pílula que fosse. E se…?

Mês passado.

Parei de respirar.

— Mês passado, minha menstruação quase não veio. Pensei que podia ser por causa do estresse, mas e se… e se…?

Levei as mãos à barriga e alisei a pele de um lado a outro, pensando, como uma tola, que ela estaria maior se eu estivesse esperando um bebê. Não estava. Ainda estava lisa. Mas é claro que estaria lisa. Eu estaria grávida de só um mês ou, no máximo, dois.

Olhei para as minhas amigas, que pareciam estátuas de pedra no chão.

— E se eu estiver grávida?

Solucei alto e corri para a cama, com o corpo abaixado, e olhei para o céu azul pela janela, meu cérebro tentando desligar tudo, acionando a trava de emergência – minha atitude em épocas de estresse extremo. Mas não desligou nada dessa vez. Eu estava grávida, eu sabia que sim. A menina sem família seria mãe… aos vinte anos… com um cara igualmente, se não mais, problemático, cuja família a odiava… e que esperava que ela desse o fora da vida dele…

Lágrimas salgadas caíram em meus lençóis roxos, e ouvi a porta do quarto se fechar. Lexi e Cass se sentaram ao meu lado e seguraram minhas mãos.

— Ally foi à farmácia comprar um teste de gravidez. Volta daqui a dez minutos — Lexi disse.

Teste de gravidez.

Dez minutos.

Em pouco mais de dez minutos, eu saberia a verdade.

Assenti, meio anestesiada, e Lexi se abaixou à minha frente.

— Independentemente do que acontecer, vamos passar por isso juntas, Molly, eu juro. Você não está sozinha, e Rome ama você mais do que tudo. Ele vai te apoiar o tempo todo. Não se feche, confie nas pessoas que amam você.

Romeo.

Romeo, um cara que tem mais problemas familiares do que eu. Romeo, que está destinado a coisas grandes. Romeo, que sem dúvida não vai ficar feliz com um bebê.

Um bebê.

Podia haver um bebê, um serzinho indefeso, em minha barriga.

Senti enjoo de novo.

Corri para o banheiro, tranquei a porta e ânsias secas atormentaram meu estômago vazio. Quando passaram, eu me arrastei pelo chão e me olhei no espelho. Meus olhos estavam vermelhos devido às convulsões incessantes, e eu estava péssima.

Inclinei a cabeça para trás, tirei as lentes de contato, coloquei meus óculos Chanel de grau e prendi os cabelos em um coque desleixado. Fiquei parecendo a Molly pré-Romeo, pré-sexo, pré-possível gravidez.

Minhas bochechas estavam pálidas e inchadas e meus lábios, embranquecidos pelo susto. Sem conseguir me acalmar, fui até o espelho de corpo inteiro, levantei a camiseta e olhei para minha barriga como se estivesse fazendo um exame de raio X para revelar a verdade de minha situação, que não era diferente de quinze minutos antes.

Abri a torneira de água fria, joguei água no rosto até a pele ficar anestesiada ao toque e quando abri a porta Ally estava sentada segurando a sacola plástica da farmácia. Estendi a mão, mas ela me puxou para me abraçar forte.

— Vai dar tudo certo — disse ela com a voz baixa.

Peguei a sacola como um robô e entrei no banheiro de novo, trancando a porta. Precisei de vinte minutos para fazer o teste, deixei o objeto branco sobre a pia e voltei para o quarto para esperar o resultado.

O *timer* do telefone de Cass tocou, e a cada som meu coração batia mais descompassado no peito. Mãos fortes me seguraram, e nós quatro ficamos olhando para a pia e para a pequena haste que era a fonte de tanta tensão.

Depois de mais cinco minutos, Cass pigarreou.

— Quer que eu veja? Não consigo ficar sentada olhando para essa coisa.

Fechei os olhos. *Respirar por cinco segundos, soltar o ar por cinco segundos*. Com um suspiro resignado, assenti e observei Cass pegar a haste. Ela estava de costas para mim – não havia indícios, não houve movimento de ombros, nem arfadas, nem suspiros de alívio.

Quando voltou, seu rosto estava inexpressivo. Ela olhou em meus olhos, mas não revelou nenhum resultado. Lentamente, agachou-se à minha frente, pegando minha mão, e sussurrou:

— Você está grávida. Deu positivo.

O tempo parou, o mundo parou de rodar, e meu coração parou de bater.

Fiquei de pé com as pernas trêmulas, sem ideia do que fazer. O que se faz ao perceber que há um serzinho crescendo dentro da gente? Um serzinho que estava dez anos adiantado? Que não havia sido nem um pouco planejado?

Não consegui ir muito longe. Minhas pernas fraquejaram enquanto eu passava pelo tapete de pele de carneiro, e as comportas da ansiedade se abriram. Eu não conseguia respirar em meio às ondas que me tomavam. Três pares de braços reconfortantes me envolviam, enquanto as donas deles sussurravam palavras tranquilizadoras, tentando me acalmar.

— O que vou fazer? — chorei em meio aos cabelos de alguém.

Ally acariciou minha cabeça, os olhos cheios de lágrimas.

— Não sei, querida.

Levantei a cabeça.

— Vou ter que me livrar dele, e não sei se consigo fazer isso. Romeo precisa jogar futebol para se manter longe dos pais. Eu deveria estar concentrada em me tornar professora. Não tenho como fazer isso *e* ser mãe. — O mais puro medo percorria meu corpo. — Mãe. Não posso ser mãe. Nunca tive mãe. Como vou ser mãe se nem sei o que é isso? Ninguém nunca me mostrou!

Cass me confortou.

— Molly, acalme-se. Você está ficando nervosa demais. Não faz bem para você e certamente não vai resolver nada.

O choro intenso tomou conta de meu peito e me encolhi no chão, com a cabeça no colo de Cass, e então ouvi barulhos do lado de fora e passos na varanda.

— Mol? *Mol!* O que aconteceu com ela?

Romeo.

Alguém se levantou.

— Rome, calma, tá? — Era a Ally.

— Não! O que aconteceu com ela? *Mol?* — A voz dele estava desesperada. — Ela está doente? Por que não está me respondendo? Recebi sua mensagem e vim direto.

— Não. Ela está... hum...

— Foi a Shelly? Aquela vaca...

— Também não foi a Shelly.

— Então o que está acontecendo...? Al, puta que pariu, saia da minha frente!

Cass e Lexi se afastaram. Romeo me levantou nos braços fortes e me levou para a cama, me deitou e me pressionou de modo protetor em seu peito.

O nariz de Romeo roçou meus cabelos e ele segurou meu rosto, forçando-me a olhar para ele. Sequei as lágrimas de meus olhos e notei que o rosto dele estava lindamente em conflito – preocupado, triste e apoiador.

Ele se inclinou para a frente e beijou minhas lágrimas.

— Linda, o que foi?

Não consegui falar, então só fiquei olhando, tentando prever sua reação.

Abruptamente, ele virou a cabeça em direção aos pés da cama e gritou:

— Alguém pode me dizer o que está acontecendo, porra?

— Rome, a Molly precisa contar para você. Vamos sair e dar um tempo para vocês — disse Ally com calma.

Minhas amigas se aproximaram e me deram um beijo no rosto antes de sair do quarto. Eu me sentei. Meu peito subia e descia, resultado da crise de nervosismo.

Quando a porta foi fechada, Romeo me puxou para cima dele, olhando em meus olhos.

— Linda, me conte o que aconteceu. Você está me assustando demais.

Eu me inclinei e o beijei com carinho.

— Eu te amo, Romeo.

— Também te amo — ele respondeu, e com a mão alisei as linhas de sua testa franzida.

— Mol...

— Tenho me sentido estranha há alguns dias — confessei, interrompendo o que ele estava prestes a dizer.

Ele estreitou os olhos.

— Por que não me contou?

— Hoje descobri o motivo.

— E... o que aconteceu? — ele insistiu, tenso, sem paciência.

— Eu... eu estou...

Ele resmungou e me puxou para mais perto.

— *Meu Deus*! Você está o quê, Mol?

— Eu estou grávida — falei, quase de modo inaudível.

Ele ficou imóvel, a cor sumiu de seu rosto bronzeado, os dedos apertaram meu braço.

— Você está grávida? — Ele me rolou de lado de modo a ficar em cima de mim de novo, e perguntou com mais urgência: — Você está grávida?

Lágrimas despontaram em meus olhos, mas me concentrei em controlá-las.

— Sim, estou grávida, Romeo, estou esperando um bebê seu.

Ele se afastou, agachando-se, e passou as mãos nos cabelos, fechando os olhos com força. Eu o observei minuciosamente, tentando entender o que ele estava sentindo.

Depois de minutos de um silêncio sufocante, achei que não era nada bom.

— Vou marcar uma consulta no médico. Vou me livrar dele imediatamente.

Os olhos escuros dele se abriram, tomados pela decepção.

— Você mataria nosso bebê?

A raiva me envolveu totalmente.

— Não me venha com essa atitude de superior e poderoso! Não preciso mais ouvir nenhuma bobagem moral! Estou tentando fazer o melhor para nós dois. Vou enfrentar o que for preciso. Se isso significa fazer um aborto, então é o que terá que acontecer – embora isso não signifique que eu *queira* passar por isso!

Seus olhos foram tomados pelo pânico.

— Então não faça isso, linda, por favor. Livrar-se dele não pode ser o que você quer!

— Não sei o que quero, porra!

Romeo se inclinou para a frente e passou os lábios sobre os meus, as mãos segurando meu rosto com delicadeza.

— Mas eu sei.

— Mas... você...

— Meu Deus, eu fiquei chocado! *Ainda* estou chocado, mas é nosso bebê aí dentro. Nós o fizemos juntos. — Sem desviar o olhar, ele deslizou até minhas pernas, levantando minha camiseta branca, e abriu o botão de meu jeans, beijando minha barriga levemente. — E ele não vai a lugar nenhum. Prometa isso para mim. Tenho muita convicção disso, Mol. Não destrua o anjo que Deus nos deu. — Lágrimas escorreram como uma catarata mais uma vez. — Prometa que vai considerar minha vontade. Não faça um aborto, por favor.

Abaixei a cabeça, meus sentimentos estavam todos desordenados.

— Prometo.

Ele voltou a se deitar em cima de mim e me beijou. Envolvi seu pescoço com as mãos, e em segundos ele se livrou de minha calça jeans e de minha calcinha. Rome desceu a mão, abriu o botão de sua calça e me penetrou lentamente, sem parar de me beijar.

— Romeo... — sussurrei, apertando seus ombros.

— Eu te amo, Mol.

Gemi enquanto ele fazia amor comigo cuidadosamente, mostrando a mim, sem palavras, que estávamos juntos nisso. Os movimentos de Romeo se tornaram mais rápidos, e eu o abracei com mais força até nós dois gozarmos.

Languidamente, passei os dedos por suas costas.

— Você nunca tinha feito amor comigo de modo tão delicado. Foi muito diferente. — Encostei a testa na dele. — Adorei.

Romeo acariciou minha barriga.

— Você está carregando uma carga preciosa agora, linda. Preciso ser mais cuidadoso com você... com *vocês dois*.

Ele encostou a cabeça na curva de meu pescoço e só ficamos abraçados.

Romeo ergueu o peito e beijou meu rosto, sorrindo.

— Você está como a Mol de antes com esses óculos e o cabelo assim. A menina para quem eu olhei meses atrás, ajoelhada, xingando com aquele sotaque sexy no prédio de Humanas e usando sapatos laranja... a que eu soube, sem sombra de dúvidas, que um dia seria minha. — Ele mexeu nos meus cabelos presos e olhou para mim com uma expressão de completa adoração.

— Um dia — falei, tocando a tatuagem em seu quadril, e seus olhos brilharam em resposta.

— Eu sempre me perguntei se um dia teria uma família, se seria feliz o bastante com alguém... *comigo mesmo*, para ter um filho.

Senti um aperto no peito pelo que ele disse e respirei assustada, pensando na enormidade da situação.

— Romeo, acho que não posso ser mãe. Não tivemos famílias normais. Não fazemos ideia de como é *fazer parte* de uma família! Como poderemos criar um filho? Somos jovens demais – o que temos a oferecer a um bebê?

Ele suspirou.

— Algo que nunca tivemos. — Ele se remexeu e me fez olhar para ele. — Olha só. Juntos, podemos conseguir. Juntos, podemos fazer qualquer coisa. Podemos ser bons pais.

— Mas seu futebol...

— E daí? Serei convocado em abril e você vem comigo, com nosso filho ou filha. Você ainda vai poder fazer seu doutorado e alcançar seus sonhos. Podemos fazer tudo. Mas, por favor, não mate nosso filho, nosso primeiro filho.

— Rome... — sussurrei.

Um dedo sobre meus lábios me silenciou.

— Eu poderia ter sido morto, mas minha mãe biológica não fez isso. Ela me deixou nascer. Estou aqui porque ela me escolheu, ainda que não me quisesse de fato. Sim, minha família fez algo grave, mas eu sobrevivi, e isso me levou a você, minha inglesa inteligente – a garota que me salvou. A garota que me mostrou como amar.

Passei a mão no seu rosto sério.

— Seus pais vão achar que fiz de propósito para prender você.

Os lábios dele se contraíram, e ele ficou mais sério.

— Não estou nem aí para o que eles vão pensar. Na verdade, não tenho nenhuma intenção de contar para eles. Eu estava falando sério quando deixamos a casa deles aquela noite. Cansei deles. *Você* é a minha vida agora, você é meu tudo. Você e nosso bebê.

Abracei meu namorado até minhas lágrimas de medo, choque e amor imenso se secarem. Quando Romeo rolou para o lado, ele nos despiu totalmente, me deitou embaixo das cobertas e envolveu minha barriga com o braço, sussurrando palavras meigas de amor e acariciando a casa de nosso bebê.

20

— Está nervoso? — perguntei, enquanto enrolava os cabelos no dedo.

Romeo fingiu roer as unhas e então apertou meu joelho, sorrindo.

— É mais uma mistura de nervosismo e empolgação. — Ele me puxou para mais perto com o braço que mantinha de modo protetor ao redor de meus ombros. — Vamos ver nosso bebê em breve — sussurrou ele, animado.

Romeo segurou minha mão com força. Eu sabia que ele estava mais ansioso do que deixava transparecer, mas simulava uma atitude tranquila só para que eu ficasse calma.

Os últimos dias tinham sido... nada além de surreais. Precisamos de alguns dias para realmente nos acostumarmos com o fato de que estávamos grávidos.

Estávamos grávidos.

Romeo fazia questão de que eu sempre dissesse isso dessa maneira. Em toda oportunidade que tinha, ele me lembrava de que estava nessa comigo, cem por cento, e que era um trabalho em equipe.

Minhas amigas, depois de aceitarem que eu não teria um ataque por causa do bebê, conseguiram ficar animadas por nós dois, ainda que, compreensivelmente, um pouco preocupadas, e prometeram guardar segredo. Eu também informei à professora Ross, que ficou, digamos, chocada – na verdade, chocada não basta para descrever como ficou –, mas ofereceu muito apoio e estava tentando me ajudar a encontrar uma maneira de dar prosseguimento aos meus estudos acadêmicos depois que o bebê nascesse. Tirando isso, ninguém saberia até completarmos o primeiro trimestre e eu não conseguir mais esconder.

De repente, a vida ficou louca, mas estar grávida não foi tão assustador quanto eu tinha pensado que seria.

Eu havia marcado uma consulta com o ginecologista e obstetra, e, devido às complicações que minha mãe teve na gravidez, que acabaram causando sua morte, o médico pediu que eu marcasse consultas periódicas para fazer exames detalhados. Romeo usou o dinheiro de seu fundo fiduciário, pagou o melhor médico, de modo que, diferentemente da maioria dos meros mortais, provavelmente veríamos nosso bebê muito mais cedo do que o normal.

Romeo e eu estávamos sentados em uma sala de espera muito sóbria, cercados por mulheres em estágios avançados da gravidez, de todas as idades e jeitos, além de crianças gritando – o que bastou para nos assustar muito, e, pela expressão divertida dos outros pais, nosso medo era evidente.

Eu estava rindo do Romeo, que olhava fixamente para um menininho que fazia uma birra gigantesca, sussurrando "Minha nossa" a cada grito da criança, quando ouvi meu nome.

— Molly Shakespeare? — Uma enfermeira jovem e rechonchuda nos chamou para dentro da sala.

Levantei a mão.

— Sim, aqui.

Ela sorriu de modo gentil.

— Por favor me acompanhe, o médico já vai atendê-la.

Respirei fundo, olhei para Rome e fiz uma careta. Ele riu e deu um tapinha em minha perna.

— Vamos, Shakespeare. Não há nada a temer.

— Ah, sei, há cinco segundos eu achei que você estivesse pronto para se jogar da janela para se livrar dos choros de muitos decibéis como estes.

— O garoto me assustou com sua persistência. Mas, se fosse meu filho, aquilo não aconteceria. Vai ser fácil.

Dei risada e disse baixinho em seu ouvido:

— Você está sonhando se acredita nisso, mas pelo menos o parto vai ser mais fácil para você. Não é você quem vai ter que parir algo do tamanho de uma melancia por uma abertura do tamanho de uma moeda.

Pousando a mão sobre o peito, ele disse:

— Eu passaria por isso por você se pudesse, linda.

— Ah, claro que sim.

Apertando minha bunda discretamente, Romeo disse:

— Entre logo, futura mamãe, e pare de reclamar.

Romeo segurou minha mão, e acompanhamos a enfermeira para dentro de uma sala de consulta comum: mesa, maca, cadeiras de plástico.

A enfermeira me deu um avental azul.

— Vista isto, querida. O médico já vem.

Ela saiu da sala e eu entrei na área fechada por uma cortina para trocar de roupa. Romeo estava de pé. Coloquei a mão em seu peito.

— Hum... aonde você acha que vai?

Apoiando as mãos em minhas costas, ele começou a me empurrar para a frente.

— Vou com você.

Eu afastei as mãos dele.

— Volte para lá. Que constrangedor! Eles vão achar que tem algo errado!

Rome aproximou os lábios deliciosos de meu ouvido e desceu as mãos pela minha cintura, de modo sedutor o suficiente para me arrancar um suspiro.

— Volte lá para dentro, Shakespeare, pare de me responder e me deixe despir você.

Meus olhos se fecharam de modo involuntário, e sua atitude me deixou mais excitada do que nunca. Na verdade, a gravidez parecia estar tendo esse efeito sobre mim. Eu havia transado com ele na última semana de mais maneiras do que conseguia me lembrar.

Romeo fechou a cortina e começou a tirar minha jaqueta e minha calça jeans com os olhos cheios de desejo.

Quando eu estava nua na frente dele, ele deu um beijo suave em meus lábios, no pescoço e, por fim, na minha barriga, e em seguida se levantou e me ajudou a vestir o avental.

— Você vai ser um pesadelo pelos próximos meses, não vai? — provoquei ao passar a ponta do dedo em seus lábios.

Ele deu de ombros, chupando meu dedo.

— Só quero ter certeza de que está tudo bem com você e com o bebê.

Eu o beijei de modo contido, abri a cortina, e encontrei o médico de meia-idade sentado e esperando por nós com um sorriso divertido. O santo médico, pelo menos, tentou esconder o sorriso ao me ver corar.

Ele se levantou e estendeu a mão.

— Você deve ser a Molly. Sou o dr. Adams.

— É um prazer conhecê-lo, dr. Adams. Este é meu namorado, Romeo.

Romeo estendeu a mão, e o médico sorriu.

— Prazer em te conhecer, Canhão. Sou muito fã… tenho o passe de torcedor. — O médico olhou para mim de novo. — E reconheço seu rosto, srta. Shakespeare. O amuleto da sorte que vai ajudar o Canhão a nos levar ao campeonato de novo.

Claro, futebol. Afinal, estamos no Alabama.

Romeo me abraçou.

— Ela é mesmo. Obrigado, senhor.

— Alguma novidade sobre a convocação para o *draft*? O Seattle Seahawks está morrendo nesta temporada. O *quarterback* deles foi forçado a se aposentar cedo devido a uma lesão, e você certamente será a primeira convocação deles.

Romeo olhou para mim de canto de olho, claramente apreensivo, e mexeu os pés.

— Sei tanto quanto o senhor, mas, pelo que meus técnicos têm me dito, Seattle é uma boa possibilidade para mim.

Franzi o cenho. Seattle era uma possibilidade? Ele nunca tinha me dito isso.

— Por favor, sentem-se. — O dr. Adams fez um gesto para que eu o seguisse, tirando-me de meus pensamentos. Subi na maca e Romeo se sentou na cadeira ao lado, segurando minha mão estendida.

O médico analisou minha ficha.

— Então você está grávida? — Percebi uma expressão de surpresa em seus olhos azuis. Sim, Romeo "Canhão" Prince tinha engravidado uma garota. Que clichê.

— Sim. Fiz um teste de farmácia semana passada e deu positivo. Na verdade, fiz quatro, cada um de uma marca diferente, e todos indicaram que peguei barriga mesmo.

O dr. Adams ergueu a sobrancelha, sorrindo por causa da expressão que usei. Romeo contraiu os lábios para não rir com ele.

— Bem, certo, vamos fazer alguns exames hoje e um ultrassom para vermos quanto tempo a gestação já tem. Você acha que pode ser cerca de um mês?

— Se meus cálculos estiverem certos, sim. Mas minha menstruação foi muito leve mês passado, então não tenho muita certeza.

— É normal sangrar um pouco no começo de uma gravidez, então pode ser que a gestação tenha mais tempo. Vamos começar?

A enfermeira colheu meu sangue, conferiu os sinais vitais, o peso etc., e finalmente chegou a hora do ultrassom.

Levantei o avental e o médico pegou uma assustadora haste de uma máquina.

— Isto pode ser desconfortável, mas vai nos ajudar a ter uma ideia melhor de seu tempo de gestação. Precisamos fazer um ultrassom transvaginal porque você ainda está no início da gravidez.

Olhei para Romeo e fiz uma careta. Ele assentiu de modo a me dar apoio, e me emocionei ao ver que ele estava praticamente na ponta da cadeira de tanta ansiedade. Apertei a mão dele e ele beijou a minha com um sorriso contido e ansioso.

— Certo, casal, vamos ver seu bebê.

O dr. Adams inseriu a haste plástica e eu me retraí por causa da sensação desagradável, que foi rapidamente esquecida assim que uma imagem granulosa apareceu na tela ao nosso lado. A princípio, era só um borrão sem definição, até ele manusear o equipamento e nós ouvirmos o ritmo maravilhoso de um pequeno coração batendo. Uma imagem surgiu no monitor e então vimos nosso bebê, aninhado confortavelmente em meu útero, do tamanho de um feijão.

Qualquer medo que eu tivesse desapareceu com o som melódico dos batimentos cardíacos do bebê, e Romeo apertou os lábios quando uma única lágrima escorreu lentamente de seu olho. Levantei a mão e a sequei com o polegar, adorando ver o quanto ele desejava aquela criança... desejava nós três.

Naquele momento, eu me tornei mãe, e, pela expressão de encantamento no rosto lindo de Romeo, ele se tornou pai.

O dr. Adams mexeu no equipamento e sorriu.

— Tudo parece ótimo e, pelas medidas, você está com cerca de... ah... cerca de oito semanas de gravidez.

Oito semanas.

O médico apertou um botão, e uma imagem saiu de uma impressora. Ele me entregou um papel quadrado com a imagem de nosso anjinho, a gracinha que Romeo havia começado a chamar de nosso filhinho ou filhinha.

Olhei fixamente, sem conseguir tirar os olhos da pequena imagem em preto e branco. Romeo se curvou e beijou minha cabeça sem dizer nada, tomado pela emoção.

— Pode se vestir agora, Molly, e volte daqui a cerca de dois meses, a menos que apareça algum dos problemas que já discutimos e, então, vai precisar voltar frequentemente.

— Já vamos saber o sexo do bebê quando eu voltar? — perguntei depressa.

— Espero que sim. — O dr. Adams se levantou e apertou nossa mão mais uma vez, dando um tapinha nas costas de Romeo. — Parabéns, filho, verei você no SEC Championship na Georgia, e *Avante, Tide*!

Romeo apertou o braço dele de um jeito másculo.

— *Avante, Tide.*

Depois disso, o médico saiu da sala.

O silêncio se estendeu entre nós enquanto assimilávamos a importância do que havia acabado de acontecer.

Entreguei a imagem a Romeo e me sentei na maca com as pernas para fora. Romeo se aproximou, me ajudou a descer e me apertou contra o peito.

— Romeo, o que...

— Obrigado, Mol. Apenas... *obrigado*...

21

— Meu Deus, anjinho! Isso me deixou totalmente assustada! É melhor você não ser tão difícil quando chegar — falei, enquanto acariciava a barriga.

Eu havia decidido ser proativa e ler todas as coisas sobre gravidez, uma ideia que havia acabado de ir por água abaixo.

Totalmente por água abaixo.

Sem dúvida, eu teria pesadelos envolvendo fórceps e pós-parto.

Larguei meu livro *O que esperar quando você está esperando* sobre a mesa, como se ele fosse uma doença contagiosa e fatal, e fui para a varanda, onde me apoiei na grade, admirando o lindo gramado verde e o céu de inverno bem azul e sem nuvens.

As coisas tinham se acalmado desde que eu terminara minha pesquisa para o artigo acadêmico da professora Ross e recebera as notas de meus últimos trabalhos de filosofia do último semestre.

Eu havia passado um tempo com Romeo e tudo estava perfeito.

Muitas coisas tinham acontecido. Romeo tinha praticamente se mudado para o meu quarto, ainda escalando minha varanda como meu Romeu Montéquio particular, deixando as meninas da irmandade verdes de inveja. O time de futebol Crimson Tide tinha ganhado o jogo final contra o LSD e estava no SEC Division Championship, e era o grande favorito no BCS National Championship. E ainda mais incrível era que Romeo Prince, o amor da minha vida, recentemente tinha sido eleito o melhor *quarterback* do país. Eu estava bastante orgulhosa dele, apesar de ele ainda se retrair quando eu dizia isso.

Ah, e eu estava em paz com o fato de me tornar mãe.

Eu me tornaria mãe.

Eu balançava a cabeça, sorrindo e incrédula, quando Ally entrou correndo em meu quarto, sem fôlego, com os olhos castanhos desesperados.

— Molly, o Rome acabou de brigar no treino. Quase matou o Chris Porter.

— Quem é Chris Porter?

— Um recebedor do Tide e o novo peguete da Shelly.

Calcei as botas marrons e tirei minha jaqueta de inverno preta do cabide.

— Onde ele está?

Ally praticamente estava se jogando na minha porta, desesperada para sair.

— Ele perdeu a cabeça e está destruindo a academia. Você precisa ir atrás dele. Você é a única pessoa que pode acalmá-lo.

Corri porta afora e desci as escadas.

— O que aconteceu? Por que ele ficou tão bravo? — perguntei apressada enquanto saíamos porta afora e sentíamos o vento frio do inverno do Alabama.

Ela ergueu as mãos.

— Não faço ideia. Cass me ligou e pediu para chamar você. Seu telefone estava dando direto na caixa postal.

— Eu desliguei para poder me concentrar na minha leitura.

Comecei a correr em direção à academia quando Ally agarrou meu braço e me puxou para perto de seu Mustang vermelho.

— Vamos de carro. Vai ser mais rápido.

Entramos, e fiquei roendo as unhas com ansiedade, tentando pensar no que poderia tê-lo irritado tanto. Ele andava melhor ultimamente, menos agressivo.

Empalideci.

— Você acha que alguém disse alguma coisa sobre o bebê? Que o assunto vazou de algum jeito?

Ally semicerrou os olhos, pensativa, ao sair da estrada.

— Não, quem contaria? As pessoas que sabem não diriam nada a ninguém. A Cass nem sequer contou ao Jimmy-Don.

Suspirei e pressionei minhas têmporas.

— Eu sei. Onde estão Cass e Lexi?

— Na academia. Cass ia se encontrar com o Jimmy-Don para

comprar comida quando Rome endoidou. Lexi estava com ela. Austin e Jimmy-Don tentaram acalmá-lo, mas ele os atacou também. O técnico já tinha saído do prédio, então eles trancaram a porta e deixaram que ele pusesse tudo para fora. Ele está descontrolado para atacar os próprios amigos também!

Observei os minutos passarem lentamente no painel, cada segundo demorando uma eternidade enquanto seguíamos depressa para a academia. Quando chegamos, uma multidão tinha se reunido do lado de fora, e todos olharam para mim quando saí do carro e corri até Jimmy-Don, Lexi e Cass.

— Graças a Deus você está aqui! — Jimmy-Don gritou, seu rosto sempre sorridente tomado pelo pânico dessa vez.

Segurei os braços de Cass.

— Onde ele está? O que aconteceu?

Ela estava confusa.

— Não faço ideia, mulher. Austin contou que o técnico disse algo a Rome em particular e que ele começou a gritar, enlouquecido, e quando Chris Porter fez uma piada idiota sobre alguma coisa, ele perdeu a cabeça e começou a bater nele. O time levou Porter embora para limpar os ferimentos, ele ficou acabado.

Levei a mão à barriga, lutando contra a náusea.

— Jimmy-Don, onde fica a academia?

Segurando minha mão, ele passou comigo pelas pessoas reunidas que cochichavam e me encaravam enquanto eu passava.

Atravessamos as portas duplas e corremos por um corredor até encontrarmos Austin, com os braços tatuados cruzados à frente do peito, encostado na porta fechada.

Quando ouviu nossos passos, ele levantou a cabeça e suspirou aliviado.

— Porra, ainda bem, Molly.

— Ele está aí dentro? — apontei para a porta.

Austin confirmou.

— Ele não está bem, Molls. Tome cuidado.

Toquei o braço dele para confortá-lo, abri a porta e encontrei uma bagunça. Tapetes, bolas de futebol e pesos estavam espalhados pelo chão, e os equipamentos de musculação de alta tecnologia estavam todos quebrados. Romeo tinha destruído a academia e estava sentado em um banco, com as mãos na cabeça, ensopado de suor, sem camisa, vestindo um short preto de ginástica.

A porta se fechou com um clique, e ele levantou a cabeça ao ouvir o barulho, olhando na minha direção. Quando viu que era eu, recostou-se na parede, soltando um gemido comprido, levando os braços à nuca e olhando para o teto.

Hesitante, eu me aproximei.

Quando eu estava a poucos metros, ele vociferou:

— Adivinha quem vai promover o maldito jantar do SEC Division Championship dois dias depois de voltarmos do jogo na Geórgia?

Senti um bolo no estômago.

— Ai, não, lindo...

— Só pode ser piada, porra! Eles nunca se importaram com o futebol durante toda a minha vida e agora de repente se oferecem para dar o maior jantar do ano... na fazenda! É uma armadilha para nos fazer ir até lá, Mol!

Estendi as mãos, e ele se sentou na beirada do banco, afastando-se de mim, como se estivesse com medo de me tocar. Aquilo me feriu.

Vi o sangue em seus dedos, o lábio cortado, um hematoma amarelo no olho esquerdo.

— Romeo, você precisa se acalmar! Metade da escola está aí fora, você bateu até cansar em um colega de time...

— O desgraçado mereceu. Ele começou a falar merda sobre você... *para mim*! Para ter aberto a boca, aquele otário estava querendo morrer!

— Não me importa o que ele disse sobre mim. Olhe o seu estado! Está agindo como um louco!

Ele me assustou com uma risada estranha.

— Meus pais armaram tudo isso. Você se lembra da última vez, como eles nos atacaram? Desta vez, a armadilha só está mais elaborada. Eles sabiam que eu nunca voltaria por vontade própria. O técnico concordou. Eles já convidaram o governador, o prefeito e um monte de outros influentes que já aceitaram. Eles fizeram de um modo que a faculdade não pudesse recusar! *Porra!* — Ele chutou uma bola, que voou pelo salão, fazendo barulho ao bater em uma esteira.

Eu me sentei no banco, saí de perto dele e observei enquanto ele andava furioso pelo salão.

— Nós não vamos. Não tem a menor possibilidade de você encontrá-los no estado em que está.

Suspirei, passando a mão pelo nariz.

— Você tem que ir, Romeo. Você e eu sabemos que você vai ganhar o prêmio de melhor jogador da temporada. O Tide provavelmente vai para o BCS Championship, e esse jantar serve para preparar seu time para isso. Se você achar melhor, eu fico em casa.

— Não! — ele gritou. — De jeito nenhum, caralho! Por que você não estaria lá comigo? A faculdade precisa mudar o lugar, fodam-se meus pais. Eu conheço os dois, Mol. Tem coisa rolando, eu sei, e não vou permitir que eles destruam minha família... Já cansei dos joguinhos de manipulação deles.

A expressão dele passou de raiva para mágoa, e ele se dirigiu a mim, caindo de joelhos e deitando a cabeça em meu colo, com os braços envolvendo minha cintura.

— Se lá eles descobrirem sobre nosso anjinho, não sei do que sou capaz. Não posso perder vocês dois.

Ele deu um beijo em minha barriga levemente arredondada por cima da blusa soltinha cor de creme. Massageei a cabeça dele.

— Romeo, entendo por que você está assim, mas é uma festa com centenas de pessoas. Eles não vão fazer nada assim publicamente. Não desejariam passar por essa vergonha. Não vão conseguir me atingir. Você vai me proteger, sei que vai.

Quando ele me mostrou seu rosto, agora um pouco mais calmo, peguei meu velho lenço cor-de-rosa do bolso e sequei sua sobrancelha, limpando uma gota de sangue que escorria.

Romeo segurou meu braço, dando um beijo em meu pulso.

— Eu nunca ficaria em paz se eles machucassem você ou nosso anjinho, linda.

Toquei seu rosto, com os dedos cobrindo suas orelhas.

— Não vai acontecer nada.

Seus lindos olhos castanhos ficaram marejados.

— Por que eles sempre têm que interferir? Estamos nos dando tão bem. Você está saudável, nosso bebê está se desenvolvendo bem, e o Tide será o vencedor da SEC Western Division e irá para o Campeonato Nacional. Aí eles chegam com os esquemas deles, estragando minha vida de novo. Estou dizendo, está tudo planejado. Eles estão armando alguma coisa. Algo grande.

— Eles são pessoas poderosas, Romeo. A festa não será em outro lugar. Precisamos ir e nos fortalecer juntos. Você precisa ser o líder de seu time. — Ele assentiu concordando e desviou o olhar. — Você se descontrolou mesmo.

Ele passou a língua sobre uma gota de sangue no lábio.

— O técnico sabe sobre a sua situação com meus pais e veio me dar a notícia. Ele tentou mudar o local, mas a decisão foi do superior dele. Perdi as estribeiras.

Levantei a mão dele, pousando o lenço sobre sua pele machucada.

— Não gosto quando você perde o controle. Você precisa melhorar isso, Romeo. Não quero ter que me preocupar com seu temperamento, muito menos quando o pequeno chegar.

Ele abriu um sorriso tímido.

— O que foi? — perguntei.

— Eu te amo.

— Isso não melhora sua situação comigo! Olha como ficou este lugar, e você! — eu disse isso encostando meu dedo em riste na barriga tanquinho dele, sentindo um arrepio por dentro ao descer lentamente o dedo pelo caminho de pelos ralos.

Romeo se aproximou, pressionando as coxas grossas contra as minhas.

— Quero foder você agora mesmo, quero muito.

Eu o analisei com meus olhos dourados.

— Aqui, não. E não enquanto não me prometer que nunca mais vai agir assim.

Suas pupilas se dilataram e quase encobriram suas brilhantes íris escuras.

— Estou irritado e preciso extravasar, da maneira que só você pode tornar real.

Deixei de lado qualquer descontração.

— Estou falando sério, não me ignore. Meu filho não vai ser criado por um pai que não consegue se controlar quando as coisas não vão bem. — Ele assentiu brevemente, e percebi que ele havia se dado conta. — Você entendeu, não é?

— Entendi. Isso vai parar agora. Não serei como meu pai com nosso anjo. Eu te prometo. — Romeo voltou a fazer cara de tesão e se inclinou na minha direção, beijando meu pescoço e minha orelha. — Vamos embora. Vou despir você e você vai fazer tudo o que eu mandar, até que nenhum de nós consiga se manter de pé. Entendeu?

Encostei a cabeça em seu ombro.

— Ai, certo. Entendi! — Era mais fácil fazer o que ele dizia, principalmente quando decidia ser o Romeo alfa. Sua necessidade de ter o controle era palpável, e meu corpo traidor reagiu a cada palavra de ordem que saiu de sua boca carnuda e habilidosa.

Ele se afastou com um sorriso tímido – e sabia que eu estava exatamente onde ele queria. Ele parou de sorrir.

— Vou cuidar para que você fique protegida na festa, linda.

— Sei que vai. — Estendi a mão. Ele a segurou, sentou-se ao meu lado no banco e me puxou para seu colo, sentindo meu cheiro enquanto eu enrolava seus cabelos loiros nos dedos. — É um *déjà vu* ver você machucado e sangrando e eu limpando você. Mas vamos cuidar para que isso não seja rotina, tá?

Romeo conseguiu rir um pouco.

— Última vez, eu prometo. Vou mudar. Você não vai mais ter que fazer isso. Palavra de escoteiro.

— Você nunca foi escoteiro, Romeo. — Eu ri.

— Eu entrei...

Olhei para a frente, chocada.

— Entrou mesmo?

— Ahã... mas fui expulso por brigar.

Revirei os olhos.

— Por que isso não me surpreende?

Ele mordeu minha orelha e resmungou quando a porta foi aberta.

Levantei a cabeça e Ally estava ali, espiando por uma fresta. Acenei para ela entrar. Cass, Lexi, Austin e Jimmy-Don vieram com ela, fecharam a porta e se sentaram no piso de madeira da academia, na nossa frente.

Romeo ouviu os passos deles e percebeu que tínhamos companhia. Encostei a cabeça no ombro dele, entrelaçando meus dedos nos seus. O toque fez nós dois relaxarmos.

— Você está bem, Rome? — Ally perguntou baixinho, tocando o pé dele com a mão.

Ele negou com a cabeça.

— Meus pais manipularam a universidade para poderem organizar o jantar na fazenda deles alguns dias depois do SEC Championship.

— Que bosta! — Ally reagiu, e os outros suspiraram. Todos sabiam como eram os pais dele.

Romeo deu um beijo em minha testa e olhou para Austin e Jimmy-Don.

— Preciso que vocês me ajudem a mantê-los longe de Mol.

— Pode deixar, Canhão.

— Não precisa nem pedir. Já está feito.

Romeo olhou em meus olhos, pedindo permissão para contar a eles sobre o bebê. Eu permiti. Eles eram amigos dele, tinham que saber por que ele havia recebido tão mal a notícia do evento.

Romeo colocou a mão na minha barriga.

— Pessoal, eu perdi a estribeira porque... estamos grávidos.

Olhei com nervosismo para Austin e Jimmy-Don e observei a expressão chocada dos dois.

— Ninguém além de nós sabe. Ela está de poucos meses, mas meus pais não sabem, e não quero que eles se aproximem para causar estresse a ela ou ao bebê.

Austin ficou de pé, meio assustado, e bateu na mão de Romeo.

— Parabéns, Canhão. E saiba que vamos cuidar dela. Vocês dois são importantes para nós.

Jimmy-Don fez a mesma coisa e riu.

— Caramba, Canhão! Você sai de uma situação em que não namorava ninguém, as gatas se jogavam aos seus pés aos montes, e passa para outra, transformando sua primeira namorada de verdade no alvo da inveja de todas as alunas da faculdade *e* ainda a engravida? Você me mata desse jeito, cara. *Me mata*! — Em seguida, ele me levantou e me rodou.

Levei a mão à barriga.

— Jimmy-Don, vou vomitar se você não parar! Ainda ando tendo enjoos matinais – que por acaso duram o dia inteirinho!

Fazendo uma careta, ele me colocou no chão.

— Desculpe, querida!

Curvando-se, Jimmy-Don beijou minha mão.

— Parabéns pelo bebezinho. Você vai ser uma baita mãe gostosa!

— Obrigada… acho.

Romeo me abraçou por trás.

— Ela não é só minha primeira namorada de verdade, cara. É minha razão de viver, porra.

Lexi e Ally acharam tudo muito fofo e ficaram olhando Rome me abraçar, mas Cass fingia estar enfiando o dedo na garganta para vomitar.

Jimmy-Don tirou o chapéu e se abanou, gritando:

— Você me mata desse jeito, cara! *Me mata*!

Rome deu um tapa nas costas dele, rindo da brincadeira.

— Vamos para casa. Preciso me afastar de toda esta merda. Falamos com vocês amanhã.

Romeo pegou minha mão e seguiu para a porta.

— Romeo, você está sem camisa — reclamei, quase tropeçando enquanto olhava para seu corpo esguio.

Ele só deu de ombros.

— Pretendo estar nu em cerca de quarenta minutos por um mínimo de doze horas, então não importa.

— Ótimo. Você sabe quantas pessoas estão lá fora? Quantas *garotas* estão lá fora?

— Que se foda. Sou seu. Vamos.

22

SEC *Championship. Georgia Dome, Geórgia*

— Não posso ir até lá com toda essa gente! — gritei, enquanto Cass e Ally tentavam me arrastar até nossos lugares. O estádio com capacidade para setenta mil torcedores estava lotado, e o barulho sob a cobertura era ensurdecedor.

Cass apoiou as mãos em meus ombros e fez cara de reprovação.

— Se você não beijar o Canhão quando ele aparecer, não serão só os pais dele que vão querer seu sangue. Nós queremos vencer os Gators! Você deve isso aos torcedores!

Cobri o rosto com os dedos, e Ally os puxou.

— Passei horas cuidando do seu visual hoje. Não estrague tudo!

Meus cabelos estavam soltos, cacheados, cheios de produtos, e a maquiagem estava impecável. Eu estava usando minha camisa da "sorte" Prince número 7 e as botas de caubói, mas me convenci de que tudo seria uma perda de tempo quando o medo me deixou paralisada. O Tide estava em primeiro, mas jogaria com os Gators para decidir quem competiria no Campeonato Nacional contra o Notre Dame na Califórnia, no mês seguinte.

Olhei para o canto e engoli em seco ao ver a muralha de torcedores vestidos de vermelho e depois para os telões, que mostravam a trajetória de sucesso do Tide até o campeonato. Eu ficava toda mole quando Romeo – irritado e xingando devido a um erro ou pulando feliz para comemorar – aparecia na tela.

Até que olhei para cima.

— Ai, meu Deus! Há câmeras aéreas! Não acredito nisso. Vou vomitar de novo.

Decididas, Cass e Ally me pegaram pelos braços e me puxaram. Vi que as líderes de torcida corriam até os respectivos túneis dos times e sabia que os meninos seriam anunciados em breve.

Firmei o pé e Ally resmungou, enfiando a mão no bolso. Tirou dali um pequeno bilhete.

— Rome imaginou que você faria isso, já que está praticamente muda desde que desembarcou, e me deu isto como último recurso.

Droga. Eu adorava os bilhetes dele.

Desdobrei e li:

Linda,

Vá para a arquibancada e pare de ter medo.
Preciso do meu beijo doce de boa sorte para vencer.
E isto não é um pedido.
Te amo.

Seu Romeo

Suspirei, enfiando o bilhete no bolso para levá-lo para casa e guardá-lo com todos os outros em minha caixa secreta de recordações. Ally e Cass estavam sorrindo de orelha a orelha.

— Muito bem, Romeo, muito bem — murmurei a mim mesma.

Ergui a mão, dando-me por vencida, assim que as apresentações começaram a ser anunciadas pelos alto-falantes.

— Podem me levar, traidoras!

Elas riram de minha relutância, voltaram a me pegar pelos braços e caminhamos em direção às nossas cadeiras. Como se os torcedores do Tide já não estivessem fazendo barulho o bastante, ao me verem passar eles enlouqueceram.

Eu me sentei e tentei ignorar os gritos retumbantes em minha direção. Os torcedores estavam eufóricos, e a cacofonia da música da banda só aumentava a loucura. Fogos de artifício estouraram, e o Alabama foi anunciado, seguido pelo Florida Gators. Os jogadores tomaram o campo, uma mistura de vermelho, branco e azul, e esfreguei as mãos de nervosismo.

Eu sabia que o foco seria Romeo. Ele era o primeiro jogador com potencial para o *draft*, e isso chamava a atenção. Muita publicidade tinha sido feita em cima dele nas últimas semanas – entrevistas, jornais, TV. Eu normalmente ficava escondida em algum lugar nos bastidores, longe da vista.

Observei os grandes telões com atenção, e seguindo atrás do time, segurando o capacete, estava Romeo. A multidão começou a bater os pés nas arquibancadas quando ele saiu acenando, e então os torcedores do Tide começaram a gritar, assim como os do Gators, que reagiam.

— *Beijo, beijo, beijo, beijo, beijo...*

Romeo passou entre os jogadores e correu na minha direção. Cass se curvou, tocando meu rosto de modo carinhoso.

— Hora do show, mamãe!

Eu não conseguia desviar os olhos de meu namorado quando ele parou no canto do campo e me chamou com o dedo, abrindo um sorriso ávido e tímido.

Eu me levantei e senti os pés fracos, tentei ignorar os flashes das câmeras e a banda e os gritos e incentivos. Segurei a mão do anfitrião, que me levou ao campo, e caminhei até Rome. Fiquei parada na frente dele enquanto ele se deliciava com meu visual.

— Ei, Mol.

— Ei, você.

— Você vai me dar aquele beijo doce?

— Se é isso que você quer.

— Com certeza é.

Nunca mudávamos o roteiro, já que Romeo, por superstição, fazia questão de que tudo ficasse certo para todos os jogos. Ele se aproximou e, um pouco antes de seus lábios sensuais encostarem nos meus, eu sussurrei:

— Mandou bem com o bilhete, seu filho da mãe!

Ele riu enquanto me beijava, enfiando a língua em minha boca, vencendo a barreira e seguindo com carícias longas e delicadas. Segurei os cabelos dele, e o mundo real foi se afastando enquanto ele segurava minha bunda e me erguia acima de sua cintura. A multidão pareceu curtir aquilo. Eu gemi durante o beijo, e ele se afastou resmungando. Encostou a cabeça na minha e disse:

— Eu te amo.

Acariciei seu rosto com o dedo.

— Também te amo.

Quando ele me colocou no chão, passou a mão levemente em minha barriga, engolindo em seco ao olhar em meus olhos marejados.

— Vou jogar por vocês dois.

Virando-se, ele correu de volta para o campo, e, como sempre, eu voltei meio perdida, totalmente apaixonada por meu *quarterback*.

* * *

Isso tinha acontecido dois dias antes.

O Tide tinha vencido o SEC Championship, e a noite que vínhamos temendo logo chegou. Romeo entrou pela minha varanda mais cedo naquela tarde e não saiu mais. Sua ansiedade estava enorme e a minha, consequentemente, não estava muito melhor.

O traje da noite era branco, por isso eu usava um vestido branco longo de cintura império, para esconder a barriguinha, e sandálias prateadas sem salto. Romeo vestia um terno branco com a gravata do Crimson Tide, peça obrigatória.

Ele me observava andar pelo quarto, sentado em minha cama, enquanto eu penteava meus cabelos compridos, passava batom cor-de-rosa e colocava meus brincos prateados.

Quando fiquei pronta, caminhei até a cama e cuidadosamente me sentei sobre suas pernas, e as mãos dele subiram até minhas costas. Ele olhava para mim de modo tão amoroso que senti o coração apertar e vi o medo que ele sentia, aparente como um sinal de alerta numa estrada.

— Você está ótima, linda. A gravidez te faz muito bem.

Alisei sua gravata vermelha.

— Você também está muito bonito.

Ele inclinou a cabeça para me beijar, e eu aceitei.

Toquei a cabeça dele levemente com a minha.

— Você está bem?

— Ficarei quando a noite acabar e nunca mais tiver que ver aquelas pessoas de novo. Mal posso esperar para ir a Birmingham com você no Natal e me livrar do veneno deles.

— Lembre-se, é só uma noite.

— Eu sei.

Ele abaixou as mãos e começou a levantar meu vestido comprido, as mãos passando por minhas coxas de modo sedutor.

— *Romeo*... — eu disse.

Os olhos de Romeo brilharam quando sua mão desceu até seu zíper e ele liberou o pênis sem descer a calça. Fechei os olhos enquanto ele puxava minha calcinha para o lado com os dedos, passando-os por meu corpo quente, e, com um movimento rápido, estava dentro de mim.

— Monte — ele mandou com a voz tensa.

Eu me ajeitei de modo a ficar com os joelhos apoiados no colchão, e Romeo se deitou, observando enquanto eu mexia o quadril para a frente e para trás devagar, criando um ritmo profundo e sensual.

Ele nunca tinha me dado controle total. Durante todo o nosso tempo juntos, ele sempre conduzia a relação, e fiquei tentando entender por que ele estava fazendo aquilo naquele momento.

Eu me inclinei para a frente e apoiei as mãos em seu peito largo, entregando-me ao prazer.

— Você é linda pra caralho, amor — disse ele com a voz rouca, os olhos escuros deixando clara sua apreensão.

Mordi o lábio e joguei a cabeça para trás.

— Romeo...

— Estou aqui, Mol... Assuma o controle. Mostre para mim o quanto você me quer.

— Eu te quero muito. Mais do que você consegue imaginar.

Seus dedos agarravam minhas coxas nuas enquanto sua língua lambia meu lábio inferior.

— Por que está fazendo isso? — perguntei, ofegante.

— O quê?

— Me deixando... por cima... no controle?

— Porque eu queria saber como seria dar a você tudo de mim, totalmente. Você me tem, coração e alma. Eu queria mostrar a você o quanto é importante para mim, do único jeito que conheço.

Pressionei o peito contra o dele e contornei a borda de seus lábios com a língua, aumentando a velocidade com meu quadril, as palavras lindas dele me deixando à beira do orgasmo.

Rome ficou ofegante e ergueu o quadril em direção ao meu, e a tensão de nossa união aumentava a cada segundo.

— Romeo... *Romeo*... — gritei quando minha barriga ficou tensa e meu orgasmo começou, quase explodindo de dentro para fora.

Olhei fixamente para Romeo quando seus olhos se fecharam e ele, com mais uma penetração, gozou dentro de mim. Seus lábios se contraíram enquanto suas mãos relaxavam em minhas pernas e ele soltou o ar, o coração batendo contra o meu.

Um dedo desceu pelas minhas costas, e sorri encostada no pescoço dele.

— Nunca senti nada igual, linda — Romeo sussurrou.

— Foi perfeito.

Eu me levantei e olhei para o relógio, voltando a apoiar a cabeça na dobra de seu pescoço.

— Agora estamos atrasados. Droga.

— Não me importa. Eles podem esperar.

— Vamos, é melhor irmos. — Eu saí de cima dele e caminhei até o banheiro para me limpar.

Quando saí, Romeo estava esperando por mim encostado na parede, os cabelos desgrenhados e sensuais.

— Última oportunidade de não ir — ele disse, esperançoso.

Peguei minha bolsinha prateada e estendi a mão.

— Vamos, Romeo, vamos para o baile — provoquei com sotaque britânico antigo, meio shakespeariano.

Ele sorriu para mim com relutância, e nós fomos.

23

— Uau, eles realmente se superaram — falei ao sairmos da picape Dodge e deixarmos o serviço de *valet* levar o carro. Luzes de Natal brilhavam ao redor de toda a mansão branca, e entramos no saguão decorado, ambos superatentos, procurando os pais dele.

De mãos dadas o tempo todo, fomos para o quintal, onde havia uma enorme e luxuosa tenda branca lotada de jogadores do Tide, todos de branco. Um quarteto de cordas se apresentava na lateral, tocando "Cânone em ré maior" com muita elegância.

Cass, Lexi e Ally nos viram no meio da multidão e acenaram para que fôssemos até a mesa que ocupavam no canto mais distante. Um garçom de *smoking* passou por nós e ofereceu uma taça de champanhe. Com uma cutucada brincalhona, Romeo pegou uma, e eu educadamente recusei e escolhi um suco de laranja. Mais do que qualquer coisa, desejei beber álcool para me deixar anestesiada para o estresse daquela noite.

Fomos até onde estavam as meninas, cumprimentando o time quando passamos. Em poucos minutos, Austin e Jimmy-Don estavam do meu lado, e percebi que eles levariam a questão da proteção a sério.

Romeo sussurrou algo a Ally enquanto eu batia papo com Cass, e de repente ela empalideceu, inclinando o queixo indicando algo atrás de mim. Nós nos viramos e vimos os pais de Romeo se aproximarem de nós com sorrisos amplos e falsos. Atrás deles estava Shelly, acenando com elegância para a nata da sociedade de Tuscaloosa usando um vestido branco justo, os cabelos ruivos compridos presos com grampos e cobrindo seus seios grandes.

Romeo se colocou atrás de mim e segurou minha mão com tanta força que quase interrompeu o fluxo de sangue aos meus dedos.

A mãe dele, que como sempre fedia a álcool, estendeu os braços na direção do filho.

— Rome, meu querido! Parabéns pela vitória importante. — Ela abraçou o corpo rígido dele, beijando seu rosto sem encostar, e então se virou para mim, e a contração de seus lábios foi o único sinal de que ela não estava satisfeita com minha presença.

— Molly! Que prazer em vê-la de novo. Você está tão linda! — Ela praticamente cantarolou quando fiquei tensa com seu abraço. — Como vocês estão?

Fiquei em silêncio. Ela não arrancaria nenhuma reação minha na frente de seus convidados.

— Bem, mãe — Romeo respondeu tranquilamente.

Joseph Prince se aproximou e apertou a mão de Romeo.

— Filho.

— Pai.

Ele acenou para mim com a cabeça, cumprimentando-me.

— Molly.

Acenei brevemente de volta.

O ar ao nosso redor se tornou estagnado enquanto ficávamos parados ali, tentando manter um ar de civilidade para o bem de todos. Percebi que os Prince ignoraram nossos amigos, e quando Ally, a sobrinha deles, tentou dizer oi, eles também a ignoraram. Pela sua expressão divertida, ela nem se incomodou.

Shelly deu um passo à frente com um sorriso vivo e foi abraçar Romeo, mas ele deu um passo para trás, com cara de quem não podia acreditar.

— Corta essa babaquice, Shelly — disse ele com raiva.

Ela fez cara feia e foi para o lado da mãe de Rome, que estava claramente irritada com a rejeição pública dele à menina de ouro. Todos se viraram e se afastaram sem dizer nada.

— Ufa! Que esquisito, não? — Cass se levantou da cadeira, quebrando a tensão e o silêncio.

Puxei Romeo de lado.

— Você está bem, lindo?

Ele deu um beijo delicado em meu rosto.

— Sim, só não suporto falsidade, porra. E que merda foi aquela com Shelly?

— Sei lá. Só faltam mais algumas horas agora. Vai dar tudo certo.

Ele arqueou as sobrancelhas.

— Todo mundo fala isso, Shakespeare. Todo. Mundo. Fala. Isso.

* * *

O jantar não tinha um clima bom e foi previsivelmente ostentoso e, na maior parte do tempo, desnecessariamente pomposo, mas ficamos com nossos amigos e tentamos tirar o melhor de uma situação ruim.

Os discursos foram péssimos. Quando Kathryn Prince falou sobre seu amado filho, de como estava orgulhosa de suas conquistas no futebol e da esperança que tinha para a carreira dele na NFL, eu quase tive que segurar Romeo para que ele não virasse a mesa e perdesse as estribeiras de novo. Agarrei o braço dele e me aproximei, convencendo-o a se acalmar, e disse muitas vezes a ele que o amava, com sua mão sobre minha barriga. Pareceu dar certo.

Os pratos foram retirados e todos foram para o meio da pista de dança, e Romeo, ao ouvir os primeiros acordes de "Sweet home Alabama", do Lynyrd Skynrd, ficou de pé e me puxou para eu me levantar também.

— Vamos, Shakespeare. Todos os cidadãos do Alabama dançam essa música como um rito de passagem.

Eu ri quando ele me abraçou e caminhou sedutoramente pela pista, cantando a música em meu ouvido, totalmente desafinado. Centenas de olhos observavam enquanto dançávamos sorrindo de alegria, Romeo me rodando em seus braços e me abaixando para dar um beijo exagerado e arrancar aplausos escandalosos das pessoas. Canhão e seu amuleto da sorte estavam mais uma vez sob os holofotes.

Eu, infelizmente, também vi Kathryn Prince olhando fixamente para nós, balançando sem muita firmeza como resultado da ingestão muito grande de álcool. Ela fez uma careta por estarmos desfilando nosso relacionamento na frente de todos os convidados, e, não pude evitar, sorri para ela. Sabia que estava pondo lenha na fogueira, mas ela não podia fazer nada na frente de seus amigos. Rome não permitiria.

Quando a música chegou perto do fim, o técnico do Tide se aproximou, dando um tapinha nas costas de Romeo, pedindo para ele falar sobre futebol para algumas pessoas importantes.

Rome se abaixou quando sentei à mesa.

— Volto assim que puder. Fique com alguém, está bem?

— Prometo.

— Serei rápido. — Ele beijou minha mão e se afastou, seguindo em direção ao grupo de homens que o esperava.

Fiquei com meus amigos por mais de uma hora e Romeo não apareceu. Eu havia bebido mais sucos de laranja do que pensei ser possível e, por estar com a bexiga do tamanho de uma ervilha, precisei ir ao banheiro pela milésima vez naquela noite.

Fiquei de pé e Jimmy-Don também se levantou.

— Jimmy-Don, só vou ao banheiro... de novo. Consigo ir sozinha. É sério, fique aqui com Cass. Dance, aproveite, essas besteiras todas.

— Não, vamos lá, querida. Você está presa comigo.

Apertei o braço dele em agradecimento e gritei para as meninas:

— Vou ao banheiro. Avisem o Romeo se ele voltar. — Eu me virei para entrar na casa.

Eu havia acabado de passar pela enorme escadaria central quando Cait se aproximou com um pedaço de papel.

— Olha, Molly, me mandaram entregar isto a você.

Um bilhete.

Revirei os olhos e o abri.

Precisei dar um tempo.
Me encontre na biblioteca.
Rome

Usei o banheiro depressa e, ao sair, mostrei o bilhete a Jimmy-Don. Ele sorriu e balançou a cabeça.

— O que há de errado com vocês dois? Vamos, levo você até lá.

Eu o abracei e abri um sorriso de gratidão, e atravessamos a casa cheia até a biblioteca. Jimmy-Don me levou e entrei na enorme e antiga biblioteca, fechando a porta.

No mesmo instante fiquei encantada com as estantes e mais estantes de livros, do chão ao teto, várias escadas com rodas espalhadas para que os livros em prateleiras mais altas pudessem ser alcançados. Eu estava no céu, no céu dos viciados em livros. Poderia passar horas em um lugar como aquele, perdida nas páginas, transportada a outros mundos, a outras vidas, esquecendo-me da realidade por um tempo. Minha *geek* interior começou a dar cambalhotas de animação.

Espiei dentro da sala, à procura de Rome, e vi a enorme lareira de pedra e os sofás de couro, mas o cômodo estava totalmente vazio. O que ele estava fazendo?

Sorri, animada, e cantarolei:

— Romeo, ó, Romeo, onde estás, Romeo?

Ninguém respondeu.

— Romeo?

Nada.

— Romeo, você está aqui dentro?

Ouvi a tranca da porta atrás de mim. Ao me virar, Shelly e Kathryn Prince estavam à porta, sorrindo para mim com expressões maldosas idênticas.

Minha empolgação logo se transformou em medo.

Kathryn caminhou na minha direção, bem embriagada, como seus olhos vidrados indicavam.

— Olá, *Molly*, nós nos encontramos de novo.

Caminhei até a beira da mesa de centro, abrindo certa distância entre nós.

— O que vocês pensam que estão fazendo? — Olhei primeiro para Kathryn e depois para Shelly, que permaneceu mais para trás, nervosa.

— Vejo que recebeu o bilhete.

Senti o estômago revirar. Elas tinham armado uma para mim, e eu havia caído como uma pata.

— A Shelly me falou sobre você, o Rome e os bilhetinhos enjoativos e fofinhos que trocam – ela anda de olho em vocês –, e eu sabia que isso a afastaria da proteção de seus amigos.

Dávamos voltas ao redor da mesa como se fôssemos lutadores dentro de um ringue.

— Tenho descoberto coisas sobre você, srta. Shakespeare de Durham, Inglaterra.

Ela viu o susto em meu rosto e riu como uma bruxa.

— Hum… sim, foi uma leitura *muito* interessante.

Ergui o queixo, tentando mostrar que não me abalaria.

Mas eu estava muito abalada.

— Vamos ver… — Ela levou um dedo à boca, como se fingisse estar pensando. — Pobreza, classe operária, moradia no que pode ser descrito como nada além de uma favela. A mamãe morre no parto e deixa você aos cuidados de um pai que trabalha em minas e é alcoólatra e que, quando você ainda era *bem pequenininha* — ela disse com uma voz bem infantil, mostrando os dentes muito brancos —, decide que você não vale a pena e corta os próprios pulsos na banheira. — Ela bateu as mãos na mesa de madeira. — Estou conseguindo atingir você, Molly? Já está percebendo que não deve nem chegar perto de minha família?

Lágrimas escorriam de meus olhos, mas me mantive firme, não me abalei. Olhei para Shelly, que estava guardando a porta timidamente. Ela parecia chocada. Seria possível que ela não soubesse que a conversa de intimidação acabaria estragando minha vida?

Kathryn estava a poucos metros de mim; ela tinha se aproveitado de minha parada.

— Avançamos oito anos, e a avó acaba tendo câncer de pulmão avançado, estágio quatro, por fumar demais, e a pequena e solitária Molly tem que cuidar dela sozinha até que… *opa!* Ela também morre, deixando a pequena Molly sozinha e jogada em um lar temporário.

Passei a mão no peito, esforçando-me para respirar, com os pulmões tomados por pesar devido às palavras ditas por ela. Minhas pernas ficaram fracas, fracas demais para eu me mexer quando ela se aproximou, com o hálito horroroso de uísque quase me fazendo vomitar.

— Mas isso não é o fim, é? Molly é acometida por ansiedade e depressão, tanto que ela precisa de ajuda, de terapia... muita terapia. Mas não resolve. Então, ela pensa em um plano... casar-se com um homem rico! Ela é inteligente e manipuladora, por isso voa para Oxford, para tentar fisgar um idiota abastado que se encante por ela. Não é isso, *querida*?

Balancei a cabeça de um lado a outro.

— Eu nunca faria isso! Pare de inventar coisas!

O ódio tomou seu rosto.

— Inventar? O nome Oliver Bartholomew lhe é familiar? Você foi namorada dele, não foi? O filho de um conde? E então, como não deu certo, você veio para cá e enfiou as garras em Rome assim que pôde, sua vaca oportunista! Você sabia que ele era rico e o convenceu a ficar com você, não é? Era para ele estar com ela! — Ela apontou para Shelly, que agora caminhava de um lado a outro na frente da porta, mexendo as mãos, mostrando-se cada vez mais abalada.

— Oliver e eu éramos amigos. Namoramos por um tempo, mas eu não quis continuar. Ele era assistente de professor também, trabalhamos juntos, foi só isso. Era um bom amigo e um rapaz muito doce. Não invente que o que tivemos foi sórdido ou calculado, porque não foi. O fato de ele ser rico não significava nada!

Ela segurou meu queixo e levantou minha cabeça.

— Assim como não importa que Rome também seja rico? Por favor! Ele não deveria estar com você, sua puta! Você precisa deixá-lo em paz para que ele possa cumprir suas obrigações com esta família e deixar de ser um fracassado pelo menos uma vez na vida! Caso contrário, você vai se arrepender!

Minha ansiedade desapareceu quando o ímpeto de defender Romeo me deu forças. Eu bati na mão dela para afastá-la.

— Como vou me arrepender? Ele tem sonhos, sabia? Ele quer jogar futebol... Vai jogar futebol profissionalmente, e não há nada que você possa fazer para impedir isso. Conhece o talento dele? Sabia que ele é considerado o melhor jogador de futebol universitário? Ele me ama e eu o amo, e nada que você fizer vai nos separar! — Eu me inclinei para a frente e disse com a voz tão baixa que só nós duas conseguimos ouvir: — Sei de tudo. Ele me contou tudo sobre você, sobre o sr. Prince, sobre a infância dele, as surras... *tudo*. Tudo mesmo. Vocês não têm poder sobre ele e nunca mais terão. Sabem o que fizeram com ele? Como ele luta para conter a raiva dos anos em que passou ouvindo que não era desejado, que era inútil?

Dei a volta na mesa, deixando-a irada no lugar onde estava, e corri em direção à porta, onde Shelly se antecipou e deu um passo para o lado para me deixar passar.

Quando me aproximei da ponta da mesa comprida, ouvi um grito. Unhas afiadas fincaram em meu braço, e fui girada. Kathryn me deu um tapa com as costas da mão, fazendo com que eu perdesse o equilíbrio, e, com um empurrão, me fez bater de frente, com muita força, na ponta da antiga mesa de mogno maciço.

A princípio, fiquei assustada, meus movimentos se tornaram mais lentos, e tentei ficar de pé, mas senti uma pontada muito forte na barriga, o que me fez dar um grito.

Minha visão ficou embaçada quando uma dor insuportável tomou meu corpo, e caí no chão, tentando me segurar em alguma coisa para ajudar a diminuir as cólicas fortes. Levantei a cabeça para pedir ajuda e vi Shelly cobrindo a boca com as mãos, olhando horrorizada para minhas pernas.

Olhei para baixo e meu vestido branco estava coberto de sangue.

Um tsunami de pesar me invadiu, e comecei a chorar e soluçar alto enquanto ainda sentia espasmos atordoantes como pontadas em minha coluna, barriga e pernas, me impossibilitando de me mexer. Levantei a mão e a coloquei entre as coxas. Quando olhei para ela, estava coberta por um líquido vermelho. Shelly, vendo meu desespero, saiu do cômodo gritando o nome de Rome.

Engatinhei até a beira da mesa e tentei me levantar, mas não aguentei a dor das convulsões.

— Você está grávida? — Kathryn gritou. — Sua vaca! — Ela me deu mais um tapa no rosto, mais forte dessa vez, e a força dele me fez cair no chão, e acabei caindo na minha própria poça de sangue escuro. Deitei com o rosto no carpete, com as pernas contra o peito, tentando respirar, apesar da dor.

Ouvi uma comoção na porta da biblioteca e, ao levantar a cabeça, vi muitas pessoas olhando para mim, assustadas.

— Saiam da minha frente, porra! Saiam!!! — A voz grave de Romeo ressoou quando ele entrou na sala. A expressão de desespero em seu rosto quase fez com que meu coração ferido fosse destruído de vez.

— Mol! Porra! Linda, estou aqui! Estou aqui. — Romeo se jogou no chão ao meu lado, com as mãos tremendo, tentando decidir o que fazer.

Ele estava atônito, assim como eu.

Olhei para ele com lágrimas salgadas borrando minha visão.

— Romeo, nosso bebê, nosso bebê... e-eu acho que estou perdendo ele. Me ajude... por favor. — Chorei descontroladamente.

Ele deu um grito de angústia.

— Alguém chame uma ambulância. Ela está perdendo nosso bebê!

— Eles estão vindo, cara. Chegam logo. — Reconheci o sotaque texano de Jimmy-Don.

Observei, anestesiada, conforme mais e mais pessoas entravam na sala. Quando virei a cabeça, Cass, Lexi, Ally, Austin, Reece e Jimmy-Don estavam olhando para mim, sem ação. As meninas se abraçavam, choravam sem disfarçar enquanto me viam rolando no chão de dor, suja de sangue.

Romeo se aproximou, me puxou delicadamente para seu colo e me abraçou, movimentando-se para a frente e para trás, com o rosto molhado pressionado contra minha cabeça.

— Shhh, linda, sinto muito. Sinto muito, muito mesmo.

Estiquei o braço, e o sangue deixou marcas grossas no rosto dele.

— Acho que perdemos nosso bebê. Está doendo demais. Acho que perdemos nosso bebê... — Dei um grito estridente ao sentir mais um espasmo tomando meu útero.

Muitas lágrimas escorreram dos olhos de Romeo, e fui ficando mais fraca, com a visão em câmera lenta registrando que a maioria dos jogadores do time agora estava dentro da biblioteca, com a cabeça baixa, observando a cena, alguns com o olhar fixo no chão, outros rezando, pedindo ajuda a Deus.

— Onde está a merda da ambulância? Ela está grávida, porra... Ela está grávida... Nosso *anjinho*... — Romeo gritou angustiado, e sua voz rouca se tornou um gemido desesperado quando as mãos trêmulas ergueram meu vestido ensopado de sangue.

Ele passou o polegar em meu rosto, acima de meu lábio, e seus olhos se arregalaram. Ele inclinou minha cabeça levemente para o lado.

— Linda? Por que seu lábio está sangrando? O que aconteceu com você?

Olhei para ele sem expressão, sem foco, distante. Eu me sentia desconectada de meu corpo, como se estivesse pairando acima dele, vendo o horror se desdobrar. Eu me sentia cada vez mais sonolenta, e a energia ia embora a cada novo sangramento.

— Mol? — ele chamou, me segurando como se pudesse impedir que eu desmaiasse. — Mol! Fique comigo. *Mol*!

— S-sua mãe bateu nela, e ela caiu contra a mesa. N-nós... eu não sabia que ela estava grávida... Estávamos tentando assustá-la. As coisas fugiram do controle. — Reconheci a voz de Shelly, tomada pela culpa.

Romeo ficou tenso, a fúria tomando seu corpo num rugido muito alto.

— Onde ela está?

— Ela fugiu pela porta lateral — Shelly disse como se estivesse se desculpando.

Rome se mexeu, seus braços fortes tentavam me deitar no chão, mas eu me segurei nele com mais força. Eu me sentia estranhamente anestesiada e queria que ele ficasse ao meu lado, me abraçando.

— Por favor... não vá... — sussurrei, o coração dolorido ao ver seus lindos olhos escuros derramando muitas lágrimas.

Quando Romeo me abraçou de novo, fui desistindo pouco a pouco, a dor foi passando, diminuindo, como se meu corpo me dissesse que nosso anjinho estava se despedindo de modo relutante.

— Linda, sinto muito... Nosso anjo... nosso anjo...

O rosto lindo e triste de Romeo foi a última coisa que vi quando meus olhos perderam a capacidade de enxergar e se renderam à escuridão.

24

No começo, só ouvi bipes perfeitamente compassados. *Bipe – pausa – bipe – pausa – bipe.*

Minha garganta estava seca, e, sempre que eu engolia, era como se houvesse farpas de madeiras arranhando minha carne. Remexi levemente as pernas doloridas, fazendo uma careta ao sentir cólicas.

Abri os olhos e vi um teto branco e claro e lâmpadas fluorescentes compridas. Uma TV funcionava em volume baixo no canto, e cadeiras de plástico de todas as cores cercavam minha cama.

Estiquei o braço e percebi que estava tomando soro. Algo quente segurou minha outra mão. Rolei a cabeça latejante para a direita e o vi, meu Romeo, dormindo, com as mãos sobre a minha. Ele estava sentado de modo esquisito em uma cadeira de plástico vermelha, com a cabeça encostada na beirada do colchão de frente para mim. Sua boca estava entreaberta enquanto ele roncava baixinho, e uma mecha de seus cabelos compridos e loiros subia e descia a cada respiração.

Ele era lindo.

Enquanto olhava para meu namorado, tentei me lembrar por que eu estava ali. Imagens entrecortadas em preto e branco me perturbaram enquanto tomavam minha mente de modo aleatório – uma biblioteca, dor, gritos, sangue… a mãe de Romeo… nosso bebê…

Toquei a barriga quando o medo congelante tomou todo o meu ser. Tentei me mexer e senti um aperto na mão. Minha cabeça encontrou a origem, e vi Romeo me observando, os olhos inchados e vermelhos, e o olhar cor de chocolate tomado por tristeza.

Eu me senti paralisada, literalmente.

— Romeo? Você… você…? — Não consegui dizer as palavras em voz alta. Dizê-las poderia torná-las verdadeiras, e eu não queria acreditar no que sabia ser a verdade.

Romeo abriu e fechou a boca, e lágrimas novas se espalharam por seus cílios compridos e pretos, descendo depressa pelas faces cobertas pela barba rala e caindo como pedras no lençol de algodão branco. Observei quando ele engoliu em seco e assentiu lentamente enquanto me observava com atenção, segurando minha mão.

Eu me aproximei dele, puxando nossas mãos unidas para meu peito, e extravasei a agonia represada que ardia dentro de mim. Comecei a soluçar alto, e Romeo cobriu meu corpo com o dele, como se pudesse me proteger fisicamente de minha tortura desesperada.

Tínhamos perdido nosso bebê.

Eu não seria mãe.

— Sinto tanto... É tudo minha culpa.

Virei a cabeça, fungando e secando as lágrimas.

— P-por que está se culpando? Você não fez nada de errado.

Romeo não parava de balançar a cabeça.

Eu me afastei e, sem força, puxei a mão dele para incentivá-lo a se deitar ao meu lado. O mais rápido possível, Romeo se acomodou no colchão estreito e aproximou a cabeça da minha sobre o travesseiro branco e fino, nossas mãos unidas como em comunhão, segurando-se ao nosso amor como se fosse um rosário, com devoção.

Romeo levou nossas mãos aos lábios, beijando-as e roçando-as contra seus lábios.

— Eu matei nosso bebê, Mol. Não te protegi. Eu te decepcionei...

Havia um nó tão grande em minha garganta, causado pela emoção, que eu quase não consegui falar. Romeo, o astro do futebol, sempre sério e agressivo, estava em frangalhos.

— Você não poderia ter feito nada!

Ele fechou os olhos com força.

— Eu não deveria ter deixado você sozinha nem mesmo por um minuto. Sabia que meus pais estavam aprontando alguma. Não devíamos ter ido. Eu devia ter deixado você em casa, onde vocês dois teriam ficado em segurança. Agora... — Ele encostou a cabeça em nossas mãos e as lágrimas caíram como em confissão.

Deixei que ele colocasse tudo para fora e, quando se acalmou, eu disse com tristeza:

— Romeo, meu coração está em pedaços. Bem quando penso que não tenho mais como me machucar, levo uma punhalada no peito. O que fizemos de tão errado para que tudo fosse arrancado de nós? Parece que estou perdendo tudo o que amo: minha mãe, meu pai, minha avó e, agora, nosso bebê. Não aguento mais sofrer. É demais para mim... não consigo mais.

Tremendo, Romeo me aconchegou contra seu peito.

— Não sei por que sua família foi levada, amor, e sei que você está arrasada. Mas minha mãe tem culpa disso. Shelly contou tudo a Ally sobre o bilhete, as acusações. Já cansei disso. Eles são um veneno para você e para mim, Mol, um veneno. Você é tudo o que tenho. Não fuja de nós... não fuja...

Eu me senti anestesiada, meu corpo bloqueando a dor, retomando o modo de autoproteção que Romeo havia desligado muitos meses antes. Ele cobriu meu rosto com seus beijos e carícias desesperadas.

— O que aconteceu comigo? Não me lembro muito bem.

Romeo ficou mexendo na etiqueta do hospital em meu braço, revivendo o trauma da noite anterior.

— Os paramédicos chegaram e trouxeram você para cá. Vim com você. Nossos amigos ainda estão no andar de baixo, não foram embora. Você está aqui há cerca de vinte e quatro horas. O impacto da mesa causou sangramento interno. Você precisou passar por cirurgia.

Eu me concentrei no teto, contando os pequenos azulejos brancos com fascinação, alheia ao resto.

— Ainda posso ter filhos?

Romeo afastou meus cabelos de minha testa, abraçando forte meu corpo sem forças.

— Sim, foi a primeira coisa que perguntei, amor. Eu... eu não sei se você deseja engravidar logo. Devemos tentar de novo quando você melhorar? Eu só... só quero que você fique feliz, não importa o que desejar. — Fiquei tensa, e ele me apertou mais. — Sinto muito, Mol. Eu não devia ter dito nada ainda. É cedo demais, é tudo muito recente. Me perdoe. Me perdoe por tudo. Eu te amo demais, e nosso anjo nos trouxe tanta felicidade... nos transformou em uma família... Eu... tenho medo de perder você também. Só fiquei pensando nisso enquanto você dormia.

Tentei relaxar ao sentir o cheiro singular de Romeo, uma mistura de hortelã e sabonete. Não consegui dizer nada. Sabia que ele precisava da minha confirmação, da promessa de que ficaria, de que tudo daria certo, mas não consegui. Não queria pensar. Não queria estar ali, sem filho, em um leito de hospital, com meu namorado arrasado.

Agarrei com força sua camiseta vermelha preferida do Tide enquanto sentíamos cada onda de pesar, até restar só um vazio.

* * *

Minhas amigas foram me ver, oferecendo condolências sinceras e batendo papo, evitando o assunto tabu sobre filhos e tentando, da melhor forma, me fazer esquecer das coisas.

Elas não precisavam ter se preocupado. Eu não sentia... nada, e não respondi nenhuma vez.

Romeo se deitou ao meu lado na cama. Ignorava a cara esquisita que os médicos faziam e não se mexia quando as enfermeiras passavam por meu quarto e viam o namorado dedicado recusando-se a sair do lado de sua namorada. Elas perceberam que as palavras "horário de visita" não significavam nada para o *quarterback* do Crimson Tide e permitiram que ele passasse todas as noites na minha cama.

O poder do futebol no Alabama.

Romeo tentou muitas vezes falar comigo, mas não respondi. Dormi... muito, e quando não dormia permanecia deitada ao lado dele num estado de coma autoinduzido. Eu era um zumbi vivo.

Depois de passar dias me recuperando no hospital, o médico me disse que eu receberia alta no dia seguinte pela manhã. Romeo começou imediatamente a arrumar minha mala, que Ally havia trazido, e não conseguiu esconder o alívio por finalmente estarmos indo para casa.

Casa.

Nenhum lugar parecia um lar. A Inglaterra guardava lembranças de minha família perdida; o Alabama agora guardava as lembranças de meu bebê perdido – eu não me sentia segura em lugar nenhum.

A professora Ross havia me telefonado, triste e dizendo sentir muito por minha perda. Estava indo para Oxford naquela noite para a apresentação – ela e Romeo tinham decidido juntos que era melhor que eu não viajasse. Romeo me contou com cuidado, pensando que eu protestaria e insistiria em fazer minha parte do trabalho por ter passado quase um ano cuidando dele. Eu simplesmente dei de ombros e voltei a dormir. Normalmente, eu teria protestado. Mas não conseguia reunir forças para me importar.

Romeo suspirava derrotado cada vez que eu rolava para longe dele, e então voltava a se aproximar. Ele me observava, sempre me observava e acompanhava todos os meus movimentos. Ele viu que eu estava arrasada. Eu sabia que ele também estava, mas, se me permitisse sentir, não tinha certeza de que sobreviveria à dor que viria depois. Ele me dizia sem parar que me amava muito e, como sempre, me implorava para não ir embora.

Não prometi.

Quando minha mala estava pronta e a noite se aproximava, o telefone de Romeo tocou.

Eu me virei e vi quando ele apertou a ponte do nariz.

— O que foi?

— É o técnico. Ele precisa que eu vá a um evento beneficente no estádio hoje à noite. Perdi boa parte da preparação para os jogos, e ele precisa que o *quarterback* esteja presente para mostrar que estou com o time rumo ao campeonato.

— Então vá.

Ele levantou a cabeça para olhar para mim.

— Não posso deixar você desse jeito.

— Pode, sim. Estou cansada, de todo modo. Preciso dormir.

Resmungando irritado, ele socou a parede de modo agressivo.

— Pelo amor de Deus, Mol! Como pode estar cansada? Você dormiu durante dias, não fez nada durante dias! Entendo que passou por uma cirurgia, mas os médicos disseram que você já deveria estar se sentindo bem melhor agora. Você está se entregando, Shakespeare. Precisa sair dessa! Eu tentei, tenho tentado ser paciente, mas já chega! Eu também perdi um bebê, não foi só você, mas você me afasta e age como se eu fosse um total desconhecido. Eu era o pai, porra! Não consigo passar por isso sozinho. Tenho muito sobre o que pensar – você desse jeito, liderar o time rumo ao campeonato, as esperanças de um estado inteiro nas minhas costas. Preciso que você me ajude, Mol, não que se afunde na sua tristeza. Quem vai *me* apoiar? Eu também estou sofrendo!

Observei enquanto a antiga raiva que o assombrava quando nos conhecemos voltava a seu corpo. Ele manteve os olhos escuros fixos nos meus, caminhou até a cama e me levantou, me beijando com intensidade.

Eu não retribuí o beijo, e ele me deitou no colchão, quase rosnando de frustração.

— Puta que pariu! Por favor. *Por favor!* Você está me deixando com muito medo! Você precisa começar a reagir, a lidar com tudo o que aconteceu.

Eu simplesmente me virei e fiquei olhando para o nada.

— Você não consegue nem olhar para mim, não é?

Estreitei os olhos, me virei para olhar para ele e disse:

— Pronto! Estou olhando para você. Pode falar, Rome, com o que exatamente você quer que eu lide? Com o fato de sua mãe ter matado meu bebê, porra?

Romeo se retraiu como se eu o tivesse agredido e respondeu entre dentes:

— *Nosso* bebê, e *nunca* se esqueça disso. Eu fiquei com você o tempo todo, até o fim... ainda estou! Ainda estou aqui, porra, tentando te tirar do inferno!

Dei de ombros sem me importar e me virei de costas, meu pesar e minha culpa tentando fechar minha garganta, mas empurrei tudo para baixo... bem fundo. Não podia me permitir sentir.

— Sabe de uma coisa? Que se foda. Vou embora! — Romeo saiu pela porta, e o observei atravessar o corredor com as costas tensas devido ao estresse.

Suspirei lentamente e fechei os olhos, desejando nunca mais acordar.

* * *

Um jornal posto com força no criado-mudo me despertou de meu sono. Kathryn Prince, muito embriagada, estava aos pés da minha cama, e a porta para meu quarto estava trancada, com as cortinas fechadas.

Eu estava presa.

— O que está fazendo aqui? — perguntei irritada, apressando-me a me ajeitar nos travesseiros.

Ela sorriu e cambaleou até a cadeira, sentando-se ao meu lado, mais uma vez com o fedor de uísque saindo pelos poros. Ela parecia totalmente descontrolada, os cabelos loiros perfeitos estavam espetados em mechas grossas, ao redor dos olhos havia olheiras profundas e escuras, e seu batom vermelho estava um pouco borrado.

Inclinando-se para a frente, ela apontou um dedo ossudo para mim e seu rosto se contorceu numa expressão assustadora.

— Você nos destruiu, sua putinha.

Olhei para ela sem expressão, lutando contra a ansiedade debilitante que sentia surgindo em meu peito.

— Você destruiu a si mesma. Você matou meu bebê! O seu neto!

— Aquela abominação nunca deveria ter sido concebida. Ele era a escória, assim como a mãe dele!

Eu sentia que tinha sido pendurada, pregada a uma cruz e crucificada. Meu bebê não era a escória. Ele era perfeito, era nosso.

A sra. Prince empurrou o jornal na minha direção.

— Leia. O editor, uma pessoa que não é tão fã do meu marido, nos enviou uma cópia adiantada. Um agradinho por ter sido processado por nós há alguns anos.

Estendi o braço e, com as mãos trêmulas, peguei o jornal.

— Ah, meu Deus. É por isso?

— Uma leitura fantástica, não?

Na primeira página havia uma foto minha, na noite do jantar, em uma maca na fazenda, sendo levada para a ambulância, com meu vestido branco manchado de sangue e uma máscara de oxigênio sobre o rosto. Romeo segurava minha mão com força, angustiado, também sujo com meu sangue. A foto paralela mostrava o sr. Prince de terno na frente da sede da Petrolífera Prince.

No título, estava escrito:

`Namorada do astro do Tide sofre um aborto em meio ao escândalo de lavagem de dinheiro da Petrolífera Prince.`

Parecia que meu peito era uma mola encolhida, e me ergui, pressionando o tórax, tentando afastar a dor.

Não consegui.

A foto... uma foto minha, perdendo meu bebê.

A dor me devorou de dentro para fora. Eu não conseguia. Não conseguia lidar com a realidade da imagem, com a expressão arrasada de Romeo enquanto ele segurava minha mão.

Ouvi uma risada malvada, e Kathryn se aproximou de mim.

— Essa sua cara pode ter feito tudo valer a pena! — Ela se aproximou. — Você expôs nossa família, sua vaca do mal. Saia. Saia do Alabama e não volte nunca mais. Você não tem mais nada aqui. Rome não vai querer você depois disso, depois de você ter acabado com a reputação dele e destruído os negócios da família. Se ficar, cuidarei para te derrubar junto comigo, juro por Deus! Os Prince serão motivo de risada em todo o Alabama por sua causa...

— É por isso que você o estava pressionando para se casar com Shelly? Você queria o dinheiro do pai dela, precisava da conexão formal antes de ele descobrir o que vocês tinham feito. — De repente, tudo fez sentido. Romeo tinha razão por ter desconfiado.

— E o filhote da cadela do meu marido teria se casado se não tivesse conhecido você! Agora *todo mundo* sabe. Meu marido foi preso. Perdemos tudo por sua causa. *Tudo*!

— Não! Você perdeu tudo por sua causa! — falei.

Ela levantou uma das mãos e deu um soco na minha barriga, fazendo-me gritar de dor. Rapidamente, levei a mão à beira da cama à procura do botão para chamar a enfermeira, mas a sra. Prince envolveu minha garganta, aplicando pressão enquanto eu apertava desesperadamente o botão de emergência, sem parar. Meu pescoço ardia e minha visão estava borrada quando uma enfermeira entrou no quarto.

— Socorro... por favor — resmunguei. A enfermeira berrou pelo corredor chamando o segurança e lutou para afastar Kathryn da minha cama, prendendo os braços dela nas costas. Tossi e engasguei enquanto os guardas a levavam embora, dando chutes e gritando, bêbada.

— Vou acabar com você se ficar, com vocês dois! Não tenho mais nada a perder!

Cobri a cabeça com as mãos. O peso dos últimos dias quase me sufocou, e o pesar me rasgava de dentro para fora.

Eu não podia mais ficar ali. Precisava me afastar de toda a dor e tristeza.

— Querida, você está bem?

Olhei para a frente, e uma enfermeira jovem e alta estava ao lado da minha cama, passando a mão pela minha cintura.

Confirmei que sim.

— Tem certeza?

— Sim.

— Querida, a polícia está vindo.

Tentei sair da cama.

— Não, não! Chega. Não posso...

O braço firme da enfermeira me segurou, e ela disse com uma voz tranquilizadora:

— Aquela mulher atacou você, Molly. Você precisa contar o que ela fez.

Meu corpo relaxou contra o corpo da enfermeira. Ela tinha razão, e seria a última coisa que eu faria por Romeo. Eu o ajudaria, tomando o cuidado para que sua reputação não fosse ainda mais arrastada na lama. Os pais dele já estavam sendo desmascarados; eu os ajudaria dando o empurrão final. Romeo finalmente ficaria livre.

— Certo — concordei.

— Boa menina. Quer que eu entre em contato com Romeo para você?

Fingi um sorriso e balancei a cabeça.

— Não, por favor, não. Ele está no evento beneficente no estádio, para o jogo do campeonato, e não quero tirá-lo dali. O time e os torcedores precisam dele.

Apertando meu braço, ela elogiou:

— Vocês são boas pessoas, srta. Shakespeare, boas pessoas.

Ela saiu da sala e depois de um tempo a polícia chegou. Dei meu depoimento – sincero, com todos os detalhes – e senti que minha alma estava se despedaçando totalmente.

Quando a polícia se foi, peguei meu telefone do criado-mudo e apertei "ligar".

— Molly, você está bem?

— Professora, a senhora já saiu para o aeroporto?

— Acabei de entrar em meu carro. Por quê?

— Minha passagem ainda está disponível?

— Bem, sim... Mas, Molly, você não está bem.

— Estou bem. O médico me deu alta. Pode vir me buscar no hospital?

— Agora?

— Sim, agora — respondi sem paciência.

Fez-se uma longa pausa, e ouvi um suspiro de decepção.

— Estarei aí em quinze minutos.

— Vou esperar do lado de fora. — Desliguei o telefone, rangi os dentes e arranquei o soro da mão. Peguei minhas roupas, fazendo uma careta ao sentir uma leve dor na barriga, vesti a calça jeans e a camiseta e peguei minha bolsa. Saí no corredor vazio até a entrada, vi Suzy parando o carro e me sentei no banco da frente.

Ela olhou para mim, desconfiada.

— Você está fugindo de novo, não é, Molly?

— Não posso ficar aqui agora — eu disse de um modo quase inaudível.

Suzy saiu das vagas de estacionamento do hospital e foi para a rua.

— Romeo não sabe, não é?

— Quando ele descobrir, eu estarei a quarenta mil pés no ar. Ele vai ficar melhor sem mim aqui.

Ela se virou para mim, com a decepção evidente em seu rosto.

— Não, não vai, Molly! Você não pode...

— Eu vou, professora! Por favor, não posso... Preciso ir!

Ela passou a mão enrugada em minha testa.

— Está com seu passaporte?

— Na minha bolsa. Felizmente, precisei dele para acionar meu convênio médico.

— Então vamos voltar para Oxford.

Apoiei a cabeça no encosto e observei enquanto os campos amarelos de milho passavam num borrão. Lágrimas escorriam de meus olhos enquanto eu pensava em Romeo. Por um momento, hesitei em relação à minha decisão, mas então me lembrei das imagens no jornal, e toda a dúvida desapareceu.

Eu tinha que partir.

Eu tinha que fugir.

25

Universidade de Oxford, Inglaterra

— Em nome da srta. Shakespeare e em meu nome, obrigada por ouvirem — a professora Ross se uniu a mim ao lado do palco enquanto a plateia de mais de trezentas pessoas aplaudia, satisfeita.

Trocamos um aperto de mãos com o reitor, e eu educadamente me retirei do salão sufocante e corri para fora, para tomar um ar fresco.

Saí no pátio e o vento do inverno acertou meu rosto, a rajada para acordar da qual eu precisava. Olhei para o céu, e flocos de neve grandes e delicados pousaram em minha pele fria. Aquilo fez com que eu me sentisse viva... bem, meio viva.

Eu ainda estava anestesiada.

Vesti minhas luvas de couro preto e observei o campus vazio. A neve branca cobria os pináculos e telhados altos e complexos das construções antigas, dando uma sensação de terra encantada de inverno dickensiana à prestigiada universidade. Adorava Oxford no inverno; era um dos lugares mais lindos do mundo. Era a minha meca, meu santo graal, ou, pelo menos, tinha sido um dia. Agora, eu me sentia uma farsa. Uma andarilha perdida, longe, muito longe de casa.

A maioria dos alunos havia partido para os dias de folga do Natal, e eu havia passado o dia de Natal sozinha em meu quarto com uma taça grande de vinho, tentando não pensar em como estariam as coisas na casa de Ally em Birmingham, com Romeo... e com nosso bebê.

Quando Suzy e eu chegamos a Oxford, soubemos que nossos anfitriões tiveram que adiar nossa palestra por uma semana, o que não achei ruim. A equipe de arqueologia do campus havia encontrado os restos do que pensavam que poderia ser uma tumba real antiga, e o foco inicial foi dado a eles para que pudessem relatar as descobertas à imprensa. Fiquei contente com isso. Precisava de tempo para colocar a cabeça no lugar.

Eu sentia falta de Romeo. Eu sentia tanta falta dele que às vezes chegava a acreditar que estava morrendo de tristeza. Algumas semanas tinham se passado desde que tínhamos chegado à Inglaterra, e eu ainda precisava conferir meu telefone e meus e-mails. Eu o amava demais, mas não podia voltar. Todo mundo saberia sobre o aborto que sofri, e eu não aguentaria ser tão exposta, com pessoas sabendo disso e sentindo pena de mim.

Respirando pausadamente para me acalmar, fui até a Radcliffe Camera — a biblioteca mais incrível, que abrigava milhares de livros de minha área de especialidade. A dor me deixava quando eu estudava. Eu pensava menos em Romeo quando estudava. Conseguia esquecer.

A neve fazia barulho, como se houvesse folhas secas embaixo de minhas botas pesadas de inverno, e envolvi mais o corpo com o casaco preto acolchoado.

Eu estava quase na porta da biblioteca quando ouvi:

— Molly? Molly Shakespeare? É você?

Eu me virei e vi o rosto assustado de Oliver Bartholomew.

Disfarcei o susto com aquele encontro inesperado e esquisito.

— Oi, Olly, faz tempo que não nos vemos.

Ele abriu um sorrisão ao caminhar em minha direção e me dar um abraço rápido e tenso.

— Meu Deus, Molly, quase não reconheci você. Onde estão seus óculos? Seus cabelos... Você está totalmente diferente... e isso é bom — disse ele com nervosismo, enquanto observava minha aparência com seus olhos azuis como safiras.

— Obrigada. Uso lentes de contato agora, e minha amiga dos Estados Unidos arrumou meus cabelos... e o resto. — Fiz um gesto indicando meu corpo.

— Puxa, ela fez um ótimo trabalho. Você está linda. Mas você sempre foi linda.

Abaixei a cabeça e contraí os lábios. Para mim, só importava quando Romeo dizia que eu era bonita, quando ele dizia com sinceridade. Um monte de lembranças tentou vir à tona. Prendi a respiração e as afastei.

— Quer tomar um café? — Oliver interrompeu minha tortura interna, e me assustou o suficiente para fazer com que eu focasse de novo. Olhei para ele, e seu rosto estava muito esperançoso.

Coitado do Oliver. Na última vez em que me viu, ele havia tirado minha virgindade, e, na manhã seguinte, fui embora, nunca mais voltei. Ele não havia merecido que o tratasse daquele jeito.

— Molly? Café?

Olhei para a biblioteca e para ele. Queria dizer não.

— É só para a gente contar o que há de novo, prometo. — Ele segurou a manga de meu casaco com os dedos, abaixando a cabeça. — Senti sua falta.

— Está bem — respondi. Oliver abriu um sorrisão e se colocou ao meu lado enquanto caminhávamos em silêncio.

Quinze minutos depois, estávamos sentados perto da janela do café do campus, onde Oliver pediu um chá English Breakfast para si e um café para mim.

Enquanto eu o observava, percebi que ele era mesmo um cara adorável. Muito gentil e despretensioso. Nunca vi isso nele no curto período em que namoramos. Se é que aquilo podia ser chamado de namoro. Ele não me conhecia, mas isso era totalmente minha culpa. Eu nunca havia permitido que ele me conhecesse.

Oliver se sentou ao meu lado, com o cachecol da equipe de remo de Oxford amarrado no pescoço e uma blusa de lã vermelha marcando seu corpo esguio e os cabelos castanhos.

— Então, Molly, como são os Estados Unidos? Por que voltou?

Fiquei ajeitando minha xícara.

— Os Estados Unidos são... um lugar bom... diferente. Continuei ajudando a professora Ross com o trabalho de filosofia e acabamos de dar a palestra para apresentar nossa tese.

As sobrancelhas praticamente pularam de seu rosto tranquilo.

— *E aí?*

— Foi muito bem recebida. Será publicada mês que vem na revista de filosofia da Oxford Press, espero.

Ele abriu um sorriso cheio de dentes.

— Estou muito orgulhoso de você. Publicada aos vinte anos – perfeito para uma futura professora. Sempre acreditei em você.

— Obrigada. — Tomei um gole de meu café e comecei a tentar conversar. — Por que ainda está no campus? Não deveria estar na sua casa de campo aproveitando as festas, lado a lado com a realeza?

Ele riu.

— Deveria, mas faço parte da equipe de arqueologia que encontrou os restos reais. Minha mãe não ficou muito feliz com isso. Ela acha que estou desperdiçando a vida escavando ossos velhos. Mas tem sido incrível. Agora estou na metade do meu primeiro ano do doutorado e não consigo me imaginar fazendo outra coisa.

Sorri ao ouvir o sotaque inglês supercarregado dele. Antes, eu o provocava por causa disso, dizia que ele me fazia lembrar do príncipe William, e, pelo modo com que estreitou os olhos de modo brincalhão, ele soube que era o que eu estava pensando naquele momento.

— Onde vai estudar para seu doutorado? Vai ficar nos Estados Unidos ou vai voltar para cá? — Ele fez a última pergunta com mais animação.

Dei de ombros, olhando pela janela, observando alguns poucos alunos passarem correndo para escaparem da neve que caía.

— Eu estava pensando nos Estados Unido, mas... não sei agora.

Oliver inclinou a cabeça enquanto pensava e engoliu em seco, decepcionado.

— Não é tudo que você esperava?

— Esperava? Não. Mudou minha vida? Sim. Só não sei bem se é a vida para mim. É bem diferente de viver aqui, com certeza.

Ficamos em silêncio na mesa. Eu sentia seu olhar fixo em mim enquanto eu olhava fixamente para a minha xícara. Estava na hora de um pedido de desculpa.

— Oliver?

Oliver segurou na beirada da mesa, com os dedos levemente trêmulos.

— Sim.

Estendi a mão e coloquei-a sobre a dele.

— Devo a você um pedido de desculpa atrasado.

Ele virou a cabeça para olhar pela janela.

— Por que você me deixou daquele jeito? Eu fui um namorado tão ruim assim para você? E depois... o que aconteceu entre nós? O que fiz de errado?

Senti um nó na garganta.

— Nada. Você não foi um namorado ruim. Você era adorável comigo. Eu errei, Olly.

Olhando para mim mais uma vez, ele disse:

— Você me deixou arrasado quando foi embora. Soube, por meio de alguns de seus colegas de classe, que você tinha começado a trabalhar com a professora Ross no Alabama e não acreditei. Você estava planejando aquilo por meses e não me contou que iria para o exterior para fazer seu mestrado. Você simplesmente se levantou e foi embora depois de fazer amor comigo, sem motivo nem explicação. Achei muito cruel.

— Eu fui muito cruel. E totalmente egoísta. E você merecia coisa muito melhor. Sinto muitíssimo pelo que fiz com você, Olly.

Olly entreabriu os lábios ao respirar.

— Molly...

Estendi a mão para impedi-lo de falar.

— Se você tiver tempo agora, gostaria muito que me deixasse explicar um pouco de mim, de meu passado. Talvez te ajude a entender por que eu sou como sou. Sinto que está na hora.

Respirando aliviado, ele sorriu.

— Nada me deixaria mais feliz.

Nas duas horas seguintes, finalmente contei todo o meu passado, até minha partida repentina depois de termos feito amor.

Quando terminei, Olly se recostou, os olhos arregalados, soltando um suspiro contido pelos lábios.

— Nossa, Molly. Eu não fazia a menor ideia.

Sorri para ele meio tensa, sentindo-me melhor, mais leve. Finalmente contar algo a meu respeito tinha sido terapêutico.

— Você merecia saber. Só sinto muito por ter demorado tanto para contar. Eu poderia ter poupado nós dois de muito sofrimento.

Oliver colocou o cotovelo sobre a mesa, apoiando o rosto na mão, e ficou olhando para mim, analisando algo em minha expressão.

— Quem é ele?

— Quem é quem?

— O cara por quem está apaixonada.

— Eu não…

Ele estendeu a mão e delicadamente pegou a minha.

— Sabe quanto eu queria que você pensasse em mim e fizesse essa cara? Sabe quanto eu queria que você precisasse de mim com esse desespero?

— O quê?

Ele abaixou os olhos.

— Eu amei você, Molly Shakespeare, mas você nunca me amou. Tentei entrar em seu coração, mas fracassei. Você não me amou o suficiente, e tudo bem. Eu não fui o homem certo para você. Agora consigo entender. — Ele olhou para mim com os olhos azuis compassivos. — Independentemente de quem seja, deve ser especial. Você está totalmente diferente, não é mais a garota tímida e introvertida que conheci. Você está mais forte… mudada.

Levei as mãos à cabeça e comecei a chorar. Ouvi Oliver sair de sua cadeira e se sentar ao meu lado, me abraçando. Foi bom ser abraçada de novo, mas eu sentia saudade de Romeo, e os braços dele eram maiores, mais protetores. O peito de Romeo era mais largo, e, apesar de Oliver ter um cheiro bom, de algum pós-barba caro, não era cheiro de sabonete nem de hortelã.

Oliver não era meu Romeo.

— Calma, Molly. Não chore. Nada é tão ruim que não possa ser consertado.

Levantei a cabeça.

— Tudo deu muito errado. Tivemos que passar por muita coisa e… e… eu fugi de novo, como fiz com você. Eu me odeio por ter partido, mas não conseguia mais ficar.

— Calma, calma, Molly.

Mas eu não conseguia me acalmar. Eu finalmente havia me permitido sentir, e o arrependimento emanava de mim com a força de um vulcão.

— Algo que amávamos muito nos foi tirado, roubado, e deixei que ele lidasse com isso sozinho. O jogo mais importante de sua vida está vindo, e sinto muita falta dele, penso muito nele, mas fiz uma besteira. Eu o deixei quando ele mais precisava de mim. Como posso voltar depois de fazer isso?

Oliver recostou na cadeira, com os lábios contraídos e expressão confusa.

— Que jogo?

— Ele joga futebol americano.

— Ah, sim. Ele é bom?

Não consegui não rir.

— Sim, ele é excelente.

Oliver balançou a cabeça, surpreso.

— Molly Shakespeare com um jogador de futebol americano? Puxa, nunca imaginei. Não é polo nem críquete, mas acredito muito que todos os esportistas são boas pessoas. Seu namorado também deve ser.

Dei um soco no braço dele de modo brincalhão.

— Ele não é *só* um jogador de futebol. Ele é a pessoa mais corajosa e carinhosa que já conheci. Ele me entende como ninguém nunca me entendeu. Ele é minha alma gêmea. Ele é meu tudo.

— Molly, namorada de um jogador de futebol. — Oliver balançou a cabeça, sorrindo, incrédulo.

— É diferente de tudo o que você já viu, Olly. O estado inteiro adora o time e *o* adora. O estádio abriga mais de cem mil pessoas. É muito louco. Os jogos são televisionados. Eles são patrocinados por marcas internacionais, e *eu* acabei me apaixonando pelo jogador mais reverenciado do país todo.

Oliver segurou minha mão e olhou dentro dos meus olhos.

— Bem, a pergunta é: Molly, por que você está sentada aqui neste maldito café comigo em vez de estar com seu astro e alma gêmea no Alabama?

Fiquei olhando para ele enquanto suas palavras tomavam minha mente.

Por que eu estava ali, afinal?

Levantei da cadeira.

— Olly…

— Vá, Molly. Eu entendo. — Ele ficou de pé, como um verdadeiro *gentleman* inglês, e me deu dois beijos no rosto. — Você me deixou oco quando foi embora ano passado sem dizer nada, mas agora percebo que você nunca foi minha. Seu novo namorado tem sorte de ter você.

— Não, sou eu quem tem sorte de ter Romeo.

— Romeo?

— Sim, o nome dele é Romeo Prince.

Oliver esfregou a testa e riu.

— Bem, srta. Molly *Juliet* Shakespeare, que apropriado. É melhor essa Julieta voltar para o seu Romeu o mais rápido possível. Se me lembro bem, ele tem o péssimo hábito de se meter em muitas confusões em sua ausência.

Sorri com a provocação e dei um beijo de agradecimento em seu rosto macio.

— Tchau, Oliver. Obrigada por... tudo.

— Eu que agradeço, Molly. Boa sorte com sua nova vida nos Estados Unidos.

Com determinação, corri até o dormitório para convidados da universidade o mais rápido que minhas pernas permitiram.

Entrei em meu quarto e comecei a jogar um monte de coisas dentro da bolsa. Eu havia terminado de arrumar quase tudo quando ouvi uma batida leve na porta.

— Posso entrar, Molly?

Era Suzy.

Eu deixei que ela entrasse, e ela olhou para mim em pânico depois de ver meu quarto vazio.

— Você vai a algum lugar de novo? Para onde agora, Molly? Isso precisa acabar...

— Vou voltar — interrompi.

Ela desfez a carranca, e seus olhos acinzentados brilharam esperançosos.

— Para onde?

— Para o Alabama. Ah, não, na verdade... — Conferi a data no calendário na parede. — Vou para Pasadena, Califórnia, para o Rose Bowl Stadium.

Um sorrisão se abriu no rosto enrugado de Suzy.

— Molly. Ainda bem. O que fez você mudar de ideia?

— Um velho amigo me fez perceber o quanto sinto saudades de Romeo e o amo. Ele precisa de mim e eu fui embora. Preciso voltar e acertar as coisas. — Fiquei mexendo as mãos. — Vai ser difícil voltar para lá depois de... depois de... Você sabe, mas preciso voltar por *ele*.

Suzy esticou o braço e pegou minha mão.

— Molly, quero dizer algumas coisas a você, rapidamente, antes de partir.

— Certo — respondi, olhando para meu relógio impacientemente.

Vi um sorriso maternal de Suzy.

— Você faz com que eu me lembre muito de mim mesma, sabe? Você ama filosofia, quer ser professora e teve uma vida difícil.

Eu me sentei na cama, nervosa com o rumo que a conversa estava tomando.

— Meu pai morreu na guerra, Molly. Você sabia disso?

— Não — respondi, sinceramente surpresa.

— Ele levou um tiro na França. Eu era muito jovem quando aconteceu, mas aquilo ficou comigo, me afetou, como a morte de seu pai afetou você. Os anos se passaram e acabei me acertando na vida. Quando vim para Oxford – uma grande conquista para uma moça naquela época –, conheci Richard. Ele era muito elegante, lindo, e eu soube, desde a primeira vez que nos tocamos, que estava apaixonada por ele. Nós nos casamos seis meses depois. Você teve isso com o sr. Prince. Observei vocês na sala de aula e vi a mudança imediata, e não só na sua aparência.

Remexi as mãos e ouvi Suzy respirar fundo.

— Perdi cinco bebês na vida, Molly.

Eu me assustei e cobri a boca com a mão. Ela se inclinou e deu um tapinha em meu joelho.

— Não chore. Sou uma pessoa forte.

Segurei a mão dela e apertei de modo a incentivá-la.

Suzy olhou para nossas mãos, sem de fato enxergar.

— Nunca consegui levar uma gestação até o fim, e, depois do quinto aborto, não consegui mais engravidar. Por fim, Richard e eu aceitamos nosso destino e juntos temos levado uma vida maravilhosa.

— Suzy, eu...

— Shhh, menina. Não contei isso para você sentir pena de mim. Na verdade, muito pelo contrário. Você tem passado por muita coisa em sua vida, mas essas coisas fazem de você a pessoa que é, dão força, e também te guiam ao seu destino. Não dá para fugir sempre.

Passei a mão nos olhos, secando as lágrimas.

— Só quero um lugar que finalmente possa chamar de casa. A todos os lugares que vou, parece que fico mais triste.

— Molly, um lar não é um lugar. Não é um país, uma cidade, uma casa nem um pertence. Lar é estar com a outra metade de sua alma, com a pessoa que compartilha seu pesar e te ajuda a levar o peso da perda. O lar está na pessoa que, apesar de todas as coisas, nunca desiste de você e te traz felicidade eterna. Isso, Molly, querida, é seu lar doce lar, e acho que nós duas sabemos que você encontrou um jovem muito bonito que pode ser essa pessoa. Não abra mão disso, Molly, nem mesmo quando as coisas estiverem difíceis, não abra.

Eu me levantei e a abracei com força. Depois de alguns segundos, ela deu um tapinha em minhas costas e se movimentou.

— Vamos, vamos, menina, nada disso. Somos britânicas – duronas, coisa e tal. Não precisamos de afeto exagerado.

Dei risada e peguei minhas coisas. Quando me virei, Suzy me mostrou a chave de seu carro.

— Venha, Molly, vou mostrar a você como uma velhinha consegue chegar ao Aeroporto de Heathrow em tempo recorde.

* * *

Eu me sentei na sala de embarque e, com ansiedade, tirei o telefone da bolsa. Fiquei olhando para o retângulo preto com um nó na garganta. Sabia que estaria lotado de mensagens, mensagens de mágoa e dor. Por fim, engoli o medo, apertei o botão para ligá-lo e um monte de mensagens de texto e de voz encheu a tela.

A primeira me fez chorar na hora, ao ouvir o sotaque de Romeo encher meus ouvidos:

— Molly, onde você está, linda? Sinto muito pelo que disse e por tê-la deixado daquele jeito. A enfermeira acabou de me contar sobre a minha mãe. Meu Deus, Mol, eles disseram que ela atacou você... de novo! Por favor, diga onde está... Você saiu do hospital sem avisar ninguém. Não consigo te encontrar em lugar nenhum.

Foi direto para a próxima mensagem.

— Mol.

A voz dele estava embargada, emocionada.

— Tem uma matéria no jornal. Sobre nós... termos perdido nosso anjo. Meu Deus, Mol, tem uma foto sua. Está acabando comigo, e você não está aqui. Minha mãe foi presa por agressão; meu pai foi preso por lavagem de dinheiro. Por favor, ligue para mim. Me diga onde está. Está tudo fodido. Estou enlouquecendo sem você. Te amo. Volta para mim.

Lágrimas caíram em meus joelhos.

Próxima.

— Molly, é a Ally. É Natal. O Romeo está aqui comigo e com meus pais. Ele não está bem. Está totalmente arrasado. Não fala ou se enraivece tanto a ponto de ter que sair de casa. Por favor. Ele se culpa por tudo. Ligue para ele. Ele está dizendo que tudo foi culpa dele!

Próxima.

— Molly, é a Cass. É melhor você voltar para o campeonato, mulher, ou vou atrás de você para acabar com a sua raça! Os torcedores estão enlouquecidos depois da matéria do jornal, e Romeo não consegue treinar. Chega de sentir pena de si mesma! Dá um jeito, menina. Volte, tipo... ontem!

Dei uma risadinha do tom sempre direto de Cass.

Passei a hora seguinte ouvindo as mensagens de dor, raiva ou total desconsolo de Romeo, e minhas amigas tentando me convencer a voltar. A última mensagem de voz tinha sido deixada naquela manhã. Pressionei o botão para ouvir.

— Oi, linda, sou eu. Estou em Pasadena agora para o jogo de amanhã e quis te ligar... de novo. Acho que, como você não retornou minhas ligações, quer dizer que não vai mesmo voltar para casa. Sei que está em Oxford. A professora Ross me mandou um e-mail. Só queria que você soubesse que te amo e que isso não vai mudar. Preciso de você, linda, preciso de você comigo. Você é minha família, meu tudo. Você é meu lar.

Lar. Eu era o lar doce lar dele.

Apaguei todas as mensagens e enviei duas mensagens de texto.

Ally, não conte nada ao Romeo, porque posso não chegar, mas estou indo para Pasadena. Preciso que você me arrume um ingresso para o jogo. Te ligo quando aterrissar... Sinto muito por tudo, mas vou voltar para ele. Estou voltando. Bj.

A outra foi bem mais simples.

Romeo. Te amo. Não desisti de nós. Você também é meu lar. Bj.

Desliguei o telefone e fui até o portão de embarque. Pela primeira vez na vida, eu estava correndo *para* alguma coisa, não *de* alguma coisa.

26

— Quanto tempo até o início?

— Vinte minutos.

— Vamos chegar lá a tempo?

— Tudo depende do trânsito.

Eu me sentei no banco de trás do táxi e enviei uma mensagem de texto para Ally.

EU: Estou quase chegando. O trânsito está péssimo. Como ele está?

ALLY: Depressa, Molls. Os torcedores e os câmeras não param de te procurar. Muita gente faz perguntas para mim e para Cass. Romeo não está bem. Não para de te procurar enquanto se aquece. Pela cara dele no momento, ele concluiu que você não vem.

Droga, isso não era bom.

— Já estamos mais perto?

O motorista apertou o volante, irritado.

— Olha, moça. Ali é o estádio. Você pode ver o trânsito com seus próprios olhos.

Estiquei o pescoço e vi o grande e imponente estádio no fim de uma rua comprida e cheia de carros. Eu tinha que chegar lá.

Poderia ir correndo.

Dei o dinheiro para o taxista, saí do carro e comecei a correr na direção do Rose Bowl Stadium. As pessoas assoviavam e gritavam enquanto eu corria com minhas botas marrons de caubói e com o vestido de verão de renda branca, mas ignorei. Meus cabelos estavam soltos e esvoaçantes, e eu tinha até conseguido me maquiar. Eu havia aproveitado o tempo no avião de modo inteligente.

Eu ouvia o barulho vindo da multidão e peguei meu telefone.

EU: Já estou chegando. Me encontre do lado de fora com o ingresso.

ALLY: Estou indo. Já está chegando a hora!

Eu me aproximei da entrada, subindo a escada de dois em dois degraus. Assim que cheguei ao topo, Ally saiu correndo de short jeans e uma camiseta do Tide. Seu sorriso aliviado quase me derrubou quando ela pegou minha mão.

— Molls, te abraço mais tarde. No momento, você precisa vir logo. Vista isto!

Ela me deu minha camisa e meu ingresso.

Ela havia levado minha camisa da sorte. Não tinha duvidado de que eu iria. Ela não havia duvidado de *mim*.

Vesti a camisa por cima do vestido, e Ally me levou para dentro do estádio, acenando com nossos ingressos para o atendente enquanto corríamos. Seguimos por vários corredores, subimos escadas, passamos por montes de pessoas e, finalmente, chegamos ao nível inferior. Saímos por um túnel direto para a luz do sol onde uma enorme bandeira dos Estados Unidos cobria o campo. O hino nacional estava quase acabando, e algum astro pop cantava intensamente a plenos pulmões. A multidão berrava animada e com patriotismo. Eu hesitei ao ver a cerimônia, mas a mão firme de Ally me manteve avançando.

Vi Cass firme em nossos assentos, logo atrás das placas de propaganda, assoviando e usando as mãos para nos guiar até ela. Gritos aliviados começaram a ser dados conforme os torcedores do Tide notavam minha chegada. Eu sabia que, se olhasse para cima, apareceria nos telões, por isso mantive a cabeça abaixada.

Enquanto passava correndo pelos torcedores, as pessoas diziam sentir muito por minha perda, tiravam seus chapéus como gesto de empatia e me davam tapinhas nas costas, dizendo que eu deveria continuar sendo forte.

Hesitei.

Ally se virou para mim com uma expressão de tristeza.

— Foi uma notícia muito impactante, querida, mas eles estão todos aqui para desejar o seu bem. Não precisa se envergonhar. Os torcedores estão enojados com o que os pais de Romeo fizeram. Eles amam vocês.

Engoli em seco, corando, e levantei a mão em agradecimento pela gentileza daqueles desconhecidos.

Corremos até onde estava Cass, que, como sempre, usava seu chapéu de caubói, calça jeans, camisa do time e botas. Ela me levantou, beijou meu rosto e me colocou à frente dela.

— Bom demais ter você de volta, menina. Vou permitir que faça isso uma vez devido às circunstâncias, mas fuja assim de novo e vou ficar muito brava. Sou conhecida como aquela que não deixa pedra sobre pedra, e não tenho medo de dar uma de louca!

Acariciei o braço dela.

— Pode deixar, Cass.

Ela piscou, seus olhos brilhavam.

— Senti sua falta, garota.

— Também senti sua falta. — Ela me deu uma cutucada de modo brincalhão.

— Chega de papo, meninas. Eles estão vindo.

Observei nos telões quando os times se reuniram em seus respectivos vestiários e o Tide, com a camisa vermelha e branca e como campeão da temporada anterior, saiu primeiro.

Meu coração acelerou conforme os jogadores, um a um, foram entrando no campo. Eu sabia que Romeo seria o último, e muitas lembranças vieram à tona – toques, beijos, lágrimas, sorrisos, nós dois fazendo amor, nós dois transando muito.

Ele *era* meu lar.

Rome entrou no campo e percebi a leve letargia em seu modo de correr, a cabeça levemente baixa, e o aceno não tão entusiasmado com o capacete para a multidão. Meu coração chorou por tudo o que eu tinha feito ele passar. Eu o havia abandonado quando ele implorou para que eu não fugisse.

Os torcedores do Tide começaram a gritar enquanto Romeo se dirigia para a lateral do campo, e as câmeras o acompanharam o tempo todo.

— *Beijo, beijo, beijo, beijo...*

Meu *quarterback* empalideceu. Ele achou que eu não estivesse ali. Pensou que decepcionaria seus torcedores. Pensou que seria humilhado por minha ausência.

Cass e Ally se inclinaram para a frente e me beijaram o rosto, e eu o observei de pé sozinho, sem nem sequer olhar na minha direção.

— Ele não sabe que estou aqui — sussurrei.

Ally e Cass trocaram um olhar, com uma expressão preocupada. Cass cuspiu tabaco mascado no chão, subiu em sua cadeira e pediu, balançando os braços, que a multidão não parasse.

O aumento no nível de decibéis foi ensurdecedor, e muitos do time do Tide olharam na nossa direção, e as câmeras então me focalizaram. Vi Austin dar uma olhadinha na tela e correr, desesperado, na direção de Romeo, que estava olhando para a frente, ignorando os berros da multidão.

Austin o chacoalhou para que acordasse e apontou para mim. Foi como se o tempo parasse. Como se nossos movimentos estivessem em câmera lenta. Fui para a ponta da arquibancada, aparecendo na frente de todos, e esperei.

Romeo levantou a cabeça ao ouvir as palavras de Austin e se virou, com os olhos escuros fitando diretamente os meus. Ele olhou fixamente para mim, sem se mexer, e olhei para ele também. A tensão aumentou, e os torcedores se calaram.

Sinto muito. Eu te amo. Fiz besteira. Sinto sua falta. Tentei dizer tanto para ele só com meus olhos, mas ele não me retribuiu.

Rome caminhou lentamente em minha direção, e quanto mais se aproximava, mais nervosa eu ficava.

Devorei cada centímetro de seu rosto, seus olhos lindos cor de chocolate, os lábios sensuais, os cabelos loiros compridos, o corpo musculoso e bronzeado. Meu corpo tremia de ansiedade por rever Romeo.

Ele era meu.

Minhas coxas descobertas raspavam na madeira das placas de propaganda devido à pressão, meu corpo desesperadamente querendo estar com ele, para que ele me envolvesse em seus braços.

Romeo largou o capacete ao se aproximar. Percebi que os dois times nos observavam. O Tide testemunhara a perda de nosso bebê em primeira mão e claramente sabia que eu o havia deixado sozinho. Pelo sorriso deles, o alívio pela minha volta era enorme.

Senti o cheiro dele primeiro, hortelã e sabonete, levado pelo vento. E, então, ele parou à minha frente, olhando, por entre os cílios compridos e escuros, para o lugar que eu ocupava.

— Ei, Mol.

— Ei, você.

— Você vai me dar aquele beijo doce?

— Se é isso que você quer.

Ele fechou os olhos por um momento e os abriu de novo para mim.

— Com certeza absoluta é. — Ele avançou, passando as mãos embaixo de meus braços, e com uma força incrível me levantou acima da barra para seus braços, com os lábios molhados tocando os meus. Passei os braços pelo pescoço dele, as pernas pela cintura, e retribuí o beijo. A língua dele deslizou contra a minha, tocando minha carne quente, e ele gemeu dentro de minha boca. Estávamos dividindo muito com apenas um beijo – nossa perda e nosso pesar.

Tanto amor.

Interrompendo o beijo, ele pressionou a testa na minha.

— Você está aqui mesmo? — perguntou ele com a voz embargada.

— Lindo, me desculpe por ter ido embora. Eu não soube lidar, mas... eu te amo. Eu te amo demais. Por favor, me perdoe. *Por favor...*

Ele encostou a cabeça na curva de meu pescoço, e nós nos sentamos no chão, suas pernas cedendo aliviadas, comigo sentada em seu colo. Nós nos abraçamos com força, a plateia ficou completamente calada diante de nosso momento mais pessoal exposto a todos.

— Você voltou para mim? Para sempre? — ele sussurrou contra meu pescoço.

Alisei os cabelos em sua nuca.

— Pela primeira vez, lindo, eu *voltei* para alguma coisa, para você... meu Romeo.

Ele levantou a cabeça, os olhos inchados fitando os meus. Vi o perdão e o amor incondicional rapidamente serem substituídos pela fera enjaulada e sombria. Ele precisava ter certeza, agora precisava retomar o controle.

— Você nunca mais vai embora. Entendeu agora?

— Entendi.

Ele segurou meu rosto com força.

— Você me deixou sozinho por semanas, sem dizer nada, sem explicar. Sabe como estou irado com você por isso?

— Eu sei — suspirei arrependida.

A intensidade tomou os olhos dele quando ele declarou:

— Vou ganhar este jogo. Depois, vou marcar você, de uma vez por todas. Parece que andei sendo muito compreensivo com você, Shakespeare. Talvez você não tenha se dado conta de que é *minha* e que, por isso, não pode me deixar, de jeito nenhum. Mesmo que esteja triste. Porque se você está triste, linda, pode apostar que eu também vou estar.

Romeo se levantou, ainda me segurando no colo. A plateia e os jogadores aplaudiram e ele apertou meu braço.

— Agora, volte para a arquibancada. Tenho que levar um título de campeonato para casa. Depois vou cuidar de você. Para ser sincero, não sei para qual estou mais animado.

Senti um frio na barriga ao segurar o rosto dele e beijar seus lábios.

— Acabe com eles, lindo.

Piscando, ele me colocou de novo em meu assento. Cass gritava, com a mão erguida, e Ally secava os olhos.

Romeo ocupou sua posição no campo.

— Caramba, Molls, o Alabama vai transformar você em rainha quando ganharmos o título! O cara está pegando fogo. O que foi que ele te disse?

Corei e abaixei a cabeça.

— Nada... de mais.

Ally e Cass riram de meu rosto vermelho, e, antes de o juiz apitar, sinalizando o início, nós nos levantamos.

* * *

Foi por pouco.

Por mais de três horas, assistimos ao Alabama marcar, seguido de perto pelo Notre Dame. O Alabama agora tinha o time ofensivo no campo e, restando poucos segundos, podia ganhar, se Romeo conseguisse completar a última fase.

Tentei não olhar enquanto os jogadores tomavam suas posições, mas não consegui deixar de espiar pelas pequenas aberturas entre os dedos das mãos, já que eu cobria os olhos. A bola retornou a Romeo e ele voltou três passadas, procurando um jogador livre. Austin foi imediatamente bloqueado por dois zagueiros; Chris Porter não conseguiu se livrar, cercado pela defesa do Dame.

Olhei para Cass, que estava gritando sem parar. Ally cobria a boca com a mão.

Zagueiros grandes e agressivos se aproximaram de Romeo e eu gritei. Ele conseguiu driblar à esquerda, depois à direita, e ao ver uma pequena passagem começou a correr, ganhando velocidade, avançando com as pernas fortes.

— Vai, Canhão. Vai!! — Cass gritou quando Romeo correu. Meu coração batia forte no peito quando os torcedores do Tide começaram a pular e a gritar para incentivar.

Os bloqueadores bloqueavam, dando a Romeo espaço suficiente para passar, e demos as mãos quando ele atravessou a *end zone*, marcando um *touchdown* quando não restava mais tempo.

O estádio explodiu em gritos quando os jogadores e a equipe técnica do Alabama entraram correndo até Romeo, que jogou o capacete longe, puxou a gola da camisa, bateu no peito e beijou a mão, erguendo-a ao céu em um ato de adoração.

Fiquei parada e assisti novamente à jogada no telão.

— Ah... — gritei e me sentei.

Ally viu e se sentou ao meu lado, passando a mão em minhas costas.

— Ele fez isso quando você foi embora, para que seu bebê nunca fosse esquecido.

Assenti, enquanto as lágrimas tomaram meus olhos.

— Asas de anjo.

— Para o anjo que vocês perderam.

Lágrimas grandes rolavam por meu rosto.

— Eu o deixei totalmente sozinho. Ele estava muito machucado, mas eu fui embora. Sou horrorosa.

Ally alisou minhas costas.

— Não se martirize, amore. Você está de volta agora e também estava muito mal. Ninguém te julga.

Cass pegou meu braço e me fez ficar de pé, com os olhos azuis tomados de empatia.

— Chega de chorar, mulher. Acabamos de ganhar a porra do campeonato nacional!

Assenti, respirei fundo e bati palmas com a multidão até minhas mãos perderem a sensibilidade. Observei com orgulho quando o time subiu ao pódio e foi coroado campeão nacional.

Um jornalista foi até o pódio e apresentou o técnico e o comissário da BCS, que deu o troféu de cristal ao técnico e então o passou a Romeo. O lindo rosto de meu namorado logo apareceu no telão. Ele havia sido eleito o melhor jogador.

O apresentador ergueu o microfone.

— Canhão, como é ser o melhor jogador do BCS National Championship?

A torcida gritou, e Romeo abriu um sorriso totalmente destruidor para responder.

— É um sonho realizado. Na infância, sempre sonhei em jogar pelo Tide e não acredito que acabamos de ganhar o campeonato nacional de novo. — Romeo abaixou a cabeça, parecendo envergonhado com tanta atenção.

A expressão do apresentador ficou mais sóbria, e ele pousou a mão no ombro de Rome, que ficou sério em reação ao gesto.

— Canhão, amamos você. — O apresentador fez um gesto ao estádio, e a torcida começou a bater os pés na arquibancada em apoio. — E não é segredo que você passou por momentos bem ruins em sua vida pessoal nas últimas semanas.

Cass e Ally seguravam minhas mãos, e vários torcedores ao redor me davam tapinhas nas costas. Tive que respirar devagar, inspirar e expirar, em meio à atenção indesejada que recebia.

Romeo cruzou os braços e ficou olhando para o chão. Sorri quando Reece, Jimmy-Don e Austin foram para o lado dele, dando apoio.

O apresentador fez um gesto para silenciar a multidão.

— Só gostaríamos de saber como você está.

Romeo pigarreou.

— Estou melhor, obrigado. — Ele não disse mais nada.

— O apoio dos torcedores a você e à sua namorada tem sido enorme. Você quer dizer alguma coisa em resposta?

Rapidamente olhei para Ally e perguntei:

— O apoio tem sido enorme?

Ela apertou minha mão.

— Inacreditável, querida.

Assenti, tentando controlar minhas emoções.

— Eu… eu… — Romeo passou a mão pelo rosto, sem conseguir falar, e Jimmy-Don passou um braço pelos ombros dele, sussurrando algo em seu ouvido.

— Canhão? — O apresentador insistiu em busca de uma resposta, com solidariedade.

Romeo respirou fundo, levantou a cabeça.

— Não sei como agradecer a todos pelo apoio, tem me deixado surpreso. O Alabama tem os melhores torcedores do mundo.

A multidão gritou de novo.

— Só mais uma coisa, Canhão — disse o apresentador. Romeo assentiu brevemente. Vi que ele estava muito desconfortável por ser questionado tão publicamente. — Você acha mesmo que sua sorte mudou este ano depois daquele – agora famoso – beijo dado por sua namorada e dos outros que vieram em cada jogo em casa?

Cass cutucou meu braço e fez barulhos de beijo para mim. Eu corei e ri.

Romeo sorriu, um sorriso amplo, lindo, e olhou para mim de onde estava.

— Com certeza. Minha vida inteira mudou com aquele beijo, cara. Minha vida inteira mudou assim que a conheci.

Austin, Reece e Jimmy-Don pularam em cima de Romeo, rindo, e o apresentador se virou para a câmera, balançando a cabeça, divertindo-se.

— Senhoras e senhores, aplaudam os vencedores, o Alabbammmaaa Crriiimmmssooonnnn Tiiiidddddddeeeeeeee!!!

Nuvens de confete caíram do teto, e os acordes iniciais de "Sweet home Alabama" tocaram no estádio, com os torcedores dançando e comemorando nas arquibancadas. O time se cumprimentou, abraçando-se e rindo, e observei muitos jornalistas esperando para falar com Romeo.

Eu estava totalmente emocionada com o dia todo, e Cass, ao me ver sentar, me entregou sua garrafa de bebida.

— Tome um gole, você sabe que quer, garota!

Peguei a garrafa revirando os olhos e dei um golinho.

Pronto. O gosto não melhorou na segunda vez.

Lexi se aproximou correndo de nossos assentos, com pompons nas mãos.

— Molly, você veio! — ela gritou, e, devolvendo a garrafa a Cass, eu me inclinei para a frente por cima das placas de propagando para abraçá-la. — Como você está, querida? — ela me perguntou, hesitante.

— Estou melhor, obrigada. Feliz por estar de volta.

Os torcedores de repente ficaram mais barulhentos, e, quando olhei para cima, Romeo estava correndo em minha direção, e como sempre a câmera o seguia o tempo todo.

Quando Romeo chegou às placas, ele me pegou e me segurou no colo.

— Vencemos, linda!

— Estou tão orgulhosa de você — falei, e o beijei delicadamente.

— Preciso ficar sozinho com você. Agora — disse ele com seriedade, para que só eu ouvisse.

— Você não tem que ficar com o time? — perguntei quando ele seguiu depressa em direção ao túnel de saída dos jogadores, ignorando todo mundo que entrava em nosso caminho.

Inclinando-se para a frente, Romeo sussurrou:

— Quer fazer um espetáculo pós-jogo para eles? Porque no momento só consigo pensar em estar dentro de você, e, independentemente de onde estivermos em trinta minutos, isso vai acontecer.

— Precisamos ir... tipo agora — concordei.

— Que bom que finalmente concordamos em algum assunto.

27

Romeo não disse absolutamente nada enquanto seguíamos para o hotel, e eu estava desesperada para que ele falasse alguma coisa... qualquer coisa. Queria que ele gritasse comigo, ficasse irritado, triste, mas o silêncio que ele impunha a mim era uma tortura lenta e dolorosa.

Depois de uma subida de elevador incrivelmente tensa, entramos no cômodo amplo e luxuoso ocupado por uma cama de dossel enorme coberta com lençóis brancos.

Meu couro cabeludo formigava. Eu sentia Romeo movendo-se atrás de mim, o suor do jogo ainda grudado em sua pele, quando ele passou o dedo do topo da curva de minha coluna até o fim. Nós havíamos partido tão depressa que ele não tinha nem se dado ao trabalho de tirar o uniforme, e o fato de ele estar sendo tão sério piorava a tensão entre nós.

Afastando meus cabelos compridos dos ombros, Romeo passou a língua pela pele exposta.

Quase peguei fogo.

Romeo desamarrou o laço do pescoço, fazendo meu vestido branco cair no chão, expondo meus seios, deixando-me apenas de calcinha de renda.

O cheiro familiar de hortelã soprou contra minha pele quente quando apoiei a cabeça na curva do pescoço de Romeo. Seus dedos desceram por meus braços, nossas mãos se entrelaçaram, e, lentamente, ele levantou minha mão até sua nuca.

Inclinei a cabeça na direção dos lábios dele, e sua língua saiu, lambendo o contorno de minha boca. Gemi e fechei os olhos.

Romeo abriu a boca contra a minha e me provocou, enfiando a língua devagar. Suas mãos cheias de calos tocaram minhas costelas e seguraram meus seios quando me afastei levemente, arfando.

— Você nunca mais vai fugir de mim, vai, Shakespeare? — As mãos dele seguraram meus seios com mais força. — Vai? — insistiu.

— Não, nunca — respondi ao arquear as costas contra seu peito.

Romeo diminuiu a tortura, transformando-a em uma leve massagem, e mordiscou o lóbulo de minha orelha.

— Senti sua falta. Não gostei de pensar que você nunca voltaria. Prometi a mim mesmo que, se você voltasse, eu cuidaria para que fosse para sempre. — Adorei a maneira com que ele passou de controlador a carinhoso em um piscar de olhos.

Descendo as mãos até minha calcinha, ele as escorregou por baixo do elástico da cintura até o ponto mais quente. Senti seu hálito ardente.

— Meu Deus, linda. Você está sempre pronta para mim.

A sensação dos dedos dele entrando fundo em meu canal fez com que eu jogasse a cabeça para trás e gemesse, segurando seus cabelos compridos para conseguir me equilibrar.

— Vou fazer você gozar, Mol — disse ele enquanto seu polegar explorava minhas terminações nervosas.

— Ai! — gritei quando meu quadril começou a se mover, e fui esfregando o corpo na virilha dele.

Ele mordeu meu ombro e eu me perdi nas sensações de euforia.

— Eu te amo, linda. Consegue sentir quanto te amo?

— Eu também te amo!

Os dedos de Romeo me deixaram louca, intensos e incansáveis.

— Então por que me deixou?

— Porque eu... não aguentei a dor. Pensei que você ficaria melhor sem mim.

Ele adicionou um terceiro dedo e eu gritei.

— Nunca vou ficar melhor sem você. Você achou que eu aguentaria a dor? Pensa que não morri todas as vezes em que me desprezou? Em que se fechou? — Ele enfiou os dedos com ainda mais intensidade. — Acha que não sofri quando voltei ao hospital e não te encontrei? Sem bilhete, sem telefonema, sem nada? Acha que não sofri quando o escândalo de minha família e as fotos de minha namorada sangrando apareceram na merda da imprensa?

Lágrimas de culpa rolaram por meu rosto enquanto agarrava seu braço.

— Romeo, sinto tanto.

Ele mordeu minha pele ainda mais fundo e, com um último movimento dos dedos, sussurrou:

— Goze agora, Mol.

Gozei.

Pontos pretos mancharam minha visão enquanto eu usava a força do corpo para me manter de pé. Ele me abaixou lentamente, beijando meu pescoço. Afastou as mãos e, com um puxão, rasgou minha calcinha de renda e jogou o tecido fino no chão.

Eu estava nua, saciada, sem forças, e tão excitada que minha pele parecia coberta por brasas.

— Vire-se.

Fiz o que ele mandou e observei suas narinas se abrirem. Levando a mão às costas, Romeo puxou a camisa por cima da cabeça, e seu peito bronzeado apareceu brilhando à luz da lâmpada do poste que entrava pela janela.

Voltei imediatamente a atenção para as asas brancas de anjo tatuadas, grandes e repletas de detalhes, no meio de seu peito. Hesitante, eu as contornei com a ponta dos dedos, depois me inclinei e passei os lábios trêmulos em cada uma, venerando seu significado.

Quando levantei a cabeça, Romeo estava passando a língua por seus lábios, com os olhos escuros sem pudores.

— Sei que nosso anjo não está aqui na Terra com a gente, mas, mesmo do céu, queria que ele visse o quanto foi amado... e que, apesar de não ter sido planejado, foi desejado... demais.

Olhei para ele com os olhos marejados, e ele me aproximou de seus lábios.

— Adorei a tatuagem. É perfeita — sussurrei ao beijá-lo.

Ele me afastou um pouco e disse:

— Não sou o cara mais espiritualizado, Mol. Não vou à igreja e só Deus sabe quanto pequei, mas acredito muito que nosso anjo está recebendo cuidados em um lugar melhor do que aqui... dos seus pais. Acredito nisso do fundo do coração.

Soltei um soluço, e ele passou a mão pelo meu pescoço e me abraçou. Depois de vários minutos, dei um beijo em seu peito, na altura do coração, e me afastei.

— Eu te amo, Romeo.

— E eu te amo, linda.

Romeo me segurou com força por vários minutos, só nós dois sozinhos, respirando e nos curando juntos.

As mãos ásperas de Romeo desceram por meus braços, e ele me afastou um pouco.

— Agora... — Seu rosto ficou sério. — Tire. — Ele apontou para o cordão de sua calça.

Meu coração bateu acelerado ao comando dele, e desfiz o nó, puxando o cordão delicadamente, minhas falanges resvalando em sua ereção.

Ele observava todos os meus movimentos, com a mandíbula bem desenhada tensa a cada toque suave. Joguei o cordão descartado no chão, esperando a próxima ordem.

— Desça a calça e fique de joelhos.

Puxei o elástico da cintura e desci a peça pelas pernas musculosas. Seu pênis surgiu na altura de meu rosto, chegando a encostar na pele. Continuei descendo a calça até seus pés e a deixei sobre o tapete. Levantei a cabeça e olhei para ele, que estava à minha frente.

— É para me chupar até eu mandar você parar.

Minha boca se encheu de saliva e me inclinei para a frente, lambendo lentamente a extensão de seu pênis. Ele arfou reagindo. Meus lábios o devoraram e eu avancei, engolindo-o.

— Porra! — ele gritou, agarrando meus cabelos enquanto penetrava minha boca, com o pau inchando dentro dela.

Olhei para cima e gemi ao ver que ele jogava a cabeça para trás e passava a língua no lábio inferior. Incentivada, aumentei o ritmo, passando a língua em círculos ao redor da cabeça, com o quadril dele num movimento mais forte, enquanto eu segurava suas coxas para me apoiar.

— Porra, Mol, sua boca. — Ele resmungou e me afastou de sua virilha. — Suba na cama.

Eu me levantei e engatinhei até o meio da cama, e logo fui virada de barriga para cima. Romeo abriu minhas pernas com as mãos, flexionando meus joelhos, e caiu de boca em mim.

— Ahh! Romeo...

Ele usou a boca de modo intenso, me penetrando com a língua e chupando. Eu não aguentaria por muito tempo, e agarrei seus cabelos.

Levantando a cabeça, ele ordenou:

— Segure os postes da cama.

Fiz o que ele mandou.

— Não solte.

Romeo voltou a se abaixar, e finquei as unhas na madeira maciça, sem fôlego e abrindo a boca sem emitir som a cada lambida e mordida.

— Romeo... Romeo... estou gozando! — Eu perdi o controle, amarras invisíveis me atavam aos postes da cama enquanto Romeo me sorvia. Ele soltou minhas pernas e elas caíram no colchão, mas ele as segurou outra vez, e abri os olhos exatamente no momento em que ele entrava em mim com um movimento firme.

— Ahhh! — gritei, sem conseguir aguentar. Foi demais.

Eu me movimentei para livrar minhas mãos quando ele reagiu:

— Eu disse não!

Meus braços ficaram paralisados, e ele usou a força em minhas coxas para ancorar as penetrações.

— Você vai me deixar de novo?

— Não! Não, não, não...

— E por que não?

— Porque te amo.

Os olhos excitados de Romeo ficaram mais intensos, e ele me penetrou com agressividade.

— Resposta errada.

Meus dedos do pé ficaram tensos por causa de uma câibra, e eu gritei.

— Porque sou sua. Porque pertenço a você. Porque você é meu!

Ele revirou os olhos e se inclinou para a frente, me equilibrando em seus braços, e respondeu com sussurros:

— Porque você é minha. Você pertence a mim.

Senti que meu orgasmo se aproximava, e os músculos de minha barriga se contraíram.

— Caralho, você é muito apertada! Vou gozar com você. Você está me apertando tanto, linda.

Joguei a cabeça para trás, e com mais um movimento nós dois gememos. Passei os braços pelas costas dele enquanto ele terminava de gozar.

Estávamos ensopados de suor, abraçados. Eu estava me recuperando quando Romeo levantou a cabeça.

— Eu te amo — disse ele, e acariciou meu rosto.

— Também amo você. Nunca vou me perdoar por ter ido embora.

Romeo abriu um sorriso aliviado.

— Acredito em você. Mas já foi. Você está de volta e não vai embora de novo, nem que para isso eu tenha que te amarrar na cama. Não vamos mais falar disso. Não posso continuar pensando nas coisas ruins. Preciso das boas. Preciso que as coisas sejam boas. — Ele afastou as mechas de cabelo úmidas da minha testa. — Quando voltarmos para o Alabama, você vai morar comigo.

— Tá.

Romeo arqueou as sobrancelhas.

— Tá? Eu pensei que teria que convencer você. Não vai me dizer que é muito nova, que é cedo demais, ou qualquer merda do tipo?

— Não, meu lar é com você. Eu sei disso agora. Finalmente entendi.

— Finalmente, porra! — Ele suspirou e entrelaçou os dedos nos meus. — Minha mãe saiu da prisão. Algum contato no tribunal conseguiu fazer com que ela fosse solta. Meu pai pagou fiança, mas vai ser condenado a uma pena longa. Conversei com ele e com o advogado e concordamos em nos afastar. Não temos mais relacionamento. Não dá para salvar algo que nunca existiu.

— Rome, sinto muito.

— Não fique assim. Eu precisava ter certeza de que eles não chegariam perto de você de novo. Não vão. Eles só queriam que eu me casasse com a Shelly para ficarem com o dinheiro do pai dela. Isso está oficialmente acabado.

Passei o polegar pela palma da mão dele. Ele observou o gesto com um sorriso contido.

— É engraçado, mas finalmente me sinto livre. — Ele rolou para o lado, e ficamos de frente um para o outro, dividindo o mesmo travesseiro. — Finalmente estamos livres para ficar juntos, sem obstáculos.

— Sem Shelly?

— Ela não vai se aproximar de nós de novo. Cass cuidou disso — ele acrescentou, rindo.

Franzi a testa.

— Como assim?

— Cass acabou com ela por ter feito o que fez com você. Quebrou o nariz dela. Queria que você estivesse lá para ver!

— Não! Não acredito. — Eu precisava abraçar aquela garota bem apertado quando a visse de novo.

Não consegui deixar de rir e beijar as mãos dele. Ele parou de sorrir e levou a mão espalmada à minha barriga.

— Fui muito violento com você? Ainda está com dor, linda?

Neguei, balançando a cabeça com tristeza.

— Não mais. Pelo menos não fisicamente.

Romeo me analisou com os olhos castanhos cheios de solidariedade. Ele compreendia.

— Você quer mais filhos?

Engoli em seco minhas emoções confusas. Estava na hora de deixar meus problemas no passado. Estava na hora de seguir em frente.

— Um dia, quero ser mãe. Mas não agora. Nós dois temos sonhos: somos jovens e queremos conquistar muita coisa. Teremos filhos, Romeo, mas quando decidirmos que é hora.

— Concordo. E sempre teremos nosso anjinho no céu.

Eu me inclinei para a frente e beijei com cuidado as asas tatuadas.

— Então, meu astro do time... É muito provável que seja o primeiro a ser contratado nos próximos meses, principalmente depois que seu *touchdown* definiu a partida, não é?

Ele enrolou uma mecha de meus cabelos nos dedos.

— Sim, acho que sim.

— Pode falar.

Ele suspirou alto e disse:

— Vamos para onde nos convocam. Não temos escolha.

Meu doutorado. Ele estava preocupado com meu doutorado.

— Olha, ainda nem me candidatei, então não vamos nos preocupar com isso agora. Não sabemos como vai ser o amanhã. Vamos só aproveitar nossa vida por um tempo sem mais drama — eu disse. Ele assentiu e sorriu. Completei: — Além disso, tenho uma nova filosofia em relação a tudo. E acho que nós dois deveríamos adotá-la.

Ele olhou para mim ansioso.

Pigarreei.

— "Algumas coisas na vida são ruins. Elas podem nos enlouquecer. Outras coisas só nos fazem xingar e esbravejar. Quando estiver comendo o pão que o diabo amassou, não reclame, assovie, e isso fará com que as coisas melhorem. E sempre veja o lado positivo da vida..."

Romeo acompanhou assoviando e ergueu uma sobrancelha, rindo.

— Monty Python, Shakespeare? Essa é a sua nova filosofia?

Encolhi os ombros.

— É Python.

Ele riu, livre e leve, e repetiu:

— É Python.

Vi que horas eram.

— Ainda está cedo. Quer sair e encontrar seus colegas de time? Jantar? O que quer fazer?

Ele me deu um tapa no traseiro com firmeza, e acabei gritando e rindo.

— Você — ele respondeu. — Ainda não terminei o que ia fazer com *você*, Shakespeare. Passamos semanas sem sexo, temos que compensar. — Ele passou a falar com a voz mais grave enquanto escondia a tranquilidade. — Agora fique de pé na lateral da cama, posicione-se e prepare-se para gozar pelo menos mais três vezes.

Epílogo

Radio City Music Hall, Nova York
A seleção para a NFL

O comissário da NFL subiu ao palco e parou na frente do microfone.

Romeo segurou minha mão, inclinou-se para a frente e levou nossas mãos à boca, pressionando seus lábios macios em nossos dedos unidos. Eu me aproximei o máximo que pude, e os olhos dele se fecharam quando ele encostou a cabeça na minha.

O silêncio foi angustiante.

— O primeiro escolhido... para a próxima temporada da NFL... pelo Seattle Seahawks... é... *Romeo Prince... do... Alabama Crimson Tide!!!*

Estávamos nos bastidores na sala verde. Nossa mesa, com todos os nossos amigos, tremeu quando ficamos de pé juntos, gritando e comemorando.

Romeo se abaixou e me levantou, me dando um beijo apaixonado. Quando me afastei, vi em seus olhos que uma parte dele nunca acreditou que aquele momento chegaria.

Envolvendo o rosto dele com as mãos, abaixei a cabeça e sussurrei:

— Lindo, você conseguiu.

Romeo não respondeu nada. Não conseguia. Ainda estava em choque.

Uma pessoa foi buscá-lo para levá-lo ao palco, e vi pelo telão na parede uma câmera o acompanhar pelo corredor. Romeo estava lindo com um terno preto feito sob medida e camisa branca. Eu, para combinar, usava uma calça *skinny* preta de cintura alta e uma regata preta de seda.

Quando Rome chegou ao fim do longo corredor, recebeu um boné azul-marinho e verde-limão do Seahawks, o qual ele colocou na mesma hora sobre os cabelos loiros, e caminhou até o palco sob aplausos e gritos da plateia.

Romeo trocou um aperto de mãos com o comissário, com um sorriso contido e torto. Dei risada por ver como ele parecia tão alheio e arisco a todos, menos a mim – ele tinha a imagem perfeita de *bad boy* –, misterioso e inacessível. Se os gritos das meninas indicavam alguma coisa, eu diria que ele já tinha um fã-clube à espera.

Muitas câmeras se amontoaram quando ele pegou a camisa do Seahawks, exibindo o número 7 e o nome "Prince" nas costas. Tive muitas vezes que secar lágrimas de alegria enquanto o observava, o centro das atenções, finalmente recebendo tudo o que merecia.

Depois de uma rápida entrevista, ele saiu do palco para conversar com a imprensa, e Ally, Lexi e Cass estavam ao meu lado no sofá pequeno.

— E então, Mol? Seattle? — Ally perguntou, com um olhar de felicidade e apreensão. O foco todo tinha sido dado a Romeo e à contratação nos últimos meses. Nossos amigos sabiam que eu ia estudar para meu doutorado depois daquele ano letivo, mas ninguém, nem mesmo Romeo, sabia onde eu tinha sido aceita.

Precisava contar a ele em primeira mão.

— Estou muito feliz por ele. É com isso que ele sempre sonhou — falei, evitando os questionamentos deles.

Cass revirou os olhos.

— Corta essa enrolação, Molls. Você vai com ele? Você não disse nada sobre o ano que vem, e todos queremos saber.

Olhei ao redor e vi seis pares de olhos arregalados focados em mim, e a reclamação de Cass chamou a atenção de Austin, Reece e Jimmy-Don, sentados do outro lado.

Eu me virei em meu assento, tentando me desviar dos olhares.

— É a noite do Romeo. Não tem nada a ver comigo.

Seis amigos decepcionados voltaram a se sentar.

Eu *tinha* que falar com Romeo primeiro.

Romeo voltou para a sala depois de cerca de trinta minutos, e corri para seus braços que me esperavam, espalhando beijos por seu rosto, murmurando:

— Te amo, te amo, te amo.

Meu novo *quarterback* do Seattle me abraçou forte e então me afastou para olhar para mim. Havia felicidade em sua expressão, mas vi a tensão tomar seus olhos ansiosos.

— O que foi? O que aconteceu? — perguntei em pânico.

Romeo fez um sinal para o pessoal indicando que precisávamos de um tempo e me puxou para um canto escuro da sala, totalmente fora da vista dos outros. Acariciou meus cabelos e eu, de modo brincalhão, puxei para cima a aba de seu boné azul-marinho do Seahawks.

Segurando minha mão, Romeo tirou o boné, passando a mão pelos cabelos despenteados.

— Estou feliz, linda. Mas não posso ficar sem você. Seattle. Vou para Seattle. Você se candidatou a Harvard, a Yale e a Stanford, até onde sei. Você tem sido muito misteriosa, e estou enlouquecendo. Poderemos ficar em lados diferentes do país, e preciso de você comigo. Acho que não consigo fazer isso sem você.

— Rome...

Ele me silenciou com um dedo sobre meus lábios.

— Eu sinto vontade de exigir porque sei que você largaria tudo por mim. Mas também quero que os seus sonhos se tornem realidade. Não sei como ter você *e* o futebol.

Segurei a mão dele e beijei cada dedo.

— Romeo, fugi de meus problemas a vida toda, sem nunca olhar para trás, mas você é a primeira pessoa para quem voltei. Isso significa muito para mim. Você me tirou da escuridão. — Levei a mão à barriga e pressionei. — E me deu esperança. Esperança de que um dia eu serei uma boa mãe... quando o momento chegar, e eu *tiver* uma família... com você. — Seus olhos cor de chocolate ficaram marejados, e dei um beijo leve na tatuagem de asa de anjo que ocupava lugar de honra acima do coração dele. — Certa vez, você me disse que *um dia* queria ir embora, que *um dia* seria quem realmente é e que *um dia* teria tudo o que desejava.

Romeo assentiu lentamente.

— Mas só quero você. Tudo o que quero é com você. *Você* é meu "um dia".

Enfiei a mão no bolso de trás e tirei uma carta. O rosto de Romeo demonstrava confusão, e anunciei:

— Seu *um dia* finalmente está aqui.

Pegando a carta de minhas mãos, ele a rasgou para abrir, e observei quando as palavras "Aceita" e "Universidade de Washington, Seattle" saltaram da página.

Ele quase rasgou o papel ao meio e olhou para cima, os olhos com mil perguntas me encarando.

— Você… Isso… *O quê*?

Peguei a carta das mãos dele, voltei a enfiá-la em meu bolso e toquei o rosto dele.

— Também me candidatei a Seattle. Quando o dr. Adams, tantos meses atrás, disse que havia uma possibilidade de você ir para lá, pesquisei como funcionava a contratação para o *draft* e achei que havia uma boa chance em Seattle para mim também. Eu não quis dizer nada antes porque poderia não dar certo. Mas valeu a pena. Vou para Seattle com você, lindo. Você está olhando para a mais nova aluna do doutorado em filosofia. Mandei meu e-mail de confirmação há vinte e cinco minutos.

Romeo abriu um sorrisão, um sorriso completo, do qual meu pai teria sentido orgulho, e me beijou.

Quando finalmente se afastou, sua expressão tensa estava totalmente séria, e ele me empurrou contra a parede. Eu conhecia aquele olhar; seu lado feroz e possessivo estava vindo à tona.

Romeo olhou fixamente para mim por vários segundos, e de repente perguntou:

— Quer se casar comigo?

Tropecei nos saltos, em estado de choque.

— C-como é?

Romeo segurou meu rosto, me tomando, me implorando, me desejando.

— Quer se casar comigo? Amanhã, hoje à noite, o mais rápido possível. Mas… vamos nos casar, Shakespeare. Quero te tornar oficialmente minha.

— Mas... mas...

Ele se movimentou de modo a me prender contra a parede.

— Amo você. Amo você mais do que qualquer coisa. Não posso e não *vou* ficar sem você de novo. Quero te dar tudo o que for possível. Quero te dar felicidade... Quero, um dia, poder te dar filhos. — Ele encostou a cabeça na minha, sussurrando: — Case-se comigo. Fique comigo. Para sempre... *comigo*.

Não consegui mais respirar em reação ao desejo desesperado nos olhos dele e não tive a menor dúvida.

Romeo era o cara para mim.

Romeo era para mim o que meu pai havia sido para minha mãe. Romeo era a alma que se unia à minha... Romeo Prince era meu lar, doce lar.

— Sim! — disse, e os lábios dele se entreabriram de alívio.

— Diga de novo — ele exigiu.

— Sim. É claro que quero me casar com você!

Romeo me segurou, unindo seus lábios aos meus para selar a promessa de nossa união, e derreti ao seu toque. Nós nos casaríamos e nos amaríamos mais do que quaisquer pessoas na história do mundo.

Amantes predestinados. Não consegui conter a risada quando isso me veio à mente.

— Do que está rindo agora, Shakespeare? — Romeo perguntou, pura alegria irradiando de seu sorrisão.

Pousei a mão sobre seu coração, olhando para o amor da minha vida.

— Os dois amantes desditosos – na nossa história – encontraram uma maneira de estar juntos, apesar de todas as improbabilidades, de todos os obstáculos, e *finalmente* foram felizes para sempre.

Romeo abaixou a cabeça em adoração, me puxou para perto com as mãos no meu rosto e murmurou:

— *Pois nunca existiu história mais verdadeira do amor vencendo o mal do que esta de Molly Juliet e seu Romeo.*

Capítulo Bônus 1

Romeo

— Mãe — atendi sem empolgação ao ver o nome dela aparecer na tela de meu iPhone.

— Você precisa vir jantar conosco hoje — ela ordenou.

Contraí a mandíbula ao perceber o tom maldoso.

— Desculpa, não posso — rebati.

— Então mude seus planos, droga! Os Blair virão, e você precisa estar aqui para podermos falar sobre o noivado, definir detalhes, organizar tudo de uma vez por todas.

— Tenho treino. O técnico tem feito dois treinos por dia. — Silêncio do outro lado da linha.

— Venha hoje à noite, *Romeo* — ela por fim disse, as palavras tomadas de ira.

Parei de repente no caminho à frente do prédio de Humanas. Eu já estava atrasado para uma merda de aula introdutória por causa de uma reunião do time, e agora a megera estava me enchendo por causa daquele maldito noivado e me chamando daquele nome desgraçado... de novo. Senti que minha tolerância com sua atitude estava prestes a acabar.

Apertando a ponte do nariz, eu me concentrei na sensação relaxante do sol quente de verão em minhas costas, me acalmando.

Não adiantou porra nenhuma. Nada nunca adianta.

— Olha, tenho treino. Eu não vou.

Apertei o botão para encerrar a ligação, enfiei o celular no bolso da calça jeans e entrei no prédio, tentando deixar que o ar que soprava do ar-condicionado esfriasse a raiva que me consumia de dentro para fora. Meu sangue mais parecia lava derretida tomando meus músculos – uma força impossível de deter. Mas eu a aceitei, até a recebi de bom grado – era um lembrete constante de que eu precisava me livrar daquelas pessoas do inferno.

Abri a segunda porta com tudo, ouvi a madeira bater contra a parede e atravessei os corredores vazios, com a pressão crescendo em meu peito a cada passo quando pensava em me casar com Shelly.

A maldita Shelly Blair.

Meu Deus, eu transei com ela duas vezes no ensino médio e, por uma idiotice, uma vez no primeiro ano da faculdade, e ela age como se fôssemos almas gêmeas, apaixonados. Nem sei se ainda tenho a capacidade de amar alguém. Isso não existe mais em mim há muito tempo.

Meu telefone vibrou de novo. Eu não olhei; eu sabia que seria meu pai exigindo que eu fosse. Minha mãe devia ter apelado para a força.

Maldito.

Eu atenderia e ele diria que minha recusa era "inaceitável, moleque!". Depois, ele me ameaçaria, me chantagearia, diria quanto ele e minha mãe me odiavam e se arrependiam por terem me criado.

A mesma coisa de sempre.

Virei no corredor, punhos cerrados ao pensar que teria que me sentar ao lado de Shel durante a meia hora seguinte, preso em uma sala, sem ter como me livrar de suas garras. Eu estava muito puto. Eu simplesmente não podia me sentar ao lado daquela piranha agarrada em meu braço, como se eu fosse um ursinho de pelúcia, roçando minha perna, tentando me deixar duro o suficiente para eu me render e trepar com ela depois da aula.

Nunca. Mais. Vai. Rolar. Meu pau murchava só de olhar para ela. Ela acha que é gostosa, com aquele cabelão, peitos de silicone e lábios vermelhos. Mas só consigo ver um maldito louva-a-deus.

Caminhei com a cabeça baixa em direção à sala de aula e então ouvi. A merda da risada de Shelly. A risada que parecia mil gatos sendo esganados...

Lenta e dolorosamente, um a um.

Não me orgulho do que fiz em seguida.

Canhão Prince, *quarterback* do Crimson Tide, esquivou-se para a direita e se escondeu atrás de uma escada, saindo da mira de Shelly.

Encostei na parede branca e fria quando vi um movimento rápido. Uma garota, que levava um calhamaço, virou correndo, murmurando sozinha, olhando o relógio, com os cachos castanhos no topo da cabeça, óculos de aros pretos e os sapatos mais chamativos que já vi.

Laranja neon. *Meu Deus.*

Não consegui conter uma risada ao ver o pacote todo. Quase toquei meus lábios para ter certeza de que eu estava sorrindo mesmo.

Quando foi a última vez que sorri? Ou melhor, quando foi a última vez que sorri por outro motivo que não fosse ver algum idiota que eu havia derrubado no chão?

Eu estava balançando a cabeça sem acreditar quando dei uma espiada no corredor e vi Shelly observar a garota, com olhos desconfiados e sorriso maldoso, e se virar para dizer alguma coisa para as amigas. Fiquei tenso e de repente quis proteger a morena confusa.

Não consegui tirar os olhos dela. Ela parecia dramática soprando os cabelos despenteados da frente dos óculos de lentes grossas, andando depressa pelo salão comprido, com os sapatos de plástico rangendo no piso ladrilhado a cada passo apressado.

Eu estava muito atento à cena. E percebi tarde demais que Shel estava aprontando alguma coisa. Vi quando ela bateu o ombro no da garota ao se cruzarem, fazendo com que todos os papéis que carregava caíssem no chão.

Fui tomado pela fúria.

Shel sempre tinha sido uma piranha do mal, mas vê-la fazer aquilo com a garota inocente me deixou mais do que puto.

Shelly disse algo à menina no chão – não consegui ouvir –, mas a morena não olhou para ela, manteve a cabeça baixa, ignorando o que eu acreditava ter sido uma esnobada maliciosa.

Por que me meti naquilo, não sei. Imagino que tenha sido devido às muitas pancadas que levo na cabeça no futebol.

Saí de onde estava me escondendo e fui até onde elas estavam para mandar Shel sair dali, mas cheguei atrasado. Ela já tinha ido para a aula.

Quando me aproximei, a morena se abaixou para pegar os papéis, e quase dei um gemido alto, já que meu pau resolveu ganhar vida.

Porra.

Que bunda.

Uma bunda perfeita e arredondada.

Logo ajeitei meu pau dentro da calça e tentei pensar em algo que me acalmasse. *Jimmy-Don de calcinha e sutiã. Jimmy-Don de tanga. Na verdade*... abri um sorriso safado... *Shelly chupando meu pau*... Com isso, murchei como uma bexiga esvaziada.

Passando as mãos pelos cabelos, parei atrás da garota, evitando olhar para a bunda dela dentro daquele macaquinho com aquelas pernas compridas e bronzeadas que eram incríveis e me davam vontade de pegá-las para que envolvessem meu corpo.

Porra, meu pau endureceu de novo.

Abri a boca para ver se ela precisava de ajuda, mas ela disse a si mesma "Cretinos de merda!" e se levantou, deixando os óculos caírem, e a armação pousou ao lado dos meus pés.

O tempo parou, e, como ele, meus pés.

O que era aquele sotaque? Inglês, talvez? Independentemente do que fosse, foi a coisa mais excitante que ouvi em toda a minha vida.

Antes que eu conseguisse me conter, dei uma risada alta para aquela voz bonitinha que tinha dito um palavrão. Vi que ela parou, congelada ao me ouvir atrás dela.

Abaixou a cabeça, com as costas curvadas, e o suspiro que ela deu disse tudo.

Fracasso puro.

Eu me abaixei, peguei seus óculos e então, segurando seu braço, a virei de frente para mim.

Porra.

Olhos castanhos e grandes, lábios rosados e carnudos, pele levemente bronzeada e o rosto um pouco corado – ela era incrível.

Eu precisava dizer algo, qualquer coisa, para não ficar parecendo um esquisito, sentindo aquele cheiro de baunilha na pele dela.

Quem é essa garota?

— Está enxergando agora? — murmurei, e ouvi minha voz meio

grossa. *Isso aí, Rome, comece a rugir para ela.*

Ela estreitou os olhos e olhou para a frente, com os lábios entreabertos. Os olhos atrás dos óculos enormes analisaram cada pedaço de meu rosto.

E pronto: chega o momento em que ela vê que sou eu, Rome "Canhão" Prince. Isso me irritaria e eu ainda faria papel de otário.

Um dia comum.

Ela me observou normalmente e então... nada.

Pegando os papéis de minhas mãos, ela tentou ir embora. Não me reconheceu, não jogou charme, só... correu para se livrar de mim depressa.

Mas o que...

Fiquei me perguntando por um momento se ela não sabia quem eu era. Mas... não, estávamos no Alabama. Ela estava na Universidade do Alabama. Todo mundo conhecia meu rosto, não importava se eu gostava disso ou não.

Sem me dar conta, segurei seu braço.

— Ei, você está bem?

Ela não olhou para a frente.

— Estou.

Nada.

Ainda não olhava nos meus olhos. Ainda não me reconhecia.

— Tem certeza? — insisti... sem saber por quê.

Eu vi pelos ombros dela... Ela estava irritada. E seus cílios compridos e escuros tocaram sua face e, logo em seguida, ela olhou para mim com os olhos cor de caramelo. Perdi o fôlego e não conseguia mais me mexer.

— Você já teve um desses dias em que tudo se transforma em um maldito pesadelo?

Inglês britânico. Porra, muito sensual.

Aquele sotaque e seu modo claro de se expressar me deixaram sem ação.

— Estou tendo um agora, na verdade.

Ela relaxou os olhos e suspirou.

— Então somos dois. — Ela esboçou um sorriso e riu.

Meu coração fez algo inédito.

Ele sentiu.

Sentiu algo... indescritível.

— Obrigada por parar para me ajudar. Foi muito gentil da sua parte.

Aquele sentimento me fez voltar à realidade. *Gentil?* Acho que não.

Ela me observou, esperando pacientemente por uma reação.

— Gentil não é a palavra que as pessoas costumam usar quando se referem a mim.

Observei seus lábios se entreabrirem de novo, arfando, um pouco chocada. Eu tinha que sair dali depressa, para longe dela, e parar de agir como um imbecil.

Eu me afastei sem olhar para trás, percebendo que aquela tinha sido a conversa mais longa que eu tivera com alguém em muito tempo... e não tinha envolvido nenhum assunto relacionado ao maldito príncipe do petróleo do Alabama ou ao próximo grande astro do futebol.

Havia algo de diferente nela, algo... misterioso. Como se ela não estivesse nem aí para o que os outros pensavam dela, como se não estivesse envolvida em todo o falatório sobre futebol.

Quase como se eu estivesse observando de longe, minhas botas abruptamente pararam e olhei para trás. Ela ainda estava no mesmo lugar, e então se virou e me olhou nos olhos.

— Eu me chamo Rome — falei, quase involuntariamente, de uma vez.

Vi seus cílios descerem, tocarem as lentes dos óculos, e, quando voltaram a subir, um sorriso tímido transformou o seu rosto.

— Molly.

Acenei com a cabeça e passei a língua nos lábios, observando-a totalmente, e então voltei para a sala de aula.

Molly.

A inglesinha Molly.

Porra. E lá se ia meu coração normalmente frio ousando sentir algo outra vez.

Playlist de *Doce Lar*

Para escutar a *playlist*, use o link: http://tilliecole.com/sweet-home/

"Angel", Sarah McLachlan; Arista, 1997
"Beat this heart", Tim Chaisson; Sony Music, 2012
"Broken"; Jake Bugg, Crispin Hunt; Mercury, 2012
"Bruce's Philosophers Song" ("Bruce's Song"), Eric Idle; Virgin Records, 1973
"Bullet in the gun", Paul Oakenfold, Ian Masterson, Jake Williams; Perfecto, 1999
"Dead in the water", Fin Dow-Smith, Ellie Goulding; Cherrytree Records/Interscope, 2012
"Feels like home", Randy Newman; Columbia/Sony Music, 1999
"Home", Jade Castrinos, Alex Ebert; Universal Music Canada/ Vagrant, 2009
"How country feels", Vicky McGehee, Wendell Mobley, Neil Thrasher; Stoney Creek Records, 2013
"I don't want this night to end", Rhett Akins, Luke Bryan, Dallas Davidson, Ben Hayslip; Capitol/EMI/Liberty, 2011
"Season of love", Tim James Auringer, Chad Petree; Motown, 2008
"See you again", David Hodges, Hillary Lindsey, Carrie Underwood; Arista 2012
"Small bump", Ed Sheeran; Asylum/Atlantic, 2011
"Sweet home Alabama", Ed King, Gary Rossington, Ronnie Van Zant; MCA/Universal Distribution, 1974
"Tomorrow is gonna be better", Joshua Radin; Mom + Pop Music, 2012
"You've got the love", John Bellamy, Arnecia Michelle Harris, Anthony Stephens; Universal Republic/Universal / Island,2009

Agradecimentos

Mais uma vez, tenho muitas pessoas a agradecer.

A meu pai e minha mãe, agradeço pelo apoio incondicional durante esta louca aventura. Eu não teria conseguido sem vocês. Pai, obrigada por me apresentar ao futebol americano. Mesmo vivendo em uma cidade pequena no norte da Inglaterra, você me apresentou às maravilhas do campo de futebol e, anos depois, isso acabou sendo extremamente útil! Mãe, você sabe que aprecio todas as leituras que faz de todos os manuscritos. Bem, continue assim, vem muito mais por aí!

Ao meu marido, obrigada pelo tempo e pela paciência enquanto eu escrevia este livro. Você me deu o ótimo conselho de escrever sobre assuntos que conheço e, daquele momento em diante, minha escrita se modificou... para melhor!

Para minhas fabulosas leitoras beta: Lynn, Sam e Rebecca. Seus comentários foram inestimáveis.

Um agradecimento especial a Rachel e Kia, as irmãs geniais que me ajudaram do início ao fim deste processo. Vocês dedicaram muito de seu tempo pessoal e nunca vão saber o quanto isso significa para mim.

Obrigada Damon, da Damonza, pela linda capa da edição original. Ela retrata tudo o que eu queria tão perfeitamente que quase me fez chorar.

Cassie, minha editora. Obrigada por me ajudar a limitar as interferências britânicas e por todos os conselhos que me deu sobre os dias de jogo do futebol universitário e, é claro, sobre os costumes do Alabama. Foi obra do destino eu ter te encontrado – uma nativa do Alabama, amante de futebol americano (mesmo sendo torcedora do Auburn) e editora extraordinária! Certamente vou te encontrar em breve em um jogo do Tide!

Para Lysa, minha web designer. Obrigada pelo lindíssimo site e por aguentar minhas perturbações enquanto estava soterrada de trabalho! Você faz um trabalho incrível diariamente, e sempre aguardo ansiosamente por seus e-mails. Eles sempre me fazem rir!

Agradeço também a todos os blogueiros que dedicam espontaneamente seu tempo livre para promover e divulgar as pequenas histórias que nós, autores, escrevemos. Vocês realmente são a espinha dorsal (e o coração) deste mundo louco da escrita. Um enorme agradecimento a todos vocês que participaram de minha turnê e/ou resenharam uma cópia antecipada de *Doce lar*; agradeço por terem dado uma chance a meu romance *new adult* de estreia!

Eu gostaria de conceder um agradecimento a mais a alguns blogueiros. Em primeiro lugar, Smitten, do Smitten's Book Blog, por demonstrar tanto amor por *Eternally North* (Eternamente norte) e por me dar alguns ótimos conselhos.

Depois vem a fabulosa Kelly Moorhouse, do Have Book, Will Read. Você trabalhou incessantemente para organizar minha turnê com os blogueiros e me conduziu por essa fantástica experiência com palavras de apoio e um sorriso! Você merece uma medalha, garota!

Finalmente, a Jenny e Gitte, do Totally Booked Blog, por darem seu apoio a esta autora de uma cidade pequena da Inglaterra e por me ajudarem a fazer parte da lista Comédias Românticas da Amazon com meu *Doce lar* e com Romeo Prince!

Por último, um enorme obrigada aos leitores. Sempre que compram um dos meus livros, vocês me ajudam a realizar meus sonhos.

Amo vocês!

Este livro foi composto em Fairfield Light e impresso pela RR Donnelley
para a Editora Planeta do Brasil em março de 2018.